◎韩晓英 著

鲁院日记

千山题

我的青春 / 我的鲁院 / 我的文学
此生所有的爱
都将让我
一往无前
一生无悔

陕西新华出版传媒集团
太白文艺出版社

图书在版编目（CIP）数据

鲁院日记 / 韩晓英著. — 西安：太白文艺出版社，
2016.6
ISBN 978-7-5513-0969-1

Ⅰ. ①鲁… Ⅱ. ①韩… Ⅲ. ①日记—作品集—
当代Ⅳ. ①I267.5

中国版本图书馆CIP数据核字（2016）第146164号

鲁院日记
LUYUAN RIJI

作　　者	韩晓英
责任编辑	葛　毅
封面设计	王　斌
出版发行	陕西新华出版传媒集团
	太 白 文 艺 出 版 社
	（西安北大街147号 710003）
	太白文艺出版社发行：029-87277748
	tbwytougao@163.com
经　　销	陕西新华发行集团
印　　刷	咸阳日报社印务有限公司
开　　本	720mm×1020mm　1/16
字　　数	315千字
印　　张	22
版　　次	2016年6月第1版 第1次印刷
书　　号	ISBN 978-7-5513-0969-1
定　　价	49.00元

一次曾经的回眸

于感动中见证岁月的延伸

一次未知的眺望

在温暖里采集灵魂的绽放

文字是我唯一的拐杖

标点是我仅有的支票

我借用它们完成一次

与陌生和遥远的对白

鲁十八，我们来了……

和中国作协主席铁凝

和作协党组副书记张健

欣赏王蒙先生书法

和白描院长

和中国作协党组成员、书记处书记李敬泽老师

和著名作家刘庆邦老师

和小清新班主任严迎春老师

和陈涛老师

和孙吉民老师

鲁十八开学典礼

和同学在清华大学

鸟巢留影

秦皇岛祖山

八达岭长城

北京香山

秦皇岛祖山

圣诞温暖抱抱团在班长房间

我们组成员

我们组成员与《文艺报》总编阎晶明
导师、《小说月报》总编王干老师

《都市挣扎》研讨会部分师生

结业典礼

祝妻女阳光，快乐的样子，我更喜欢她不停的在衣柜翻腾，一件一件的在镜子前试衣服。她做的菜很好吃。她有二个与众不同的特点，一个是数钱时够快，第二是她能把一个普通的菜咀的声音很清脆响亮，真让人够爽快。所以妻女就是我心中的神灵，是我的精神领袖，是她让我们有这个幸福的家，是妻女给了我一双聪明、优秀、出众的儿女。我很...是所以我忠于我的妻女、家庭，我深爱我的妻女，我要一生一世好好的给她幸福，让她快乐，让她过好每一天！

妻女晚上洗了很多衣物，又帮女儿洗澡，整个家中一片祥和。岳父母坐在客厅说话，我坐在书房上电脑，房间灯火通明，这一切是多么的让人舒心。这样的空间让人倍感温暖。浴室出来的妻女、女儿、灯光、家中老人的身影，这是一幅醉人的画面。

M T W T F S S

我又哪能够的活入睡，我心里放不下她，担心她。妻女是一个温和平静，本性善良，通情达理，胆小柔顺的人。是一个内心世界很平静的女人，在家里她可以容忍儿子、女儿的不讲理，可以让女儿把她乱装，却从不伤害孩子，在单位她静静默默的工作，逆境奋斗。在文学圈子里她守着内心的平静……从无是非，在亲友中她尽心尽力。

妻女天性太过善良，不会反击，不知道防备是什么？遇事宁可自己硬扛着，悄悄流眼泪，却从不愿给别人添麻烦，不会争辩，不去解释，独自承受……

有次骑车被碰倒，站起来看伤了一点皮，没吭声的已走了。晚上回家整个腿都肿了……多少年来她都是这样静静，悄无声息地消化自己苦和泪水，从不声张，不给任何人添一点麻烦。那怕是她受委屈，心里极度委屈……她也隐忍……这就是她的性格

目 录

Contents　　　　北京·鲁院日记

咸阳·爱人日记

3

散文随笔

鲁院研讨

附　录

后　记

"牧羊女"的心灵之约

白　描　〔原鲁迅文学院院长〕

　　韩晓英自比牧羊女,这本《鲁院日记》,可以看作是她的心灵牧歌。

　　她放牧心灵,放牧文字,放牧情怀,放牧梦想。她期冀在朝朝暮暮的牧歌声中,建立起属于自己的宏大的精神景观。这本日记,让我们看到了她的痴迷与努力,她的所思与所为,她的幸福与痛苦,她的柔弱与刚强。那是朝圣者才会有的精神与情感体验,这些真情文字,读来让我们动容。

　　我不知道她是否真的做过牧羊女。她的家乡是古时叫作豳州的那个地方,豳地的风土人情,两千多年来一直以民歌的形式被人们传唱,那便是《诗经》里的《豳风》。《豳风》篇首《七月》,记录了豳地男人和女人们一年四季的辛勤劳作:从播种到收获,从蚕桑到狩猎,从采藏果蔬到酿造酒醪,从搓麻缝裳到凿冰伐薪,从堵塞鼠洞到祭祀宗庙……韩晓英出生并成长于这块土地,农家生存的不易,她从小便有着深切的体验。在她走进城市之前,至少部分经历过如她豳地先祖一样的凄切清苦。在我的想象中,她一定也放牧过羊,因为只有牧羊女,才能唱出如她那泉水般清冽的牧歌。

　　韩晓英在鲁院就读的那一届,全称叫作"鲁迅文学院第十八届中青年作家高级研讨班",简称"鲁十八"。这是我在鲁院任上的最后一届学员,有人说"鲁十八"是我的关门弟子,他们班很多学员也跟着这么说。其实于我,从来不敢把鲁院学员当弟子看,他们当中不少人在文学成就上比我大,作为鲁院主要负责人,不过如一枚螺栓被安置在一个机器上的某一位置罢了。我与学员的关系,更愿意是朋友关系。但"鲁十八"终归是我人生职场的一个结点,在他们身上我花费的心思更重一些,从招生到教学设计,从课堂教学到学员作品研讨,从校内活动到校外社会实践,还有与学员的交往,我介入的程度比往届都要深。这个班在结业时,每个人都得到我赠送的一幅书法作品和一册我的古体诗小辑《壬辰去职留赠十首》。韩晓英是以长篇小说《都市挣扎》为人所关注,进而步入鲁院深造的。在她入学前,我们从未见过面,她曾把《都市挣扎》寄我,通过这部作品,我算是对她有一个大概的了解。到了鲁院,因为她来自家乡那块热土,我对她自然有种亲近的感觉,但这种感觉不过埋在心里罢了,不会让别的学员感觉到,也不会让她感觉到。身居公职,凡事一碗水端平,对学员一视同仁,这是一种基本的职业态度。

对人的了解和洞察能力,是作家的基本功,而对鲁院老师来讲,深入了解学员的生活和文学经验背景,了解他们的创作特点和优势劣势,掌握他们对学院教学安排和组织管理工作的感受反应,也应该是一种基本功。在我任职内,从高研班创办,到韩晓英他们这个班,凡一十八届,近千名学员从眼下走进又走出,对他们我不敢说都有很深的了解,但对学员主体思想情绪,对他们在学习期间的一些心理反应,对构成一个学员班级团队的各方集成因素,我以为还是能够掌握的。但读过韩晓英的《鲁院日记》,我却对自己生出疑惑,我问自己:你真的了解他们吗? 你看得清在宽阔的主流河道里,那些个人情绪细微涟漪的潋滟波光吗?看得透那每一个人笑脸背后隐藏的挣扎、内心的纠结、极度的敏感、一呼一吸之间的脉搏起伏,以及由骄傲、喜悦、得意、怀疑、疼痛、烦恼、沮丧、期冀、信心、勇气等等交织在一起所构成精神地带的那片喧嚣吗? 不,我并不透彻地了解这一切,他们是我熟悉的陌生人。

即以韩晓英为例,这部打开心扉的日记,记录了她在鲁院学习和生活的方方面面。"我渴望生命中有这么一次求学经历,因为这不是一般的学校,它是文学的天堂和精神的圣地。我怀着朝圣者般虔诚的心来到鲁院。""自从住进408之后,我的这扇窗就再没有关过,即便是晚上睡觉也不曾关闭,除了让空气永远畅通清新外，我更期盼通过这扇窗，能在梦境与院子灌木丛中端坐的郭沫若、老舍、巴金等文学大家对话，接收到哪怕是一丁点儿的点拨和开悟。"一般学员进入鲁院学习，都怀着热切的期望，但虔诚如斯，用心至此，实实是我未曾想到的。身处四十九位学员中，她平时不多言不多语，报以任何人都是甜甜的微笑，给人一种朴实单纯的印象，谁知她怀里还藏着那么丰富的感情、那么重的心思："我也和他们一样，克服了一切障碍和阻力，跳出了我们那个小山沟，一路上跌跌撞撞，来到鲁院，就是为了证明，我爱这个世界，也爱文学，我们也是文学的孩子，我们也渴望沐浴到文学的圣光。""这时，你会想，文学到底给你带来了什么？为什么你对它不离不弃，像坚守一个阵地一样死守不放呢，作家傅爱毛说：那是因为你心中有爱，你的血管里激荡着生命最本真的歌谣，那歌谣响彻在你的内心最深处，汹涌澎湃，滋润着你的生命，挥之不去，你必须用自己的声音唱出来，那唱出的声音也许干涩，也许没有调子，不成章法，但那毕竟是你的声音，那是你生命最原始的回响，只有那种声音在证明着，你作为人，来到过这个世界上，你在这个世界上回肠荡气、百折不挠、历尽艰辛而又无比卑微无奈同时又不失赤子之心地活过。"她快乐达观，看不出有什么忧愁，谁知她心里还隐忍着那么多秘密和纠结："每个人心里都有秘密，即使彼此感觉很相投，也是不久就要散，每个人的内心都有深渊，有痛苦、回忆或者其他，始终只能自己临崖独立，与这压力对峙，谁都不可能让旁人来参观这深渊。"她的内心有怀疑，有挣扎，有无奈，有对自己的诘问，也有着似乎是自以为是的回答："我焦虑、忧伤、敏感、自觉渺小、有些虚妄、无可奈何……我知道自己不会长久沉湎在这些情绪中，我想通过理性将其升华为积极的、温暖的力量"，"从现在起，我不再是作家，我只是地上最美的地方一个认真思考和生活的小妇人！……作家不再是我的标签，我就是我故乡村落或街市上一个普通的小妇人。"但终归，一种更为强大的理性精神和信念支撑，仍然在托举着她的梦想，"与其说鲁院是一所学校，倒不如说它是一种精神，一种信念，一个梦想更为确切。是存在于我们内心的一个神话，鲁院所传承给我们的，是一种观念，一种眼界，一种境界，一种大美大爱的熏陶和濡染，一种更深远意义上的人文品质和情怀。如果鲁院传承给我们的不是追求真善美，爱，理解，沟通以及诚信和慈悲的精神和梦想,而仅仅是一些讨巧性的技术,或者是一个用来谋职获利的学位的话,它还有什么神圣可言?如果我们从精神出发,最终所抵达的仍然是物质和现实的层面,还有什么意义可言?"说得多么好!这种认识,这种感受,我想鲁院的工作人员也会从中得到启迪,思索自己工作的意义,建构起事业追求和自身精神空间宏大的价值支撑。

这本日记是一面镜子,韩晓英通过它检视自己一段特别的生命历程,同时也让如我一样的鲁院工作者,检视自己曾经的岁月和走过的路。她在鲁院学习受益,而她把一份珍贵的礼物奉献出来,也让我们受益。

她说:"'鲁十八'四十八个同学在 2012 年的秋冬那段时间,没有彩排、没有预演,一个个都本色地出演了自己。短短四个多月的鲁院生活,远远超过了我四十年生活质量的总和,也远远超过了我的预计和想象。现在,我把这些文字修改整理出来,与生活和解,跟往事干杯。"她还说:"充满感动和感恩地敬畏着,这既是我鲁院生活的结语,也是我走向未来的内心的号角!"

于是,我们看到,她追随着她心中的神祇,驱赶着她的羊群,继续歌唱着她的牧歌。前方有约,那是一种心灵之约,幻想之约,她走在赴约的路上。

在她和我的共同故乡,在泾水之滨,许久许久以前就有一个女子在放牧,也曾有一场奇幻之约——一个名叫柳毅的男子路遇落难的洞庭龙王的小女儿,小龙女邀约柳毅传书她的父母来解救她。约定之后,柳毅看她辛苦牧羊,遂问:"吾不知子之牧羊,何所用哉?神岂宰杀乎?"女曰:"非羊也,雨工也。""何为雨工?"曰:"雷霆之类也。"那小女子放牧的竟是雷霆雨电。韩晓英心中也有她的雷霆雨电。这雷霆雨电在酝酿,在骚动,在积蓄着全部的力量,最终会有怎样的光焰,会有多大动静,我们不知道,但这似乎并不那么重要,正如她言:"我将自己这颗纠结之心暴露出来。通过这本书,我想告诉你:这世上没有一个人值得你羡慕;你所经历的一切,都熠熠生辉。"

是的,重要的是你曾经有过这般那样的经历,并从这经历中有所收获,你所经历的一切,因此而熠熠生辉。

2015 年 11 月 12 日于课石山房

感受韩晓英的文学"魔力"

雷 涛 （陕西省文教委主任、文学基金会理事长）

韩晓英的文学"潘多拉"盒子又一次打开了。

短暂的鲁迅文学院四个多月的紧张学习之后，韩晓英充了真正意义上的文学的"电"。这个"电"，既有老师们深邃而缜密的关于文学的阐释和演绎，又有来自全国各地的文学"少壮派"之间的各自表述和思辨，也有作为"实习"采风得到的现实生活的新知与启迪，更有作为一个涉足文坛不久，小有成绩而不满足，想成大器而自感底气不足的"学员"的心得与念想。电流总要传导，总要变成新的能量。可喜可贺的是，晓英由"鲁院"充电回来时，《鲁院日记》便孕育了，随身带回来了。几经润色，现在要面世。作为一个曾经服务于作家群体，至今依然对文学朋友尤其是青年朋友怀有殷切期待的人，《鲁院日记》让我又一次感受到文学的可亲可爱，也感受到了一个弱小女子深爱文学、献身文学的"魔力"。

记得《都市挣扎》正式出版后，陕西文坛的女性作家现象又一次引起社会关注。甚至有当下"文学陕军阴盛阳衰"之戏谑。玩笑归玩笑。冷静地回顾起来，一大批中青年女性作家的崛起确是不争的事实。其中，写长篇、中短篇的不少，写诗歌散文的也多，还有很多从事纪实文学、报告文学和少儿文学创作的。屈指算来，至少也有几十位。我曾经和陈忠实、贾平凹两位主席不止一次地聊起这个现象。我们的基本看法是,不论性别是男是女,能够成为文学陕军新的群落和梯次都是值得赞赏、值得称快的事。而女性作家群果真能形成自己的地域风格而名噪于世,说不准也会像当年"陕军东征"一般,让世人刮目相看。无疑,当年的"东征"以五虎上将为主。而今天,女性作家的佼佼者却多多了,韩晓英自然在其前列。

《鲁院日记》的创作思想,写作特点以及抒发出来的人文情愫和文学思考等等,白描仁兄的大作描述得绘声绘色,我不赘言。他曾经是《延河》的主笔,又是鲁院的"祖师爷"之一。而当年晓英上鲁院,白描兄也是慧眼看上其潜力的。让我感叹甚至唏嘘不已的,则是我和晓英结识的数年中,我感受到她对文学追求的强烈执着。这是一位小女子在确认了自己的人生坐标和目标之后,用磐石般的意志和像决斗士一样的魂魄以及拼命的定力来奋斗的一段历程。

我记得那个刚刚过了大年,积雪未消、寒风依然凛冽的正月。机关上班还未"常态",我就被告知,来自咸阳的女作家韩晓英要见。虽然之前,我已认识她,先读过她的一些小作品,接着读了她的长篇小说《都市挣扎》。但对她的造访我还是感觉有几分突然。进得门来还未落座,晓英便急切切地说:"实在心急,坐不住,所以刚上班就来打扰您。"还没等我细问何因,她接着说:"我这次来,就是想上鲁院。我知道每个省一年只有一个名额,大家都想去。而我,还没有多少出息,就冒昧地请求。"听完她的话,我一边递茶给她,一边解释要上鲁院,要过几个关口和程序。最重要的是要集体讨论进行筛选,还要和鲁院沟通……我正在叙说着,晓英却不吱声了,一脸的无耐与无助。刚才还话头不断,顿时却变得腼腆起来,像个做错事的孩子一样委屈无言。临走时,她只是喃喃地说了句:"真的,去鲁院深造是我最大的梦想,我很想很想去。"之后,我也没料到,在综合多种因素后,大家一致看好的就是韩晓英。

晓英从鲁院结业回来,第一件事就是向省作协汇报她的学习收获。我记得最深刻的话是:"鲁院真是藏龙卧虎之地。全国各路精英汇聚在此,都有各自的绝活,都有在文坛雄霸天下的英气。几个月把我教乖了,也教野了。"我明白，这"野"也是胸中的霸气在升腾。

接着，她邀请包括我在内的多位文友造访她的故地彬县水口镇的一个山村。也算是对组织和大家伙的谢忱。也是这次行旅，我进一步了解晓英。是什么塑造了晓英的文学情结和犟劲？是那块奇特的土地，是去她家坡下的那条大山沟，还有那条沟通往的大峡谷。从小就生活在深沟下边的晓英爱读书，爱读文学类的一切书籍，把当作家定为神圣的人生追求。她很感谢她的哥哥。因为她放学回来总是看书、看书，父母也慢慢由训斥到默认，由默认变为欣赏了。而几乎所有帮父母干的家务活都由哥哥替她做。晓英回想幼年的学习经历时也有些叹息："那个时候简直把看书当饭馍吃。饿着肚子可以，不吃不喝都行，不看书不行，真应了'痴迷'两个字。"

由在社会上打工到考入《咸阳日报》工作，这是晓英人生的一个大转折点。也是她战胜困难也战胜自我的历练的开始。她有两个孩子，丈夫在外地照顾不了她。她没有丝毫的畏惧和怨气，而是硬扛、扛到底。要上班，要管娃，还要挤时间搞文学创作，怎么承受这自我的加压？我问晓英。晓英竟然笑起来："女人生就比男人要多吃苦耐劳，不能怨天怨地，这是本分。要奔自己立的新标，不拼命不行。拼命对我而言，是兴趣，是乐趣。我哄孩子入睡后，天地就是我的了，我常常写作到天亮。那一轮升起的朝阳，那一缕新鲜的空气就是对我的馈赠和赞赏。"晓英说得很轻松、很愉快。

《都市挣扎》中有晓英的影子。作品中蕴含着闯荡创业。创业人躁动、焦虑、矛盾、希冀的复杂情绪和性格一览无余。也折射出秦人率直、纯厚、包容、倔犟、大气的精神本源。作品面世后，人们另眼看这个小女子了。她被报社安排做副刊编辑。晓英说，面对大量的文学稿件，她就如同检阅部队的将军一般。写作者的作品，如同不同军种、兵种、不同队列、不同装备的士兵以及方阵，一个一个，一队一队从你眼前走过，你是检阅，也是学习，许多稿件给她以提示和启发。有的稿件虽然上不了报，但提供的鲜活的生活实景和生活语言却让人兴奋，这也是一种生活体验和知识的积累。为做好本职工作，晓英自己为自己取消了节假日。有一次，我和几个朋友相约去她的家乡侍郎湖，一个朋友给她打电话，邀她同往。她接话后连连道歉，说要编一个重要的版面,实在脱不了身。直到后来,她知道我当时也在其中时,一再发短信和打电话说对不起,失礼了。并约我为报刊写个小文章。我也认真写了篇小散文《侍郎湖的麦饭》。不久,就见报了。熟悉的人笑言,这是晓英为了致歉为你开绿灯。晓英却说,是人家抬举我,支持我的工作。小女子变得嘴甜和老成了。

晓英对《都市挣扎》并不十分满意。她说,那只是写长篇的一次初试,没想到会得到一些好评。她告诉我,继《鲁院日记》之后,已经开始了另一长篇的创作。她相信会开辟一个新的天地。我问其思想内容,晓英神秘地说,暂时保密。

如今,晓英一边写作,一边挤时间读书。她要把公认的世界文学名著尽可能地多读。读经典就是攀登一个个文学的山峰。只有不断攀援这一个个山峰才能感知自己的渺小,也才能激发自己向更高的珠穆朗玛峰冲刺。年过"不惑"的晓英就是这样面对着文学,面对着人生。读晓英的《鲁院日记》,从中窥探她的文学心灵,也探视她的追求成因。还有她未来的文学梦想,也许读者会明白许多。

末了,我还想说,晓英要我为《鲁院日记》写点文字的要求是几个月前的事。当时我好像答应了,可是一忙起来却把这事给淡忘了。直到太白文艺出版社已完成初审,将要最后定稿的当口,晓英才打来电话。她说知道我很忙,实在不好意思催问,还说到白描院长的大作已到她手,写得情切意真,不愧是大家之手。就等着我呢!这一下逼得我无退路可逃。于是,我放下电话,便拿起笔进入状态。正因为比较了解她,便也写得顺利;也因为匆匆而为,不免浅陋难掩,敬请读者见谅并批评。

2016 年 7 月 14 日

自　序

与你的内心狭路相逢

在北京、在鲁院，见识了全国各地那么多真正的写作高手后，一段时间里，我尚存的那点可怜的信心被打击得片甲不留。我想，中国文坛根本就不缺我这个人，中国现代文学馆也不缺我这本书，陕西也不指望我成什么气候，我能写出什么呀！上了鲁院，圆了梦想，回来后，该干什么就干什么吧。

实话说，从鲁院回来后，一段时间里，我每天吊儿郎当、胡吃海喝，睡懒觉、看电视、微信、网购、上班、带孩子，把自己活得很家常。看起来，似乎蛮充实的样子，实际上心灵很空虚。那时，沉睡的不只是身体，还有思想，整个人就像冬眠了一样，脑子彻底不转了。终于有一天半夜，我把自己给睡灵醒了，那个瞬间，我一骨碌爬起来，摸索着开灯，我需要照亮，需要食粮，我急切地钻进书房，就像盲人在寻找灯塔，就像饥饿的人在寻找面包。那时，"我深深感觉到阅读的介入成了当务之急。我迫切需要更充沛的知识来帮助我沉潜，需要理性来帮助我梳理，需要更缜密的思索来质疑、追问和寻找，需要新视角来重新激发，也需要雍容慈悲的心态来包容他人和自我。"于是掌了灯，潜心阅读。

无意间看到一篇文章《阅读让人越来越低》，出自女作家周冲。她说："阅读，是串联一生的事情，只有它能说服我，无论生命如何繁华或虚无，都要天真、虔诚、满含悲悯。书柜里品种繁多,文学、评论、历史、哲学、宗教,也有自然、科学,每一种都有所涉猎,但大都如蜻蜓点水般粗浅。只是不再急躁,哪怕越发感到自己的无知。世界莽莽,时间荒荒,我举目四眺,也不过这四面白墙,视界如此之微渺,此生此身,永远处于局限之中。承认了这一点,便愿意向自己的缺陷服输,愿意承认平庸,愿意低下头颅,将所见所闻所知所思,都看成是恩赐,将每一个经过我生命的生命,都看作平等的存在而不再眼高手低。万物顺从秩序又千回百转,而我又凭什么自觉与他们不同?"慢慢地,在一次又一次的阅读中,那种创作的冲动又被唤醒了。作为文人,长期不动笔是良心不安的,这好比干了一辈子农活的农民,日间扛着锄头不管有没有收获,总得在地头戳倒那么几下。于是,戳倒戳倒着,就将这本文集修改整理出来。因为,在这个泥沙俱下的世界上,还有那么一些朋友、老师、同事、领导真诚地欣赏我、关心我、督促我、爱护我。面对他们,我无以回报,只有这些从我心里剥离出来的真诚的文字,还原成一个真实的"我",与他们互为依存,互相安慰。同时,也算是自《都市挣扎》出版后给自己的又一次总结和交代。

在鲁院上学期间,我在小说创作上遇到了瓶颈,无法天马行空又不甘原地踱步。也同样在那段时间里,各种不切实际的褒奖逐渐蚕食我的自我认知,在写作上,我不知道自己能坚持多久,亦不知能走多远,心里着急又焦虑,我买了好多经典小说,一篇一篇仔细研究,希望能够受到触动和启发。一天晚上临睡前,拿起一本《十月》,读王安忆的文章《音乐生活》,写她在维也纳的情形,其中对维也纳的建筑、购歌剧票时遇到的"黄牛"、观众、邻座的女士、街上的店员等都有详尽的描写,其间穿插着罗曼·罗兰的《约翰·克里斯托夫》,用灵魂触摸文本内外的世界,将文本阅读、生活体验以及阐释、想象和猜测融为一体,营造了独特的艺术空间。这篇文章给了我很大的启发,王安忆写的是她在维也纳的生活,那么我为什么不写写我在北京的鲁院生活呢,鲁院对我的意义相当于维也纳之于王安忆。

那时,一直在想,四个月后我回去该怎样向关注我支持我鼓励我的亲人、朋友和领导交代呢?他们肯定会问我,你在鲁院都学了些什么、干了些什么?这么一想,我一下子激动起来,《鲁院日记》这本书的创作计划清晰地跃上心头。对,这本图文并茂的书将详尽地记述我在鲁院的生活、学习、思想和动态,解答所有的疑问,是送给关心爱护支持我的人的最好的礼物,同时我也把它送给自己,作为生命中一段独特的意义非凡的记录。

去鲁院上学时,我把正上高中的儿子转到了启迪中学,让他住校,我接来婆婆,请她给我老公和女儿做伴,好让他们每天回家有家的感觉,我把女儿托付给小区托管班的陈老师,我自以为安排得很好,就欣欣然了无牵挂地飞到了北京。第三个月时,我回了趟家,听老公说我走后,他写了两本日记,十多万字,我没在意,心想,他能写出什么呀!有次感冒,去医院输液,就把那两本日记带上消磨时间,没想到,看第一篇,就泪流满面。我老公的字写得很漂亮,整本日记不见一个墨点,不见一处改动,写得非常整齐、美观。我一页一页往后看,整整一天,眼泪就没断过,邻床打吊针的阿姨好奇地看着我,不明白我为什么一直在流泪。一本日记看完后,我眼睛酸疼得已经睁不开了,床头柜上,五小包手帕纸袋空空如也。每次打完针后,老公就来接我,那天打完针,眼睛疼得不行,我只好骗他说还没打完,自己在医院闭着眼睛躺了几个小时才叫他来接。

后来,我把老公的日记给西安一个在文学上很有成就的文友看,本来是想让他翻翻,拿回家再慢慢看,可他拿到手看了第一篇就不再跟我说话,一个劲地一篇一篇接着往下看。后来,他说回家后,一个通宵把一本日记读完了,并且推荐给他读书很挑剔的妻子看。在我往回要的时候,他居然拿相机一页一页拍照留存。我想,并不是我老公的文采有多好,而是文字里饱含的感情深深地打动了他。

在别人眼里,我老公算不上成功人士,没有混上一官半职,也没有给我挣来大钱。回到老家彬县,居然有人传言我们离婚了,这些年的坎坷境遇,两人之间磕磕绊绊总是有的,但离婚的事情,我倒从没想过,一如钱锺书先生所说:"在遇见她之前,我从未想到结婚,在结婚后,我从未想过离婚。"我老公有次说,咱俩要是离婚,我走时啥都不要,只带走自己衣服就行。我说,行,你在外边觉得不好了,就随时回来。如此一来,这婚自然就没能离得成,一过,居然二十多年。

十多年前,为了追寻文学梦想,过上自己想要的生活,我带着才两岁的儿子放下县城的工作，来到咸阳一边工作，一边上学。其间，老公还在县城一直没能调回咸阳。那时候好傻，为啥要调，他在县上好好上班就行，来回两头跑照样可以。可那会儿，刚结婚不久，两人黏在一起不愿意分开，后来他调到礼泉，我一个人带着两个孩子，又要上班又要写作，那样的日子一过就是十年。

数十年，我们两地分居熬着，可是，我的老家彬县，却发生了翻天覆地的变化，那里的父母官只要你肯干事能干事就会破格提拔任用。在我心里，我老公是一个有魄力有能力能干大事的人，尤其善于处理突发棘手事件，疑难问题。结婚前，他就在我们县底店工商所当所长，婚后不久，就调到城关工商所当所长，那是全县最大的工商所，他把工作干得有声有色，市工商局各兄弟单位常来观摩学习。他离开彬县后，他的下属好多都调到其他部门担任重要领导，可是这些年，他放弃自己的前途，追随着我，默默地陪着我，支持我。在咸阳借调的这几年，无论到哪个单位，他都是顶梁柱，别人不愿意干干不了的事都是他干，他还是市工商局讲师团成员，演讲、朗诵样样行，年年被评为先进工作者。只因为没有正式调下来，没有关系没有背景，一直得不到提拔重用。

近几年，经多方努力，老公被调到咸阳市工商局秦都分局，我们总算是结束了两地分居的生活，日子看起来有了一点起色。2012年，工商体制下划归县上直管，因具体办事人的疏忽，他的正式调动手续没办成，又不得不面临重回礼泉上班的境遇。

我老公这个"熊"，这个在权势和困难面前从不低头的熊，却在聪明甚至狡黠的人类现实面前碰得鼻青脸肿。具体到这个方面，我感到我的不幸和悲惨。同样，我也是那个碰得鼻青脸肿的家伙，经常躲在不为人知的角落里，舔自己难以弥合的伤口。

这些年，我们这两个笨熊、木熊互相搀扶着，谨小慎微地活着，却还是被残酷的现实左一个撇子，右一个撇子，扇得经常是晕头转向，找不着北。

幸好，在经年累月、一粥一饭的日常恩情里，还有一些东西始终在支撑着我。生病了，老公带我去医院，用不了几下，他就跟大夫成了哥们；被朋友骗走了钱，我急得上火，他一出面，保准能给我要回来；惹上什么麻烦，在他面前挤上几滴鳄鱼的眼泪,他心一软,准得出面替我摆平;家里有啥好吃的,他一口不动,并且还要做出自己坚决不喜欢吃的样子,直到我和孩子饱了实在吃不下,他这才汤汤水水,一股脑全倒进自己碗里;家里好吃好用的全尽着我,给他舍不得花钱买衣服,给我买起来却毫不心疼;女儿从四岁半开始上舞蹈课,每周两次,六年多来大部分时间都是他负责接送;每天早晨六点半他起床给孩子做早餐,多年来从未间断。这对经常熬夜写作的我来说,根本就做不到;我一旦进入写作状态,黑白颠倒,昼夜不分,任何时候,想睡就睡,想起就起,一头扎进文字里,家里其他事很少操心。他没半句怨言,端来水果零食,把孩子领到一边,轻轻给我关上书房门;有时参加活动,一走几天,他只叮咛你注意安全,那种信任、理解和支持,连我父母都做不到;生活中,不管你惹下什么乱子,他都帮你收拾摊子……

一生中,找到一个任何时候都愿意帮你收拾摊子的人,足矣!如此,我还要求他什么呢?

我把在鲁院期间自己写的日记和同一时间段老公在家写的日记结合出版,从不同视角展现当代中国普通家庭三代人的成长追梦故事。老公的文字有太多的家长里短,日常生活,太过真实,这是我一直犹豫出不出版的症结所在。甚至书里的内容也令我万分纠结,是写些无关痛痒的文字,还是直逼心灵?在我,依然是个天大的难题。

鲁院同学何红霞在她的散文集《岁月向西》序言中说:"散文是唤起和安抚,是冷峭或热烈的心思,是一个人的整颗心灵。散文写作,如果作者无法具备充分的现实还原性,做不到完全脱略不羁,但必要的心理忠诚一定应该持有,或者说,这本书中所有的零碎篇章,铺展开来就出现了完整的'我'和'我'眼中的生活与世界。"她说:"一本书被阅读,被感悟,被正读,被误读,被有的读者奉为圭臬,被有的读者贬为垃圾;在有的地方洛阳纸贵,在有的地方无人问津,想象一下这种情形,我既感到欣慰快乐,又感到无可奈何。书一旦呈上书架,就开始了它独自的历险,就像每个人都有自己的命运一样,一本书也有它自己的命运。但我并不过度欣欣或者悲伤,因为在这个世界上,'还有那么多人,走完了没有被呼应的人生'。"她说:"我的书出版了,即便是获奖了,我的家人、邻居、同事无所谓,我也无所谓。纯文学在这个时代是羞涩的,是隐性的,除了欣赏我的朋友和编辑,这个世界,很少有人真正对我的作品感兴趣,写作仅是我的豪华享受,我不可能天天享用。"我们都是牧羊女,总想在朝朝暮暮的牧歌声中,建立起属于自己的宏大的精神景观。既迷恋文学,又迷恋世俗享乐,尽管常常顾此失彼,难得协调,夹在其中忽悲忽喜,但还是乐此不疲,真是贪心的人。

离开鲁院已经三年多了,回头再看,鲁院真的是一所好学校,它不仅仅是一个文学院校,更是一所特殊的社会大学。在那里,你不仅仅要学会适应,适应那里的饮食、氛围,还要学会交朋友,学会与人相处。鲁十八的四十九位同学在 2012 年的秋冬那段时间,没有彩排、没有预演,一个个都本色地出演了自己。短短四个多月的鲁院生活,远远颠覆了我四十年生活质量的总和,也远远超过了我的预计和想象。现在,我把这些文字修改整理出来,与生活和解,跟往事干杯。

曾经读到过这么一段文字:"与你的内心狭路相逢",那么,亲爱的,当你打开这本书时,你一定能与自己狭路相逢,与你熟悉的生活狭路相逢,与你的内心狭路相逢。因为:"我和你一样,在万丈红尘里摸爬滚打,身心俱伤。我们在书里相遇,然后一起搀扶着,找一个地方坐下。我安静地细数往事,向你娓娓道来。我不是导师,也不是鸡汤,我只是陪你哭陪你笑陪你吐槽。期待我的文字,有智慧,有情怀,有洞察力,能治愈,可疗伤,能让你发现生活有情趣,有格调,有诗意,这是我至死不渝的追求。"

自序结尾时,按照大多数人的惯例,此时作者应该列出一个感谢的名单,但对我而言,此举多少有点为难——感谢的话语,就是刻在石头上也是不够的,更何况,我要感谢的人太多了。

最后必须说明的是,这本书如果在某个瞬间打动了你,全仗在这本书里出现的每一个名字,是他们装点陪衬了我的生活,给了我们一个美丽而温暖的世界。

2015 年 10 月

北京 · 鲁院日记

我的鲁院,我的文学,我的记忆

2012 年 9 月 5 日,我和全国各地 49 名分布在五湖四海、疯狂挚爱文学、并为此奋斗多年才领到来鲁迅文学院学习门票的文学中年们,克服了世俗的一切羁绊和障碍,带着无限的憧憬和向往,走进了梦想多年的鲁院,住进了梦的阁楼。

那时,北京的秋,天格外的蓝,我们这些终于被上帝垂爱、眷顾的孩子,一个个幸福得心里像要往出流蜜一样,觉得自己是世界上最最幸福、最最幸运的人。每一个人心里都充满着无限的感恩,感恩命运,感恩时代,感恩我们所处的文学大省对于一个普通写作者的关怀,更感恩单位的领导以及家人的支持。

那些天,三三两两漫步在美丽校园的同学们,无不带着孩童般纯净美好的心灵,用无比单纯而又新奇的目光打量着鲁院的一切。博大神秘的中国现代文学馆,崭新气派的教学大楼,曲径通幽、花草蓬勃的院子,杨柳依依、有着睡莲金鱼小池塘,使我们时时驻足观赏,还有端坐在院子灌木丛中鲁迅、巴金、冰心、丁玲、叶圣陶等文学前辈的塑像,和善地"注视"着我们,似乎欣慰文学事业后继有人。我们无比虔诚地站在这些如雷贯耳的顶级大师们面前,向他们致意、问好,用热情澎湃的心声告诉崇敬已久、这才得以相见的文学前辈,我们来了。

我们,来了。

此后,四个半月的共同学习,四个半月的朝夕相处,四个半月的师生情谊,点点滴滴令我们终生难忘,终生受益。我用刻录在心灵光盘上的点滴记忆、帧帧相片,在此记录、封存一个个美妙的永生难忘、再也无法复制还原的幸福时刻的精彩瞬间,时时刷新、刻刻回味,恒久珍藏。借此为自己生命中曾经美好的记忆留念、留念、再留念。

幸福记忆,定格青春。文学梦想,再度起航。

鲁院,你好

9月5日上午11:40,我来到了向往已久的鲁迅文学院。那时,北京的气温还是相当的热,一下车,看到中国现代文学馆、鲁迅文学院两个门牌,我像见到了久违的情人般会心地笑了。

鲁院,你好!

对鲁院的情结由来已久,很早就知道鲁院是中国文学界的最高学府,曾经培养出蒋子龙、王安忆、莫言、余华等文学大家。2003年,我在《小说月报》上看到鲁院普及班招收函授学员,当时毫不犹豫就报名了。其实,那时所谓的函授班只是给寄了几篇作品,当时的辅导老师给回信点评了一下,后来还给发了结业证书,尽管没有任何实质上的效果,但由此可见我对鲁院时至今日的向往。后来,陆陆续续听到一些文友上了鲁院的高级研讨班,在他们上鲁院的日子,我每天都关注着他们的博客,跟随着他们的文字足迹走进鲁院、了解鲁院、感知鲁院。在那一篇篇真情详尽的记录中,我知道了文研所时期的四合院、八里庄的鲁迅文学院,还有如今坐落在北京市朝阳区育慧南路的鲁院新院。八里庄老院三月还未融化的薄冰、盛夏的蚊子、怀孕的猫、老院门口曾醉了无数学员的那个烧烤摊、人气总是很旺的乒乓球案子、每一届开学典礼、中秋晚会、结业典礼、谁哭了谁笑了谁醉了,我都记得一清二楚。鲁院的一草一木，房间的角角落落，教职员工的音容笑貌，包括每一期学员都去哪里进行社会实践课以及发生的那些有趣的事情等等，我都如数家珍，熟悉得好似自己曾亲历过一般。鲁院——这沉淀着中国众多作家记忆最深的院落，它的浪漫、寂静和神秘，令我无限神往。在拜读那些文字的时候，我一次次热血沸腾，我一遍遍地告诉自己，一定要写出像样的作品争取上鲁院。

我这些年的写作，总是依赖于个人经验的阅读和摸索及仅有的那么一点点悟性零打碎敲断断续续地进行着，多么希望能有大把的整段的时间能够得到系统的专业的指点，就像现在很火的《中国好声音》一样，能够有专业的导师来指点、拓宽。

2010 年，为出版长篇小说《都市挣扎》，我去北京长江文艺出版社，当时很想去鲁院看看，我想，即便我上不了鲁院，让我来看看她也行啊！那时，鲁院一个认识的人也没有，只好很不甘心地回去了。后来，当我的文友上鲁院后，我又一次想专程去北京，去鲁院看看。我暗恋她这些年，即便她不为所动，让我走进去看看也好啊！

2012 年 8 月，我终于接到了鲁院的录取通知书，兴奋之余不免又很担忧，我知道，能来鲁院学习的这些人除我之外都很厉害，去了之后会不会压力太大？我能跟得上吗？带着种种的顾虑、忐忑和憧憬，我来到了鲁院。

一进大厅，温华等几位老师就在报到处迎接我们。来校之前曾和温老师通过几次电话，其他老师都是第一次见面，但都觉得十分亲切。办完手续后，我拿到了 408 的房卡，房间设施非常好，尤其是那套粉色的床品，给我们这些大多已进入不惑之年的"女生"们最温馨最体己的呵护，那种粉嫩和洁净唤起我们心底最柔软的少女情结。

在抽屉里，我看到了一个特殊的本子，扉页上写着：继承创新担当超越 408 记忆。打开第一页："亲爱的师妹，你将要住进 408，而我要在今天离开她——这是你我的缘分，虽然擦肩而过，也许永不相见，但我们却在同一间屋子里，留下生命最美好的印迹。愿你从第一天就像我在最后一天爱她一样地爱——我们的 408。祝福你！——严英秀 2012 年 7 月 7 日"

我知道,这是鲁院的传统。早在八里庄老院就有的规矩,从建院到搬进新院址之前,一届一届的学员来了又走了,但是每一个他们曾经住过的房间都留下了他们发自内心的声音。我知道,四个月之后,我也要在这个本子上庄严地留下我的心声!

在来鲁院之前,我就在心里琢磨着,每省只有一个人,那么饭菜的味道肯定不可能照顾到每个人的喜好,这对三天不吃面就想念得不行的陕西人来说,肯定是不好忍受的。我打算安顿好之后就去附近踩点,找几家对胃口的饭馆以备不时之需。没想到第一餐饭就令我很惊喜,自助餐品种多而且味道很家常,几乎都很可口,每餐都有水果。吃完后只需把餐盘端到指定的地方,有服务员专门清理。房间也是服务员在固定时间清扫。每天不用洗碗,不用打扫房间,这怎么了得!

第二天上午是开学典礼,我的正前方面对着中国作协主席铁凝。以前,读铁主席的作品,看由她的小说《大浴女》改编的电视剧,见过她的照片,今天,我们以文学的名义首次在北京相聚。当庄严肃穆的国歌声奏响时,突然,我感到了一种前所未有的神圣的使命感。刹那间,双眼一热,脸上的肌肉顿时都绷紧了:我是谁? 怎么就会来到这里?

我想,今天,我之所以站在这里,是被我们陕西省作协认为是有发展潜力的学员推荐而来,我们省作协把这仅有的一个名额给了我,中国作协把我们当作可塑之才免费培养,给我们提供这么好的学习环境和生活条件,我单位的领导批准时间支持我来学习,我的爱人和孩子都是那么的理解我,我要是不抓紧时间,我要是在这儿虚度光阴,那简直就是在犯罪! 我暗下决心,一定要拿出当时写长篇的劲头,每晚十二点前不睡,清晨醒来即刻起床,每天都要写点东西。可是,昨天班会时,成院长却说,你要是在鲁院这几个月只顾埋头写东西或者看书那你就太傻了! 要写要看你回去啥时候不行啊? 在鲁院就这么点时间,你得交流得沟通得睁大眼睛去看,去想,去思考。严老师也说,如果这样的话,如同入了宝山却两手空空。那么,如何放羊拾酸枣两不误呢? 这还真是个问题!

周五上午,中央党校文史部副主任周熙明教授讲《核心价值体系建设与意识形态创新》。下午是入学教育和班会，我被分到了第二组，我们十八届这四十八个人按惯例被分成五组，从名单上看，每组都是六个女生，四个男生。随后进行小组讨论，互相介绍。来自四川的林雪儿在我们组按年龄排行老三，她的长篇小说《妇科医生》研讨会阿来等著名作家参加，很有影响。她说，她来鲁院是"度蜜月"的，她说她爱了一辈子她（文学），年过半百时才得以和她（作家的摇篮——鲁院）相守四个月。我非常认同她的说法，我们都爱了她（文学）这么多年，如今，不惑之年才得以有机会与她相守短短的120天，可不就是度蜜月吗！

这几天，下课后，学员们基本上都结伴在附近转着买生活用品。下午，我和三个美女（那可不是一般意义上的美女啊！绝对货真价实的正宗美女）一起去华堂商场买东西，她们买电吹风、加湿器、果盘、盆、碗、靠垫、食品、水果，分明是要在这里过日子了。一些必需的生活用品我前天刚来时已经在附近的小超市买了，电吹风我怕伤头发，自然风干最好，加湿器似乎不必要，我本就是北方人，也没觉得有多干燥，果盘也不必了吧，塑料袋里拿出来洗了就吃也成，盆也都省了吧，直接对着龙头洗没什么不好，碗就更不用了，方便面我直接买桶装的，至于靠垫嘛，我觉得枕头竖起来靠上最好。呵呵，真是环保又经济！虽然不买，但是跟着作家美眉逛商场看北京美女也很享受啊！

班上的女生都住在四楼，男生住六楼，五楼部分男生部分女生，院里管理很严格，晚上11点后房间不许留客人，即使是家人也不行，林雪儿的女儿来了，班主任严老师找保安通融都不行。刚开始进出大门都需出示学员证，不出两天，保安就全都认下了。基本上是半封闭教学，每周一三五上午都有课，二四六自由。第一次上课时，我的同桌是来自云南的何贵同，但第二天就变了，班主任说，同桌经常会变，这样便于大家交流，增进感情。除了集体活动外，每次吃饭时也是很好的交流时间，饭桌上你会知道不上课时大家的动态，一般都是饭桌上相约出行。回到房间后，大都是关起门来各忙各的，这些为了同一个目标来自五湖四海的文友们，年龄平均四十岁左右，脾气秉性生活习惯各异，每人拥有一个独立的空间真是太好太方便了。

周六早上八点还在梦中就被"宋庆龄"的电话给叫醒了，她是来自湖南的宋庆莲，刚开始大家记不住名字，这样一下子就记住了。我隔壁住的是来自新疆人民出版社的李颖超，也是因为邓颖超很快就记住了。她说，大家准备步行去鸟巢，问我去不去。昨晚临睡前想着是周末能多睡会儿，就拿了本房间配备的《我的鲁院》看，本打算看一篇文章就睡，没想到一下子被吸引住了放不下，一口气读了一大半。开始趴在床上看，后来睡不着，干脆坐起来看。从《我的鲁院》中，得知余华和迟子建是鲁院第二期进修班学员，那时他们还是三个人一个房间。徐坤和孙惠芬是 2002 年首届中青年作家高级研讨班学员，徐坤在文章中谈到媛媛邀请她明年一定要去她的老家扶南（湖南）看看时，雪漠说："俄海是透（头）一次跟序坑（徐坤）褐酒，并天褐得高兴！来，来，序坑，褐"逗得我凌晨三点一个人在房间哈哈大笑，结果导致彻夜失眠，此时还没睡醒呢。本打算不去，但一想自己路不熟，还是一起去吧。说是步行五六站就到了，但是大家拿着地图边走边问，还是觉得挺远。看了鸟巢和水立方，有几个学员先回去了，剩下我和李颖超、末未、曾秀华四个人准备去王府井购物，晚上去小剧场看话剧，到北京了，一定要欣赏高雅艺术啊！路上，末未总是拿着地图在给我们三个女生"烟酒"（研究）路线，他总是把"研究"说成"烟酒"，就这还一再强调他的普通话标准！一路上好开心。我们几个不用记路，跟着他走就行了。反正那地铁线我到现在还是不知道怎么走，只是觉得好远。

在王府井一家商场，我看到了一个蒸汽熨斗，就是把衣服挂起来熨烫的那种，就像大商场熨烫衣服的那样，但是比那小多了，像个刷子，拿在手上就行，很方便的。觉得很好、很先进，同事曾说也想买个蒸汽熨斗，但是体积太大，家里没地方放。我觉得这个很好，李颖超说她有，很好用，才四十块钱。但这里要卖一百多，回头看看超市有没有，估计网上会有。

转到下午四点多，去书店买了几本书，去小剧场订票时当天的话剧票已经没有了，李颖超订了一张 9 号的票。此时大家都非常累了，我的脚更是疼得不行，回去时地铁那个挤呀！大家都说，长期住在北京真是不敢想象！每天光在路上就得花几个小时，还是咱那小城市住着舒服。我现在都在替李颖超发愁,她那场奥地利话剧跋山涉水的怎么才能看到啊!想想我都怕了,从学校出去得走一站坐公交车,下了公交再走一站进地铁,大概是从 10 号线倒 8 号线再倒 5 号线再倒 2 号线,出地铁步行最少四十分钟才能到。

回到学校已经七点多了,累得连说话的力气都没了。买了点水果一进门倒头就睡。早上五点醒来,发现居然把一只蚊子给压死在床上了。

周日早餐时,大家相约去鲁迅纪念馆拜见鲁迅院长。我到现在大腿还是疼得很,今天不敢再狂走了,心想四个月呢,总会有时间去的。餐后,一个人在校园散步,我细心地观察着院子里的一草一木,想着四个月之后将离开这里,这里的点点滴滴都会成为永生最温馨的记忆,心里有一点点小伤感。

2012 年 9 月 9 日

聆听李敬泽

今天上午的课题是:时代之变与小说家的难题,由中国作家协会党组成员、书记处书记李敬泽主讲。他谈到叶广芩的《豆汁记》时说,20 岁和 80 岁的人都喜欢,很完美,很流畅。质疑:"小说是不是要提供如此安全如此平稳的东西? 如此完美流畅一定有它的盲区,一定有遮蔽或舍弃的情况。我们始终在克服困难给自己一个表达,给这个世界一个表达,那些不能言喻的东西、无法言喻的东西。不喜欢过于流利、过于完美、过于光光溜溜、过于没有疑问的东西。这样的一种力量接近于真正的力量。知人心是文学的根本任务,真正地抵达人物的内心和读者的内心,是对作家很大的挑战。文学家就是要揭示海面下的冰山。人花钱就是要找到打动我心的人性内容。《金陵十三钗》是具有普世意义和普世人性的东西,既能打动中国人也能打动美国人的这么一部电影,却有人提出为什么要用妓女的命去替那些女学生? 张艺谋团队的一百多人都没有想到这个问题,由此可见,讲述这个世界的故事,抵达我们的人心真不是一件简单的事。小说家不是解惑,而是永远处于一个对世界像个孩子一样的发出声音、艰苦地寻找语言的状态。"这些东西还需慢慢理解、消化,进而运用到自己的创作中。

李老师谈到,作家最怕没有内心的语言,没有自我倾听和自我诉说的习惯,没有内省的精神生活。我是一个善于在心里说话的人,很多时候,人多的场合,我都在静静地倾听别人说话而我无话可说。遇事,我从不和人争吵,也不愿意解释,更不会争论什么,即使在心里为自己辩解几句,也会觉得很累。有时候,哪怕是一句善意的玩笑,也会招致别人的误解乃至攻击。那么,最好的自我保护的办法就是闭上嘴巴,小心翼翼地把自己藏起来,躲在自己的壳里,免受伤害。因此,躲在家里,静静地沉浸在文字中是我最为幸福的时刻。

活到了这把年纪,有些事情心里也明白了一点。苏格拉底说:"未经省察的人生不值一过。"每天晚上,当我躺在床上的那一刻,我都在心里省察自己的思想、言行有无过失。我仔细地想着,今天的事情,哪一件我做得不够好? 哪一件比较满意,如果当时我那样做而不这样会是什么效果呢? 有时候我对自己很满意,有时候我会很生自己的气。李敬泽老师讲,有生活的地方就会有烦恼,那么,就不要这样苛求自己了,只要有一颗恳切的热爱生活的善良的心,即便是无意中做错了什么,我想,连上帝都会原谅的。毕竟,人无完人,你就是再小心,也不可能事事做得那么完美。

午餐后想出去散散步。最近吃了亲戚送的保健药,感觉没那么多瞌睡了,以前每次吃完午饭,碗都来不及洗就瞌睡得不行,非得睡一觉才有精神,这几天明显感觉午餐后不瞌睡了。真好! 学院附近的一条街有一溜精品店,都是品牌货,因为号不全,甩货,夏装打折,淘了一件酒红色的鱼尾连衣裙,一双匡威的帆布鞋。价钱很划算,超喜欢!

女生们大都每天换一身衣服,有的甚至一天三换,因为每次上课的老师都是我们久闻大名无缘相见的人,都要合影留念的。在鲁院,大家每天都是隆重地出场,我是说,我们每个人都是用很豪华的心情对待在鲁院的每一分钟,珍惜生命中这次难得的相逢。旗袍、披肩、T恤、长裙,怎么妩媚怎么帅气怎么时尚就怎么穿。穷文人这个词在这里我看是彻底没市场了。女作家池莉曾说张欣的漂亮很让她解气,谁说女作家是因为丑没人关注才去写作的? 这句话在鲁十八同样站不住脚,女学员大多风姿绰约、仪态万方! 天天令人赏心悦目! 她们不仅是精神上的贵族,在生活上同样贵族。

　　下午没有课,本打算出去吃面,想想还是去餐厅好了,现在每天三餐不仅仅是吃饭时间,更多的是用于交流。餐桌上,你能知道今天大家的动态,准备去哪里,都有什么打算,不然关起门来啥也不知道。我喜欢坐在餐厅边听他们说话边欣赏美女,那些女学员真的好优雅好精致!饭后,几个人相约去校园散步,漫步在石子小径,都在感慨我们这四个月真是太奢侈了,每天没有什么事情等着你去做,不必买菜做饭,不必接送孩子,不必按时上下班,一些平常纠结的事情通通都放下了,亲戚朋友同事都知道你去北京上鲁院了,有时候一天一个电话也接不着,突然从自己原有的人生轨迹上抽离出来,安静得有点儿不真实。但是,一生能有这么丰盈的四个月,让我们静静地在这里学习,直面自己的内心,距离地审视自己的曾经和过往。多好啊!

2012 年 9 月 10 日

八里庄老鲁院

　　今天早餐时,老三提议饭后去八里庄老鲁院看看,这是大家共同的心愿,没去过的人都热烈响应。于是十一个人乘三辆的士去八里庄,老鲁院正在装修,大门过几天就要拆了。我们看望了文学院的王处长,他是一个极风趣幽默的人,带着我们参观了他收藏的紫砂壶,并详细地给我们讲解紫砂壶的制作方法和怎样分辨真假。

　　这是一位真正的文化收藏者,根雕、玉、刀及各种各样的紫砂壶。参观完后,王处长请大家在老鲁院餐厅吃饭。饭前在院子转,雪松高大挺拔,各种叫不出名的植物郁郁葱葱,因在装修重建,我们在花园拔了一些红掌和绿萝装在塑料袋,用矿泉水瓶装了水插起来放在书桌上,房间立马有了生活气息。最喜欢老鲁院的亭子,大家随意地坐在那里,听王处长讲他的同事、朋友,讲得十分传神。他说,有个家伙特抠门,两块钱一瓶的啤酒喝剩下半瓶舍不得扔,把冰箱打开,拿出不知啥时候剩下的那半瓶,眯起眼睛倒进去,存下下次再喝。他讲一个懒人,懒到什么程度呢?买裤子不用系皮带,鞋子也是不用系带的,衣服从来不扣扣子,哪怕是穿三层,都那么一裹就出门了。有次在院里碰见领导,领导说你怎么穿成这样啊!快回去换。得,回去了。走半路又折回来,说,今天星期六,不用穿那么整齐。他的媳妇是考试大王,每次考试都是前三名。这两口子呢都是不讲究的人,有次去他们家,真的是迈进去的,地上一堆一堆的东西,无法下脚,只好找空往进迈。那桌上的方寸之地,隔年的瓜子皮,书,乱七八糟的什么都有,只能扒拉出那么一块地方。床就更逗了,上面夏天的冬天的衣服一堆一堆的,被子从来不叠,睡觉的时候钻洞一样地钻进去,居然能把床单睡成一条绳,不是身上出汗嘛,这样一滚一卷的就成了一条绳。有人说如果录下来,稍做加工就是一篇好小说。他问,陕西谁来了?问我认识张艳茜吗?说张艳茜老写他。新院这边的院子里有很多的长椅,只能容两个人坐,要是有个这样的亭子就好了,下午或者晚上,十几个人坐在亭子聊天、讨论多好啊!还有就是王处长不在这边,要是经常能听到他给我们讲故事就太好了,我打算抽时间再去拜访他,听他讲话真的好享受。

晚上九点,窗外传来轰隆隆的雷声,接着便是瓢泼大雨,夹杂着几声闷雷。此时,学员们都窝在自己的房间里,整个楼道安静极了。

2012 年 9 月 13 日

北京,购物篮和一卡通

雨后初晴,天空湛蓝。树叶在阳光的照耀下闪着白光,几只鸟儿在树梢上叽叽喳喳。上课前,我在院子散步。花园中,几个师傅在除草,空气中弥漫着一种泥土混合着青草的香味,美好的一天又开始了。

今天是北大教授、博士生导师戴锦华讲《历史大片与国族想象》,第一次领略了北大教授的风采。大家相约择日再去北大听她讲课。

晚饭后在院子散步,学员们三三两两的十几个都想出去走走,到门口时却不知道去哪个方向。我说,探寻未知的方向吧,向右的三条街大都转过了,看看左边没去过的那条街上都有什么? 走着走着,有人提议去看电影,于是改道前往影院,上映的是科幻片《普罗米修斯》,班长杨卫东办了张 800元的卡,一张票 35 元,总体效果还可以,谈不上喜欢。

在北京超市购物,他们的购物篮子设计得非常好。在咸阳的超市里,要么就是一个小篮子,提着买东西,装得多了,提上有点重,少的话,提着这么大个篮子也不方便,还有一种就是推个车子,也是不太方便。北京超市的购物篮子和西安、咸阳的购物篮子一样大,但是却多加了一个拉杆,篮子可提可拉,非常方便。我觉得这个细节就设计得很好。还有一种就是一卡通,来北京时,表哥给了我四张卡,说他们在北京旅游坐地铁时办的,也不知道里面还剩多钱,说你去刷一下没有了,直接充值就行。果然,在其他同学都交钱办卡时我只需充值就行。后来,给自己留了一张,其他的都送给同学了。这张卡可以坐地铁,也可以坐公交,非常方便,几站路才四毛钱。那次我们去长城,现金买票的话,每人十二元,刷卡就可以打四折,又便宜又方便,这也是北京的便民措施。听说,在北京,蔬菜和某些消费品都有规定价格,从细微之处减轻老百姓的生存压力。在咸阳每次乘坐公交车,最少一元钱,倘若你着急中没有零钱,就得找附近的商店去换,很麻烦,不换吧,司机还不允许你收钱。我想,要是把这两项便民措施推广到其他城市该多好!

2012 年 9 月 14 日

既来之,则安之

北京的秋可真是好啊,每一天都是那么阳光灿烂,此时的咸阳也是秋高气爽,千里之外家乡小山村的天空一定会更加湛蓝如洗。

昨天分导师,十个导师中有几个都是大刊的主编,心里忐忑着,不知道会是怎样的运气。白院长说这些导师都非常厉害,能点石成金,把死马医活。而一部小说经常就是差那么一点儿火候就会抵达一个高度,但作者往往会被卡在那里,无法突破。我在第二轮被《文艺报》总编辑阎晶明老师抽到。能成为他的学生真是幸运! 先前的写作仅靠有限的阅读和自己瞎摸索,现在,终于有导师指点了。我希望自己能够汲取营养,得到开悟性质的启迪和点拨。

自从《都市挣扎》出版后,我基本上处于一个停滞的状态,那种急于表达的强烈愿望消失殆尽,很长一段时间,我觉得自己枯竭了,脑子空空如也,我总是渴望着哪一天被突然触动,灵感就像关不住龙头的自来水一样哗哗流淌。

有次,我甚至在想,我是不是浪费了这个名额,应该让比我更适合的人来才对啊。整整一夜,我睡不着,第一次后悔来鲁院了。如果没来的话,我不写就不写了,我看电视睡懒觉去了,可是现在,你不写的话,怎么交代,你占着名额浪费资源，不吃凉粉还占着凳子。人家的那种语言那种构思你怎么才能学会呢，那么多的经典作品没有看，我该怎样才能补上这一课？总是有一种来不及的感觉。曾经发表的那些作品，像一朵羞怯的开在乡野的花，点缀着我的人生。

现在，我居然也上了这个学校，成了他们的师妹。无论如何，这四个月的经历对我来说都是一笔宝贵的财富。往前看，自己离真正的作家还有一段遥远的足以令人泄气的路。往后看，不是还有一些如我这般苦苦跋涉在文学之路上的同伴吗？人大概常常就是靠这种比上不足比下有余的心态才能活下去吧。想想自己当年从小山村走出来，一步步直到今天，也不容易。那么就不要跟别人比了，一点一点地超越自己就行。

鲁十八这四十七个兄弟姐妹，比我年轻，比我有成就的多了去了，较我年长而有建树的人也不少。命运垂青，让我上了梦寐以求的鲁院。我何德何能，居然在北京这中国文学界的最高学府能免费学习四个多月？这是生活的馈赠，既来之，则安之，顺之，诚之，勉之。

2012 年 9 月 15 日

艺术的生活

同学开玩笑说,跑鲁院干啥来了?答:找抽,说的就是导师抽学员这事,就是把学生名字写成小字条,装进一个玻璃瓶,然后由导师抽,抽到谁的名字,谁就是他的学生。据说鲁院流传一副对联:

上联:剩男剩女盛可以,

下联:师姐师妹施战军。

横批:白描。

盛可以是鲁十三学员,是近几年中国文坛涌现出的新生力量。施战军原来是鲁院老师,现在是《人民文学》主编。白描就更不用说了,是鲁院院长,鲁十八这一期学员是他的关门弟子。

"文学世界是安宁幸福的世界,这个世界的幸福甚至要超越任何信仰的幸福。文学本身就是一种信仰,每一个生灵都有权享有这信仰的光芒。这意思并非我说的,而是顾坚。他说,你真想写作吗?多看看今天的文学杂志吧,他们都写那么差,立刻就能促使你进入写作状态。你想休息,也好,多读经典和古典,读着读着,你自然就会停止写作计划,你会自己觉得自己在制造垃圾,非常无聊,这时,你的懊恼证明着你的高度。"最近,我也是这样,别说是经典,就是看同学们的文字,我觉得别人都写得那么好了,你又能写出什么呢？

在鲁院，出版一部长篇小说根本不算啥，哪怕你是什么重点扶持项目也不行，甚至都羞于拿出手，真正牛的是那些在各大主流刊物上频频发稿的、进入选刊或被选入年选的作家。再牛一点的就是获得各种大奖的。我想，这里的每一个人都比我强，我该怎样努力才能赶上啊？越是着急越是什么都写不出来。在来鲁院之前，我看到上一届的朋友在博客中写道：越听越不会写，越是看人家的越不敢动笔写。现在，真是感同身受。

在老家时，院子里往年繁茂的柿子树，今年竟只零零散散地挂着几个柿子，父亲说："那树歇下了，得缓个一两年才行。"我想，人与文字的关系如同农人与果树的关系。是到了该除草施肥，耐心滋养的时候。如此，才能期盼来年的繁盛。

看看同学们的文字，再看看自己的文字，语言干巴巴的，没有张力，一点也不灵动，大多数都属于无效语言或低效语言。这样再写下去，意义何在？不是在制造文字垃圾嘛。我不知道他们都读了哪些书，怎么会这么厉害，我该怎样才能补上这一课？后边这两个月该如何坚持下去？

一篇文章，如果仅仅停留在形而下的对自然和生活的表层叙述和描摹，而不能注入作者的参与和理解，它注定是空洞的，没有生命力的。同样，那些只注重技法，而看不见价值思考的写作无疑是无效的。回头反观自己的文字，大多是停留在生活表层的简单叙述，语言缺乏灵动和张力。这样的文章，不写也罢。

文章构思好后，再付诸作者深层的思考，让读者读出美感又折射出思想，那作品就有了生命力，它是我永久期盼达到的目标。每一篇文章都用心推敲，仔细琢磨，多则洋洋千言，少则寥寥数语，力求做到"文由心出，字因情造"。

著名文艺评论家李星老师在彬县读书笔会上讲，要成为一个大作家，不在于文学技巧的钻研，而是一个人的人格气度，人格修炼。创作，更深层的是人格的积淀，是自身灵魂的解读和再造。唯有此，才能构成艺术的感染力和穿透力。

要使作品给人以美好或是思想的启迪,不是一件易事,所以在动笔前,常常思考时居多,特别是重读经典的作品,吸取作品的精气,养育自己。避免眼高手低,真正做到吸精吐纳。这几个月,与大师相近,倘若能悟出点滴,用功在此。同时也期待在和同学的交流中能有共鸣,得赐一教,促己精进,期盼自己创作新境界真正的开闸来临。希望我在敲击键盘时,跳出的字句是和我的灵魂匹配的精神符号,而不是文字垃圾。

在第一次研讨会上,王祥老师说,鲁院的生活是一种艺术生活,这里的生活本身就是一种艺术创作。那么,不管我写到什么程度,我都一定要把这一段艺术的生活过好。

生活中的我不善言谈,人多的时候,经常找不到一句合适的话说,更不会在名利场左右逢源,我只习惯于在自己狭小孤寂的空间,沉迷在文字之中,热爱并努力着。

李建军老师说,我们可以不获奖,可以不伟大,做一个可亲可敬的人就行了。大狗小狗都要叫,写到什么程度就不去想了。

2012 年 9 月 16 日

机会永远只给有准备的人

今天上课时，得知汤红英同学已经出版了十本童话，所有关于童话的奖项她都得完了。来自湖南的农民作家宋庆莲昨天刚拜师就被《中国作家》约了几篇稿子。在来鲁院前，想在这刊物上发一篇稿子那该有多难！机会永远是给有准备的人，这句话在这里得到了最好的验证。看了她一些文字和介绍，想象有着这样丰富内心的女人无论是在打工还是在犁地，应该都是一种诗意的栖居。联欢会上，宋庆莲朗诵了她创作的诗歌《我在田野上种下一粒玉米》。真情感人，大家都被感动了。晚上聚餐时，《广州文艺》的副主编朱珠和《民族文学》的编辑郭金达都说要向她约稿。这件事使我再次认识到，是金子就不会被埋没。

下午出去吃饭，走在街上，以一种主人的姿态打量北京，想到我要在这里生活四个半月，而不是一个匆匆的过客。这样，看北京的目光也就从容了许多。回到院子，看到四楼打开的窗子，我仔细地分辨着属于我的那扇窗，在这么大的一个城市，只有这扇窗户为我打开。自住进 408 后，我的这扇窗就再没有关过，即便晚上睡觉也不曾关闭，除了让空气永远畅通清新外，我更期盼通过这扇窗，能在梦境与院子灌木丛中端坐的郭沫若、老舍、巴金等文学大家对话，接收到哪怕是一丁点儿的点拨和开悟。

2012 年 9 月 19 日

学会现代化的生活

在鲁院,另一个重要的收获就是学会现代化生活,网购、微信等。就是现在,班长居然还不会用电脑,依然在用手写。一些五十岁以上,在重要岗位上的领导别说微信,就是短信也不会发,并不是说这东西多么难学,只是他们潜意识不愿接受而已。

就说坐地铁吧,我总是不想费那个脑子,每次出门,跟着人家走就行。溜了几次下来,慢慢也就有点方向感了,在北京不会坐地铁是不行的。

以前在网上买衣服,只会买货到付款的那种,每件要多掏十几元运费,有些东西还不支持货到付款,找人代付太麻烦,只好干着急。来鲁院前特意开通了网银,但买东西时折腾了一个多小时就是无法支付,我被那 N 多个登录名、密码折磨得几乎发疯,几次都想放弃,但是想着这一次即便是找人给我买了,下一次还得求人,只好打电话叫同桌何贵同来教我。

同学之间很少串门,我和江西的林莉住隔壁,在结业前从没进过她的房间。有次聊天,何贵同说,班上女生的房间他几乎都去过了,就在其他男生惊讶之际,他马上补充说:"都是修电脑。"呵呵,鲁十八男生们心里那个恨呀!

有次,我在天猫看上一条连衣裙,不支持货到付款,我的网银怎么都用不了。来鲁院快一个月时,教学楼里终日紧闭的宿舍门渐渐打开了几扇,晚上八点多时,《黄河文学》编辑穷宇端着茶杯来我房间聊天,见我付不了网银干着急,回到他房间,在同学 QQ 群里发消息说:"晓英同学要买衣服,付不了网银,哪位同学帮忙付下。"没想到他如此热心,看到消息,我打开房门,站在楼道,抬头看看住在楼上的兄弟,心里暖暖的。最后,隔壁李颖超帮我买了。

拿着苹果手机,却连彩信都发不出去,大部分功能都不会用,那晚去"钱柜"唱歌,黄华同学给我教会了。

2012 年 9 月 21 日

秀水街

很早就听说过北京的秀水街,知道一些明星也常去秀水街淘宝,甚至有经济学家称其为"用改革开放的剪刀裁剪出来的 21 世纪的清明上河图"。周末,几个人相约去逛秀水街。坐地铁在永安里站下了车,刚出了地铁,就看到了"秀水街",传说中的秀水呀,慕名已久了,北京四大闻名"登长城、游故宫、吃烤鸭、逛秀水"之一啊,以及被一度笑称"中国唯一的世界知名市场"。

秀水街的特色就是漫天要价,大胆砍价,但当你买了一件东西以后,你常常会问自己,是吃亏了,还是便宜了,心里没有一点谱,似乎进了一个骗局,秀水街是打了一个价格落差的心理战。一位学员自鸣得意地拿着一件毛衣对我说:"你看,她要价 420 元,我 150 元就买了。"还以为占了多大"便宜"。其实买主再精,也精不过卖主,这都是常识。早就听说这里东西是往死里要价,要是想在这里购物,不懂行情不会砍价,那就等着掏钱吧,出来还得被人笑。发现一个最普遍的现象是,来这里购物的老外比较多,那些店员一个个英语说得很棒,见外国人来了,非常热情地招呼,可能是老外的钱更容易赚吧。

李颖超住在我隔壁,她是新疆人民出版社的副编审。这是一个精致的很懂得生活的女人,笑起来眼睛眯眯的,很可爱。那次,她陪我去王府井买衣服,我一件也没买到,她却一连买了好几件,并且不还价,人家开口要多少就给多少。大概总是在大商场买东西习惯了,不知道搞价,当我和另外一个学员提醒她时,她居然像个犯了错的小女生一样,咬着手指羞羞答答地说:我错了。这样的姐们,不由得你不喜欢。

有人说,女人是因为生活得不幸福才去写作,如果很幸福,那肯定是忙着生活去了,怎么会顾得上写作?

和李颖超等女同学在秀水街淘宝,我跟着她们寻找 LV 和酷奇这两大品牌的 A 货和超 A 货。

一店员带我们去地下车库看包,她说这两大品牌都是 A 货,不敢往外摆。我拿着样册翻了几遍就是选不出一个,李颖超一眼就看上了一个枣红色的 LV,我一看也很喜欢,她选中的东西我基本上都满意。这女人,天生就有发现美的能力。

后来,她俩都买了 LV 的包,那包真的很漂亮。作为女人,我也是打心眼里喜欢,但四百五十元的价钱着实令我犹豫,要不要赶这个时髦呢?如果是两百元的话我就买了。李颖超说,咱还能再蹦跶几年?十年后,就是白送你个酷奇的包,你怕是也没那个心力背了。这句话令我头脑发热,差点就掏钱包了,冷静一想,还是量力而行吧。冲动是魔鬼,回去想想,真的需要再去买也行。要知道,那样的名牌包,真品要几万块呢。这超 A 货也算是物有所值。这样的包须得全身搭配妥帖方可出门,更重要的是要有与之相配的精气神才能与它浑然一体。

在鲁院,每天出去时,全部的家当都在钱包里,背着个单肩包很不安全,因此急需一个宽带的斜挎包,这样既安全又方便。可她俩陪着我在皮包商场转了三圈就是找不到,要在这样大的商场找到自己心仪的东西那无异于大海捞针,我实在都不好意思让人家再陪着我转了,就买了一个勉强能用的包,凑合着背回去,很不喜欢,只好送人。刚进门就收起来了,都不想再看一眼。这钱算是白花了,花了钱买的东西不中意的那份懊恼可真不是滋味。后来,还是李颖超及时拯救了我的心情,她突然发现了一个布包,那的确是我一直想找而又无缘相见的包啊。

买东西就像是找对象,之前,你心里肯定有一个大概的样子和颜色,想了那么久,终于有一天看见了它,那份惊喜不言而喻。一直想有一个布的桃红色宽带斜挎包,好让我在春天郊游时炫一把。想想春暖花开的日子,和朋友漫步乡野,头戴遮阳帽,斜挎桃红色宽带休闲包的我该是多么的青春靓丽啊!那时,浅浅的皱纹和淡淡的色斑大约都会善解人意地悄悄隐藏,成全一个将别青春的女子最后的美丽。

来鲁院之前,特意花了三百多元买了双鞋,想着既要百搭还得能走路,可是来后才发现,我那黑色的圆头坡跟皮鞋,看起来呆头呆脑,像个初入城市老实巴交的农村妇女,怎么看怎么不得劲,而且很不适合走长路。那天从颐和园回来时,脚疼得我几乎想脱了鞋光脚走回来。而李颖超脚上那双牛仔的厚底帆布鞋看起来好舒服好时尚,找了好长时间找不到,只好先买了双匡威的帆布鞋先把脚解放了再说。今天,买一双短靴迫在眉睫,转得实在没有信心欲失望而归时,李颖超又发现了一双黑色的坡跟磨砂皮小靴子,一试,那的确就是我的鞋啊!舒服又好看,搞定。

别看这都是些生活小事,实际上一点都不小。这些年,错买了多少无用的东西浪费了多少钱啊,好多东西买回来之后被压在箱底,从来就没有亮相过,费钱又破坏心情。经常买错东西,你会处于懊恼和自责中,长此以往影响身心健康。而当你喜欢某样东西时,穿戴在身上,整个人都会随着这喜悦而变得自信起来,有利于身心健康。

会买东西也是一种生活能力。

怀着梦想和爱,美好而又诗意地活着。

2012 年 9 月 22 日

"你的头发好黑！"

　　我每天去餐厅吃饭不仅仅是吃饭，更是为了在餐桌上听到一些信息，很喜欢静静地听他们说话，有些学员很健谈，你总是能够捕捉到有用的信息。好多时候我其实不想去吃饭，比如说早餐，在家时，从来就不吃早餐，已经习惯了。试着一次不吃晚餐，也似乎不太饿，这样坚持下去，四个月回家时我一定会脱胎换骨，苗条美丽。昨天没去餐厅，早上去教室才知道，今天换洗床单被罩，早餐时大家都相互转告了。我急忙奔上楼，三下五除二换下被套床单枕巾，按要求放在沙发上，学院规定每半个月换洗一次。一进教室发现座位变了，我的桌牌从原来的最后一排一下子前进到第三排，同桌也变成了来自吉林的杨蓥莹，她留学八年，80后，学历高得吓人。半个多月，班上的同学认识了一半，还有些人和名字对不上，这样一周换一下座位，方便交流沟通，非常好。一会儿，来自大连的周春生进来了，盯了半天找不见自己座位，大家都看着他笑，不知哪个同学恶作剧把他的桌牌给放到讲台上去了。学员之间都非常友好，每天见面总能瞬间发现对方的优点，相互夸奖赞美一番，比如说，你身材好棒、旗袍漂亮、皮肤怎么这么好等等，有时面对一个实在不知道该怎么赞美的人时，我们可爱善良的女学员会很机智地说："你的头发好黑！"

2012 年 9 月 23 日

写作是比真实的阳光还要更亮的阳光

　　今天是北京市作协副主席、党组成员、著名作家徐坤来给我们讲课,她的课题是《文学中的救赎》。徐坤是鲁院第一届高研班学员,和孙惠芬在一个班,她俩都是我非常喜欢的作家。徐坤老师说,以后见面只要你说自己是鲁院的学员,那就是自己人了。让我们称她大师姐,她与学员互动时,直接就叫学员的名字,亲切得好似我们中的一员。

　　上课前,徐坤先向大家讲了一下文学作品如何走向海外的信息。她说,让西方读者发生兴趣的只有余华、莫言、苏童和王安忆等,有些通过张艺谋的电影传了过去,就那么几个作家进入他们的视野,其他 70 后进入他们视野的作家很少,汉学家对中国文学的记忆仅停留在 1989 年以前的作家中,西方读者感兴趣的有这么几个方面:1. 向西方介绍中国文明,进行西方与日本文化的比较。2. 选择引人入胜的故事,像《红高粱》《活着》等。莫言的《十个词汇里的中国》已出了十几个版本,要针对西方读者的阅读兴趣写。3. 西方读者喜欢看文革题材、女性题材,比如虹影的《饥饿的女儿》,在西方销售得非常好。文学要走向世界就是要符合英美口味。毕飞宇的《玉米》《青衣》被翻译,阎连科的《受活》国外关注的多。她说:"在全球化的背景下,人们的日子过的是一样的。所以要有抓人的热点,题材上要有奇巧之处。"莫言获奖,针对的是国际市场。她说,每个人对自己的写作定位一定要非常明朗,究竟哪个题材是自己熟悉的要突围出来。你要走市场的话,类型化的小说比较赚钱。你要奔"五个一工程奖",那你就写主旋律。你要奔茅奖,就要将业内文学的审美标准展示出来。

她说,文学没有被边缘化。前不久,我去陕西渭南煤矿,看到一些文化程度不高的一线工人从井下出来后抓紧时间写作。对于他们来说,写作是比真实的阳光还要更亮的阳光。写作是一种精神生活,就像上网、看电影一样。她说,如果文学后继无人,那对从事专业写作的人来说是很悲哀的。我们现在的语文教育非常失败,从小就教孩子们说假话,如果说真话,就会牵涉到老师的奖金以及升学率的问题。说真话是职业作家最本真的要义。

徐坤老师讲,好莱坞的电影都是一个影片分成四段,前四分之一交代情节,接下来靠色情和暴力推动情节,最后四分之一是思想水平和艺术水平见高低。例如莫言的《蛙》,前边四分之一来说他的姑姑,一个接生员的历史,快退休时已经接生了一万个小孩,中间笔锋一转,写计划生育实行后,开始结扎,得罪人,被结扎的人开始报复姑姑。第一拨的接生员成了杀人的刽子手。在姑姑退休的那一天路过野地时,好多的青蛙在叫,围着她跑,她想,这就是那些被她做掉的孩子来叫魂了。蛙是生殖图腾,姑姑开始让自己的丈夫捏泥人,还原那些孩子。根据自己对那些孩子父母相貌特征的记忆,捏出孩子的样貌,家里三面墙壁摆的全是孩子的像。姑姑通过这个方法完成对自己的自我救赎。

2012 年 9 月 24 日

国家大剧院看"骏马奖"颁奖礼

下午,班主任通知四点半就吃晚饭,五点半全班集合去国家大剧院参加少数民族骏马奖的颁奖典礼。我不想吃,又担心晚上会饿,就在房间吃了一个玉米热狗,一个苹果,喝了杯水。一看外边艳阳高照,没拿外套就下楼了。尽管都9月下旬了,可北京的中午还是相当的热。

学员都在楼下等车,尤其是女生,就像是要上台领奖一样,个个隆重出场,姹紫嫣红,妩媚多姿。来自国内30个省市区的女作家引领着30个省市区的服装潮流,鲁院可真是海纳百川、气象万千啊!

车走出不久,我就觉得不对劲,肚子很难受,像有虫子在噬咬,脖子撑不住头,胳膊困得咋放都不舒服,一会头也开始疼起来,我手揪着眉心,把头紧贴在车窗上,希望能有所缓解。不行,又将疼得欲裂的头抵在前座的靠背上。怎么会突然这么难受呢?想想也没吃什么闹肚子的东西啊。头那个疼啊,肚子就像压了块大石头,从胳膊到指尖都酸困无力,我使劲地掐着眉心,心里有点害怕了,担心自己坚持不到剧院,附近哪里有医院呢?谁会送我去医院?真病了该怎么办?这状况以前从未发生过啊!肚子开始翻江倒海,想吐,我这才想起会不会是晕车了,怎么好好的会突然晕车呢?以前偶尔坐小车时有点晕,坐大车从未晕过啊!想到是晕车这才不怕了,拼命地忍住不要吐,下车时我整个人都成了软的。

到了国家大剧院门口,下车风一吹,站着缓了几分钟,好点了。燕蓉得知我晕车,一个劲帮我掐手心的穴位,那难受劲很快就过去了。真是病来如山倒,病去如抽丝啊。

国家大剧院由歌舞剧院、音乐厅、戏剧院三部分组成,拥有世界上最大的穹顶,外表看起来像个锅盖,内部装修真心没话说,还有一些文艺复兴时期的歌剧展览,可以在等人入场之前好好看看。剧场在二楼,需要坐滚梯,真是气势恢宏优雅静谧中西合璧品位高端宏伟异常,这次有幸走进它,好兴奋。

大家都在照相,我把自己调整好也照了几张。平生第一次来到这个地方,以后不知道还有没有机会再来。

在剧院大厅,王雪珍在等她来领奖的朋友。这时,我看见铁凝主席,《民族文学》的主编叶梅老师,还有《中国作家》总编艾克拜尔·米吉提等老师,还有鲁十七一位师姐。女人们都是盛装出场、婀娜多姿,男士个个风度翩翩、温文尔雅。环顾这座大得超出我想象的富丽堂皇的国家大剧院,我想,人,原来也可以这样活着。

颁奖典礼穿插着少数民族歌舞,第一次现场聆听了腾格尔的《天堂》,还有云南民歌《小河淌水》,在热烈的掌声中,腾格尔又唱了一首《蒙古人》。我发现他唱得很节制,该压的地方压得很低,这大概就是文学创作中谈到的所谓的节制吧。整个观看的过程中,我想,长这么大,第一次有机会来到这样的地方,领略这样美好的艺术享受,以前的我活得多么苍白多么贫乏啊,顿时有一种虚度时日、枉为人生的感慨和憾恨,同时我又感到自己是那么的幸运,我几千里之外小山村的那些父老乡亲们可能一辈子都没有机会来到北京国家大剧院看演出,我看到了,还有什么可抱憾和伤感的呢?

2012 年 9 月 25 日

把思念酝酿得更猛烈些

晚上八点,估摸着女儿应该补课回家了,她上三年级,晚上有一节英语课。给她打完电话又忍不住再发了条短信,女儿回复:妈妈,我今天和同学玩时都想你了,妈妈你飞回来吧,我想抱你。正在码字的我看到这一行字,瞬间,眼泪吧嗒吧嗒直往键盘上掉,几近滂沱,怕淹坏了键盘,只好起身。

下午吃饭时,童话作家汤汤说她想家了,给老公打过去电话,哭得一塌糊涂。她老公说,你去学习,多幸福啊!怎么还哭成这样?你把孩子和家都丢给我,我还没哭呢,你倒哭开了。当时我想,这才来不久,怎么就会因想家而哭?

饭后和燕蓉散步,她说国庆节回去,都有些等不及了,给孩子买了好多玩具。问我回去吗?我很豪迈地说,不回,我要把思念酝酿得更猛烈些。我来这里就是为了体验离别,感受思念。我以为我不会这么快就想她想得受不了,我以为我 Hold 住!却没料到,刚回房间,小东西的一条短信就令我泪飞如雨。

女儿长这么大,从来就没有离开过我,不管她多闹,不管我多忙,一天都舍不得给别人带。这次,为了上鲁院,一下子离开她四个月,我不断地告诉自己,离不开妈妈的孩子长不大,希望通过这次别离,女儿能更懂事一些。

走之前，我很郑重地把她托付给了陈妈妈，陈妈妈是我们小区托管班的老师，第一次见她时，她正坐在地板上给幼儿园的孩子上课，一个能坐在地板上和孩子一起上课一起游戏的老师一定是一个懂得幼儿教育的好老师。因了这份信任，当我实在忙时，孩子断断续续地就在陈妈妈那里托管。我走了后，她爸要上班还要带她，中午回家给她做饭有时来不及，最好的办法就是托在陈妈妈那里。放学，老师就会把她接到托管班，晚上写完作业再送回家交给爸爸，这样我就放心了。在去给陈妈妈托付时，还没开口，眼泪就忍不住地往下掉。

从老公的短信中得知，我在北京的这段时间，陈妈妈就像孩子的亲妈一样，给毛豆豆剪指甲，嘴巴起皮了给买润唇膏，过生日给买蛋糕，上下学接送，为提高她的学习成绩下了不少功夫，跟我谈起孩子的问题，几次发短信都是好几百字，真的令人很感动。回家后，女儿更是陈妈妈长陈妈妈短的给我说个不停，几天不见，就嚷嚷着要去看陈妈妈。感谢在孩子成长中，在我们最需要时，陈妈妈义无反顾地担负起照顾毛豆豆的责任，给孩子的童年留下美好温馨的记忆，陈妈妈是我们永远的朋友。

池莉在《来吧，孩子》中写道，为了孩子的成长，做父母的愿意化成泥为他输送养料，我当然愿意为我的孩子输送养料，但是，我还做不到为了她完全放弃我自己，因为我不想让她有一个碌碌无为，每天只知道围着家和孩子转的妈妈。

第一次后悔没回家了，我一看日历，10月4日，来北京整整一个月，现在回家肯定是不行了。节前，不管谁问我，我都打定主意不回家。这来才不到一个月，急着回家做什么？10月1日那天，回到家的学员发短信劝我回家，我连想都没想很干脆地说："不回。"现在却突然想回去了，很想很想。

要是节前回去的话，第一件事就是带着女儿去菜市场买菜，回家好好做一顿饭，好好跟家人团聚几天，再去吃巴岛烫的乌江鱼、鸭掌门、王老大面、崔家砂锅米线、好再来炒河粉，羊肉泡也是一定要吃的。本来计划四个月都不回家，现在想，中途还是回去一趟吧，体验一下回去还能再来的感觉，感受一下短暂的相聚，用心体会这每一次离别，每一次相聚，任何一种的离别和相聚我都想品尝,我都不愿意错过。

　　女儿是我的影子,只要她在身边,我一点都不会感到寂寞。无论去哪里,我都想带上我的女儿,非常自豪地说:看,我的女儿。我的文章写得不好,但是我完全有理由炫耀我的女儿生得好。真的,我的那些朋友见了我的女儿,都发自内心地赞叹,这活儿的确干得漂亮。于是,我就很得意,女儿是我生命中最大的奖项,是我平生最好的作品。如果你每天盯住同一株禾苗,跟踪它成长的轨迹,你就能理解做母亲的那种感觉,体会到一个孩子从出生到一天天长大的那种感觉。

　　妹妹来时,想让她把女儿给我带来,可是孩子刚刚被选拔即将参加全国小学生数学竞赛,正在加课,只好把思念暂存。妹妹走时,我给女儿捎回平常给她买的那些小零碎,竟然装了满满一包。那是什么零碎啊,分明是妈妈攒的思念。站在窗口,无意间看到一架飞机划破碧蓝的天空飞向远方,心头那份浓烈的思念,似乎被这架飞机给带走了。

2012 年 10 月 4 日

"特别配合奖"

　　这是到北京 20 天来的第一个阴天,在此之前,除过半月前夜晚的那场
雨之外,北京的秋一直很晴朗。昨天在街上还有人穿着短裤拖鞋,让人觉得
北京的夏天竟然可以这样长。没想到只一天,天就凉了。看看窗外,才六点
半,天已经完全黑了,北京的秋真的来了。

　　后天班上举办中秋晚会,一些同学在排节目。上午下课时,书记周春生
说下午三点彩排,验收节目。三组早就开始排了,还保密。我们组的老大打
太极拳,嘉男古筝伴奏。到教室后,大屏幕正放着孟庭苇的歌《留不住的斜
阳》,海南的艾子在跳舞,教室后边,二组的几个人正在商量他们的节目,原
来是用各地方言朗诵《再别康桥》,他们热情地建议我用陕西话朗诵,这种气
氛下我不由得也想参与。就像是看见别人热火朝天地劳动,你忍不住也想
挽起袖子大干一番。急忙跑回房间打开电脑,搜出陕西版的《再别康桥》。

　　悄没声息地俺走咧/好比俺偷声换气的来/俺唧唧磨磨地招手/告别西
天上的云骨朵/那河沿的金柳树/好比后晌的婆娘/那落在水里头倩嘟嘟的
影子/老在俺的心头虼蟆/那稀泥咕咚子里的水蒿/油津津的在水底下噗愣/
在这河汊里/俺就想做一撮子水蒿/那榆树荫下的一滩/不是浸水/是天上的
绛/揉搓碎了在游丹草里头/澄着就在那绛一样的梦里/寻啥呢? /拿根长些

的竹棍子/到水蒿多的地方慢慢拨弄/装一兜子星星/在星星扑闪里吼几声咣咣子可俺不能吼/静悄悄是临了的响动/热天的那些呜嘤儿都为俺闷着头/闷着头不言传的还有今黑来的康桥/偷声换气地俺溜达去咧/就好比俺悄没声息地溜达来/俺就甩打甩打袯袖子/不牵扯那一兜搭云圪垯/

一个人在房间试着读了一遍。感觉读不出那个味道，还是放弃了。看看人家，一个个能歌善舞的，自己啥也不行，闷闷地回到屋里。在网上溜达，隔壁房间又响起了歌曲联唱《北京的金山上》《纤夫的爱》等，都是耳熟能详的歌，忍不住又想去了，朗诵咱不行，独唱也拿不出手，这合唱总是可以的吧，重在参与嘛。到底还是没能忍得住，一出门就主动申请加入二组的歌曲串烧。想着我们组可以有个集体的诗朗诵，或者小合唱，没人组织也就罢了。

没想到晚上排练时，却不是唱歌，整成了歌舞小品，跟上试了一下，我就下定决心不参加了。没想到朝鲜族的沈明珠倒过来劝我，咱俩还是参加吧，她们三个人也太少了，没气氛。经不住再三劝，我只好答应了。我本就不会跳舞，一起笑笑闹闹也就罢了，上台当着领导和那么多不甚熟悉的同学表演那不是丢丑么，但现在似乎已经骑虎难下，愁得我一晚上都没睡好。

在异乡微亮的晨曦中，我毫无退路地迎接该来的一切挑战。

第二天早上，还在为这事纠结，很想就去给他们说，我坚决不上。这样的话出尔反尔、临阵脱逃成什么人了！直到下午两点走台时，我还在打退堂鼓。当看到他们一个个兴兴头头的样子，我实在不能开口。真要是不上，这几个人会怎么看我呢？想想还是顾全大局，只好牺牲一下自我形象了。再怎么着咱也得有团队精神呀！

愁肠百结的，总算是给硬撑下来了。

联欢会后，一起出去吃成都烤鱼。饭桌上，书记周春生的模仿秀把大家逗得开怀大笑，他会模仿班上最有特点的人的言行动作，简直惟妙惟肖，甚至比本人现场表现更具喜剧效果。平常坚决不喝酒的我，禁不住他们再三的劝也喝了几杯，我们撸起袖子，大声谈笑，大块吃肉，大口喝酒，那叫一个豪爽快活。

　　《广州文艺》副主编朱珠是最豪爽最能喝的,几杯酒下肚后,就反复地说着舒婷的名句:与其在悬崖上展览千年,不如在爱人的肩头痛哭一晚。她看来是喝多了,下楼后笑着闹着,又是要背又是要抱的,一个劲儿乱窜、疯跑,吓得贵州诗人末末和《民族文学》编辑郭金达前后不离地跟着她。朱珠虽也老大不小了,却长着一张娃娃脸,留着个娃娃头,在人行道上,一会蹦蹦跳跳,一会儿让那俩架着走,内蒙古作家阿雅说,你看这小老太太,可真能闹。

　　呵呵,幸亏是硬着头皮参加了他们搞笑版的演出,虽然牺牲了自己形象,可是却赢得了友谊。居然被颁发了"特别配合奖"。我想,配合也是一种美德。

2012 年 10 月 5 日

"钱柜"

　　"钱柜"是鲁院附近一家 KTV 的名字,是北京知名的中高档 KTV 之一。店堂装潢华丽,歌曲曲目翻新速度快,最特别的是钱柜的音响设备很好,即使你的嗓音只可用来自娱自乐,钱柜的混音设备也能使你藏拙。虽然"钱"贵,但每天顾客满满,要去一展歌喉,一定得提前数小时订位才行。还有一个原因,它是离鲁院最近的一家 KTV,通常,大家在外聚餐后,就会直奔"钱柜",三三两两一路散步说说笑笑,约半个小时就到了。

　　晚上去"钱柜"K 歌,这地方真的是"钱"贵啊,一个小包,只要了些饮品,买单时竟然要五百多元钱。我经常是到了唱歌的地方,居然找不到一首拿手的歌,其实有的歌还是蛮好学的,也不怎么跑调,但是因为平常不太听歌,好多歌都不会唱,我只是在听别人唱时,觉得哪一首好听又便于学,就马上把歌名记到手机上,回去后搜出来,在洗漱、干家务时放来听,跟着学。这次在"钱柜"唱歌,没想到一下子找到了感觉,一首接一首,颇有欲罢不能之态,竟然被他们直呼麦霸。要知道以前每次去歌厅,我最多唱一两首便成了最忠实的听众,没想到这次有生以来还超常发挥了。临走时,我居然还意犹未尽,点的几首还没来得及唱呢。看来,有的东西不是你压根就不会,只是没有找到感觉而已。

如此的夜晚谁也不能安坐不动,这种时候,末末总是最活跃的一个,不但载歌载舞,还给我们朗诵了他的《三千桃花》。他的普通话比方言更难懂,但这有什么关系呢,能逮懂一两句光看他的表情和动作就已经足够了。就连平常最矜持的都一个个加入其中,谁都无法端坐,我年轻的精力旺盛的同学们,也全都像屁股底下有麦芒似的,一个个把过于充沛的精力和过于充沛的快乐化成了纵情歌唱。在座的谁不迷歌?谁的青春时光不是与歌相伴?大家一个个拉开喉咙,唱了起来,会唱的领唱,不会唱的跟着唱,十五的月亮啊,乌苏里船歌啊,敖包相会啊,长亭外,古道边,北大荒啊,草原啊,只要一人起头,大家都跟着唱。有的拿着麦克风唱,有的把宣传册一折当话筒,只要是熟悉的歌都点。别看这些学员平时那么矜持,一到"钱柜",音响一开,几杯酒下肚后,就连平常不会唱歌的"左声道"都情不自禁地跟着音乐唱起来,那本来就唱得好的不用说更成了麦霸。

末末唱得热血沸腾,我也唱得热血沸腾,大家也都唱得热血沸腾,舞池里站满了,回头一看,几个女生已经脱掉高跟鞋光着脚丫站在沙发上打着拍子唱。这些放下工作、放下家庭、放下孩子,为了梦想来自五湖四海的文学中年啊,一个个就像是充饱了电似的,一首接一首唱个不停。

四川美女作家邹蓉更是能唱能跳能闹,美丽、妖娆、活波甚至顽皮,哪像个四十岁的女人?回去的路上,我问她是不是学过舞蹈,她说,舞蹈、绘画、钢琴都考级了,并说她女儿舞蹈学了八年,绘画学了九年。啊,真是琴棋书画世家呀!想想自己什么也不会,没赶上好时代也没那个天赋。想着女儿舞蹈已学了四年,主持、朗诵样样行,回去一定要好好培养哈。

2012 年 10 月 6 日

女人四十

到北京已经一个月了，活到四十岁，第一次出门这么久。

作为女性，我从不避讳年龄。毕淑敏说："我还没有奸猾到不谈年龄，如果一个人连自己的年龄都不能坦然接受……当然你在处理的时候，可以决定在某个场合说还是不说，但你起码在心里对自己的年龄应该有个完全的接纳，而且在接纳的里面应该有不同的人生的眼光。"这话我严重同意。

作家都是很个体的精神劳动者，学员中除了碰面时偶尔问一下对方来自哪个省市区外，别的什么都不问。因为，每个人都知道，四个月之后将天各一方，任是谁的过去、今天以至将来都与你无关。也许，个别人有幸会遇见相交一生的知己，那得是几世才能修来的缘啊！

很多事情到了一定年龄，一下子就释然了，再提起来说都不想再说了，可当时却痛得无以复加。生命中有许许多多个委屈，仔细考量周围这些文学中年，一个个光鲜靓丽的外表下，又有哪一个不是满怀辛酸，这时就该安慰自己凡事不要太认真，走过去这一段就觉得是很平淡的事情了。

人有时候很脆弱，听到别人说坏话，就抬不起头来，其实这只是生活中的小波折，就像床铺上的灰尘，不理它也就感觉不出它的存在，你去拍打它，却会弄得满屋子乌烟瘴气。该分辨一下，哪怕是一万个人说坏话，也要看看这一万个人是谁。人翻几个扎扎实实的跟头就成熟了，你永远不可能和所有人都成为朋友,有那么几个心离得近的就行了。

在来鲁院前,一朋友说,还是约几个朋友一起坐坐,我就在电话簿上翻,翻过来翻过去,还真翻不出几个朋友。顿时觉得自己很失败,穷得没有几个朋友。我一向认为,朋友就是心离得近的人,他不一定经常跟你联系,也不一定会和你无话不谈,但是见面之后,仅凭眼神的交流就可以走进彼此的心中,你会感觉到来自对方的真诚的爱护和关心。

在如今这个社会,你一介平民,不担任什么职务,也给人具体帮不上什么忙,自然没有人上赶着巴结你讨好你接近你,而那些整天围着在位子上的人转的,一旦对方下台,身边的人便作鸟兽散。想想,你就这么几个朋友,虽少得可怜,可却是永久的朋友。

过节时,你总会收到一些很久已不联系的人的短信祝福,虽然是转发的,你照样会很惊喜。想着他到底还是没有忘记你,于是很热切地回应,不料你的热烈却石沉大海,再无音信。一想,哦,原来是过节,人家群发短信时,你被捎带了而已。遂淡然一笑,人生就是这样,先前爱得要死要活的人几年之后都无话可说,更何况一个普通朋友!

站在鲁院的院子,我有时会不由自主地往家的方向望上很久,“明月多应在故乡”,但是,这个中秋,我更愿意呆在北京,享受孤独,享受思念,享受我一生中的唯一。珍惜着这里的每一分钟,以及每一个真诚的微笑,希望有一天,我会由衷地说,鲁院,谢谢你,你给予我的远比我想象的多。

天刚蒙蒙亮,被几只鸟叫醒,披衣站在窗前,见花园中那棵巨树上,一只鸟腾空而起,弃巢而去,飞向远方,我久久地望着它变成一个洁白的小点,直到消失在天际。

“那出巢的鸟儿,眼里是否也隐含着热泪呢?你扑打着丰满的令人艳羡的羽翼,要飞向属于自己的天空时,那一幕虽然成了旁人眼中的美景,却不知你心底对这巢的眷恋和不舍。但你又是那么坚韧,不管前方山河湖海,荆棘坎坷,只管展翅飞翔。”

2012 年 10 月 7 日

咖啡、茶、音乐以及声音

昨天的课是北大博士生导师高丙中教授讲的《非物质文化遗产保护的中国实践,见证文化革命的终结》。上节课,我老是忍不住打瞌睡,因为白天喝了一杯茶,晚上两点了还睡不着,自然犯困。吸取教训,再不敢喝茶也不熬夜,晚上十点就睡,早上七点才起。心想这次无论如何也睡饱了。没想到,上课时,依然还打瞌睡,这太过分了!自己都无法原谅,咋回事呢?

不得已,只好买来咖啡,应该就解决这个问题了。怕晚上再次失眠,只好先喝半包,试试效果。我对咖啡和茶特别敏感,只要一杯便彻夜无眠,能坐在电脑前直到天亮还不困。一般情况下不敢喝,只有准备熬夜时才喝,有人喝了咖啡和茶照睡不误,而我能控制自己的睡眠,这是好事。

上课前喝了半包咖啡,心想这次一定会精神饱满地听课,没想到,瞌睡是止住了,新的问题又来了,我居然老走神,使劲把自己拽回来,没几分钟后不知道又游走到哪里去了。这实在是太过分了。这个老师讲课,真的挺让人替他着急,我想后边会不会有人走呢?临下课时,前排坐的班长发来一条搞笑短信,原来这家伙也不在状态。午餐时,大家都说,后边的人有的在看书,有的在打瞌睡,但是大家都保持着良好的教养,硬忍着也绝不退场,保持着对老师起码的尊重。有人总结经验,下次上课时带本书,遇到实在听不下去的课时就看书。这样既遵守纪律也不会令老师难堪。

　　每次去 KTV 唱歌，看人家那么多的歌都会唱，那必定是经常听的缘故了，我在博客添加了喜欢的几首歌，想灌灌耳音，跟着好好学会，但试了几次，要么是歌听进去了，文章一点也没看进去，要么是文章看进去了，歌一句也没听进去，并且还互相影响，真是不会一心二用。现在好多孩子做作业都挂着耳机，一边听歌一边写，真不知道这本领是怎么学来的，边听音乐边看我都不行，更不要说边听边写了，一点声音都会影响思路，我看书写作要绝对安静才能进入状态。

　　以前午休时，手机调至静音就可以了，现在换了手机，即使调在静音上，可短信来了，那微弱的游丝一般的一声，就会令刚迷糊的我一下子清醒过来，再也睡不着，那半睡半醒的滋味实在是太难受了。想起来，没睡醒头昏脑涨，不起吧，怎么使劲也睡不着。因此，哪怕是午休，我也得把手机关掉，天大的事睡醒了再说。鲁院的房间有座机，有天晚上都十二点了，刚要迷糊时，电话在枕边骤然响起，被惊醒后彻夜无眠，以后再睡觉时，无论白天还是晚上，都得把座机线拔掉，把手机关了才睡得安稳。而醒来后多半忘了插电话线，听见别的房间电话声，还纳闷自己房间的电话咋不响呢，一看，线都没插，于是，接好线，用手机打给自己，证明自己的存在。

2012 年 10 月 8 日

闹情绪的胃

午饭后,原本晴朗的天空渐渐阴了下来,不一会,狂风大作,408 窗外的那棵巨树被吹得摇头晃脑,狂风怒吼着,发出撕扯床单、拍打海岸般的巨响,窗帘被风掀起,我关掉面对床头的这扇窗户。这才 10 月,怎么就刮起了冬天的寒风,昨天中午还有些热呢! 风越来越大,夹杂着少许的冷雨直往房间里灌,我不得不去关掉所有的窗户,想把这突至的狂风隔绝在窗外。少顷,雷声从遥远的天际滚滚而来,惊天动地的炸响不绝于耳。寒风、冷雨、闷雷交替肆虐,顿时让你搞不清是哪个季节。迷糊中又一个惊雷炸响,只觉得肚子有一种说不出的难受,似乎有一只大手在揪着撕扯着抓挠着你的心。

连续吃了近一个月的米饭,最近,肚子开始闹情绪了,吃什么都没有胃口,餐厅鸭腿、虾、清蒸鱼、红烧肉等,哪一样也提不起我的兴趣,每顿饭时,没滋没味地例行公事般走个过场。做梦都想吃一顿地道的面条,附近的几条街都转了个遍,重庆火锅、烫菜、湖南菜、云南过桥米线、兰州牛肉拉面等,就是不见陕西的面馆。这里比较流行吃香锅,无论去哪个店吃火锅,都是点各种菜,选微辣还是特辣,把一锅菜烩在一起,一种味道,完全不像咸阳火锅的那种吃法。

拉面馆爆炒面、盖浇面、红烧牛肉面、凉拌面品种倒是很齐全,尝了好几次,根本吃不出心里想要的那个味。那棍棍面不知添加了什么,硬邦邦得像根根钢丝,吃到肚子里,似乎还横七竖八地立着。这里的油泼辣子看起来一点都不像陕西的油泼辣子,就是个辣子皮皮夹杂着星星点点的白渣渣,调到碗里,面条一点也不红,闻不出一点油泼辣子的香味。一般都没有面汤,倘若你要,端上来的汤有类似于调料粉似的黑渣渣,并且还漂着来路不明的油花花,哪里像陕西的面汤,绿得透明,有着一股青菜的醇香味,一碗筋道的油泼裤带面下肚后,再喝上半碗碧绿透亮的热面汤,那个熨帖劲儿就别提了。

中秋节前一天下午,妹妹打电话说,她回家给爸妈送月饼,妈在厨房擀面,她和爸在门前卸枣,吃柿子、核桃。馋得我直流口水。想起妈擀的煎汤面,馋得简直受不了。我说,你替我多吃一碗吧,我出去上街找面馆去。

晚上,书记周春生临回家过国庆前特意犒劳我们这些不回家的人,提前在"正院大宅门"订了一桌饭。"正院大宅门"是亚运村总店,在惠新西街经贸大学附近,店堂装修得古色古香,服务态度非常好,晚上七点有表演,都是非常传统的具有北京特色的节目,客人可以按照自己的喜好点播曲目,演员还会不时地和台下观众互动,气氛热烈而活跃。吃饭的外国人很多,餐厅环境与店名真是相得益彰,确实具有大宅门的风范,既有老北京的风味儿,又和时尚接轨,真是宴请的绝佳之地。

我们订到的座位只有三个位子正对舞台,其余人想看表演只好背过身看,好在大家一个个相谈甚欢,对那些京剧、魔术、中国功夫均兴趣不是很大。

餐桌上,蓝莓山药、澳洲龙虾、红烧血燕、清炖甲鱼、皇室奶汤、清蒸螃蟹等菜品做工十分精细,盛放在精致的器皿里,处处体现出宫廷膳食的韵味。可是我却一直在想念家乡老妈的煎汤面。

这几天一直在找正宗的陕西面,执着地把附近几条街都走到头还是没有见到,晚上几个人出去买小音箱,房间配备的电脑都没有音箱,想听歌或者看电影只好自己买小音箱。一学员说东面的韩国百货店里有,顺东将要走到尽头时终于找到了,并且意外地发现了一家"好面友"。我像九零后在孤岛上看见了麦当劳一样兴奋。店面看起来很考究,想必里面一定品种齐全,肯定有我想吃的面。

第二天兴兴头头就去了,"好面友"的装修有点像永和豆浆的装修风格,看了一下单子,没有我想要找的面,只好在店里扫了一圈,看看别人点的都是什么面,看到一份炒面比较合胃口,一问是铁板炒面,15元,要了一份。收银员给了我一个方方正正的桌牌,32号,示意我拿着桌牌找个位子坐下就行,跟咸阳餐厅桌子标号完全不同。约半小时后,铁板炒面终于上来了,味道有点像上岛咖啡里的意大利炒面,勉强凑合,分量实在太少,小伙子估计得三份才能吃饱。

回来时路过一家绝味鸭脖店,总算可以慰劳一下自己了。在家时,我和女儿都喜欢吃鸭脖,每次上完舞蹈课路过鸭脖店,给她买10元不辣的,给我买10元辣的,回家,辣得我鼻涕眼泪的直冒汗,过一阵不吃就馋得不行。我买了10元钱的,一看,连咸阳三分之一的分量也不到。在这也找不到粥喝,要是在咸阳,随便哪条街上,都有各种粥,三块钱一大杯,塑封,用粗粗的吸管喝。前几天,一学员介绍一家粥店,说很不错,就找了去,要了一碗八宝粥,12元,再点了一份白菜猪肉锅贴,14元,锅贴只吃了几个就不想吃了,总共花了26元,吃了个没名堂,肚子一点都不熨帖。特别想念汇通夜市的砂锅米线,一份只需6元钱,麻辣鲜香,汤很好喝,吃得饱胀肚圆,胃十分熨帖。还有夜市上那"好再来"炒河粉,一份只有6元钱,想起同事上夜班时吃炒河粉,眯着眼睛,咂吧着嘴,直嚷"香很",整个办公室都弥漫着炒河粉的香味,惹得其他人直咽口水。

来都快一个月了,还是没有找到一碗合口味的面。这次出去,我打算跟兰州拉面馆的师傅商量说,把油泼面不要过水,估计能好点,还是不好吃的话,自己再加些调料试试。在去拉面馆的路上,还有些不死心,一家一家盯着看,希望能发现自己想吃的东西。路过重庆小吃店时,进去问有没有重庆砂锅米线,回答说没有,却意外地发现有炒河粉,估计味道会差不多,就要了一份,12元,比咸阳的贵了一倍,端上来一看,真是差太远了。不明白,同样的炒河粉居然会做得这么难吃,没办法,只好硬着头皮吃。几次都想站起来走人,想想太浪费了,调了点辣子和醋,更难吃了。勉强吃了一半,肚子那个难受劲就别提了。想着去买一包油茶吧,不然,实在打发不了自己。一连转了两个小超市,居然找不到一包油茶,只好买了几听八宝粥,回去开水烫热喝。这样下去,倒也不用减肥了,四个月之后,不瘦才怪!

　　回去时路过菜市场，看到这里人卖菜，像集市一样，一堆堆摆放在地上，用小纸板写上价钱，豆角三元钱两斤，西葫芦一元钱一斤，记得咸阳的豆角一般都是五元钱一斤，不知这个季节什么价钱。青笋、西红柿、青菜看起来都很新鲜，也很便宜。在家时，女儿最喜欢吃我炒的笋片，恨不得立马采买，租个厨房做一顿可口的饭菜。刚来时，觉得四个月不用做饭真是天大的幸福，想着每天把大量的时间耗费在繁琐的家务上真是浪费，现在却非常想动手做一顿饭，安抚一下成天在闹情绪的空空胃囊。

　　晚上九点就睡了，饿得睡不着，想起什么也不想吃，没办法，饿得不行了，只好泡了一包方便面。勉强吃了一点，肚子舒服多了，书看不进去，就看电视。早上醒来后好点了。午饭时，又是宫保鸡丁、辣子肉片、鸭腿、炒南瓜，看着都没有胃口，各样盛了一点，怎么都吃不下，拿了一个花卷夹了点"老干妈"，勉强垫垫。大庆油田来的刘莉姐看我吃得实在困难，就跑去给厨房师傅说让照顾一下我这个病号，下午给我弄点面。也不像是感冒，但就是胳膊腿没劲，困得很，昨天去798艺术中心，走在路上，腿困得迈不动，胳膊也难受得不知怎么放才好。已经有好几天了，没有好好吃过一顿饭。

　　厨房师傅让我五点半去餐厅，我五点就去了，想着自己去下点面，如果能自己动手炒一份菜那就更好，我甚至计划好炒一盘素菜，先不告诉那些学员，等他们尝出和往日味道不同时再宣布是我做的。到餐厅后，灯还黑着，打算走人时却听见厨房有说话声，可能是在后厨择菜吧，走过去一看，四五个师傅在后厨正准备，本来想跟师傅打声招呼，见没人注意到我，就悄悄溜了出去。五点二十再去后，餐台上已经摆好了几样菜，这些师傅真是神速啊。一大师傅正在给我下挂面，放了西红柿、青菜，还卧了两个荷包蛋，也没有油泼辣子，只调了点盐和醋，一尝还真不错，这是近十天来我吃的最合口味的一顿饭。谢谢刘莉姐，这次总算把自己给喂饱了。

　　我这个人就像一棵树一样，只有栽在适应我生活的土壤才会枝繁叶茂，啥时才能吃上一碗正宗的陕西面呢，我会继续再找，不信就找不到。

2012年10月9日

灵感到底是什么东西

　　我们每周一三五上午有课,其余时间自己安排,有时候相约去有名的景点,不出去时都关在房间用功,上课时请的老师都是专家学者,文学方面的课程占的量不大,跨学科的讲座比较多,政治经济、军事外交、音乐戏剧电影舞蹈包罗万象十分丰富,电影、生命、哲学课堂上,北京电影学院教授苏牧体态清瘦,气质儒雅,他给我们放电影《香水》,讲镜头是通向另一个世界的窗口,风景为欣赏风景的人而存在。这些天,听了无数的课,见到很多以前只在书本上见过的人,各种文学知识社会信息文艺理论蜂拥而至,应接不暇。王教授给大家上课,才华横溢,真正的大才子,幽默风趣,条理性和逻辑性极强。班上福建的叶子同学笔记记得最仔细,我是恨不得把老师的喷嚏都记下来啊,怎么会舍得上课打瞌睡呢?曾在《我的鲁院》这本书上看到中央文学讲习所第五期学员陈世旭写的文章《常山高士与永远的雨》,他和王安忆是同一期学员,他在文章中写道:"在鲁院学习期间,有很长一段时间,我什么也写不出来,心里很恐慌,我开始考虑该不该在这个地方混下去,王安忆后来打趣说我吃瓜子把灵感吃没了。"我又没吃瓜子,灵感到底跑哪去了?灵感到底是什么东西啊?它怎么对别人那么大方,对我这么小气呢?我试着在键盘上敲击心里的一些想法,期待能够找到语感和书写的速度。

2012 年 10 月 10 日

雨后的黄昏

　　又一个周末,下雨。我站在窗前,天上的乌云多得不成形状,地上的水已经积到一定的深度,人走起来脚下会绽开一溜水花,偶尔疾驰而过的车辆更像一艘乘风破浪的汽艇。到了中午,雨明显小了下来,街道上人少车稀,显得十分干净安宁,细细的雨丝如画上去的布景和点缀。窗外那棵巨树的枝叶在秋风中飒飒作响,接近下午的时候,太阳从厚厚的云层中露出了笑脸,将一大片鲜嫩的亮光洒在了万物之上。

　　6点多,我下楼取回从当当网上买到的几本书,罗曼·罗兰的《约翰·克里斯托夫》上下卷,《茨威格中短篇小说选》,其中收录《一个陌生女人的来信》和《一个女人一生中的二十四小时》,这些篇目虽然以前都看过,但是重读经典,每个年龄段都会有不同的感受和收获。翻开2011年《中国短篇小说年选》,一看作者名字就令我十分惊喜,毕飞宇、铁凝、葛水平、邓一光等都是我十分喜欢的作家。2011年《中国散文年选》书腰上有这么一段话:为什么要阅读,因为它帮助你发现孤独——抓住它,你才可能真正理解"这个黄昏,抑或是那个吻"的意义。它们必定不是通常说的那样。这是一个有关自我认知、觉醒与"溢出"的奇妙旅程。为了让它更加妙趣横生,阅读还将送给你一个特殊的礼物:几个一辈子的,不被距离、时间、生硬的现实所改变的朋友。的确,毕飞宇的《玉米》、铁凝的《大浴女》、邓一光的《你可以让百合生长》这些小说看完后,虽然你没有见过作者,但是你与他是多么熟悉多么息息相通啊。相信见面以后,因为小说和里面的人物,以及共同的话题,也会像认识多年的朋友一样。

2012 年 10 月 12 日

乒乓感想

下午出去散步时,碰上湖南作家宋庆莲去打乒乓球,就一起去了,下去一看,李颖超那水平就跟我一样,估计也是第一次摸球拍。以前看见别人打乒乓球,自己不会打,从来不敢上场。报社一楼大厅有乒乓球案子,今年开运动会,跳棋、象棋、乒乓球等我一个都不会。看李颖超打,我忍不住也想试试,接过球拍试着打了几圈,好像也不是太难啊。稍微一转,身上就出汗,还是多运动的好,回家后,一定多带孩子下楼打乒乓球和羽毛球。

以前喜欢看书,偶尔也随着心情写点文字,直到有一天看到一位作家的书,里面收集了他零零散散写的散文,还有他上大学时的书信和情书,一看,嘿,这也叫书啊,那我也能出书了。第一本散文集就是在这种心态下出版的。你总是看名家的经典作品,根本就不敢动笔,看看周围跟自己水平相近的,会增加自信,就像今天打乒乓球一样。这么些年了,每次从乒乓球桌前走过,看到别人打,心里很羡慕,但是却不敢参与。今天一看李颖超那水平不是跟我一样么,第一次破例握起了球拍。我在家一有时间就看书,不太喜欢运动,回去后,一定要多陪孩子打球多陪她玩。我想人在很多事情上都是这样,看看顶级水平,汲取营养。也看看跟自己能力相当的,增加自信。

2012 年 10 月 14 日

叙事文学感染力

中国作协创研部主任、著名评论家胡平说:"文学要处理精神性、灵魂性的题材,类似宗教。"

作品能不能感动人是关键,创作的关键在于感染力。文学是一个民族精神最优雅的体现。《美丽人生》《索菲的选择》,讲一个犹太女人在集中营里被指只能留下一个孩子的故事。通过喜剧产生深刻的震撼,对二战文化的控诉,首先要有文学作品,改变了德国的精神面貌和精神传统。

日本作为一个民族来讲,反省太浅,朝鲜也在对付日本,从直接的原因来讲,比如《历史的天空》没有真正产生触及人性的、感动人的作品,一想起来,就想起二战反人类的、没有人性的深度,我们的影片没有走出国门,文艺的落后使文化的软实力受到影响。

有两种东西,我对它们的思考越是深沉和持久,它们在我心中唤起的惊奇和敬畏就会日新月异不断增长,这就是我头上的星空和心中的道德。

2012 年 10 月 15 日

燕莎，名牌的魅惑

第一次听说燕莎、奥斯莱特购物中心，是和曾秀华、李颖超在去"瑞居"的公交车上，据说这是北京很知名的国际品牌，东西都是 1 到 2 折。颖超在新疆买的同样品牌的帽子五百多元，在这里一百元左右就搞定了，实在是太划算了。那些精美的小饰品几十元钱就可以买到，想象一件上万元的衣服在这里一两千就可以搞定，三个作家美媚眼睛瞬间雪亮，立刻决定第二天就直奔"燕莎"。

我向来对服装的品牌不怎么重视，买衣服只看适合自己就行，从不关心什么牌子，每次听到同事朋友随口报出行头的品牌，我都不甚熟悉，即便是偶尔穿了名牌，自己都不知道。久而久之，耳濡目染，也就在购物时记住一些适合自己的牌子，当然不可能是什么国际品牌，现在听说"燕莎"这颇具盛名的国际品牌居然一到两折就可以搞定，那简直就是喜出望外了。

临出门时，颖超却说不知道路怎么走，于是两人马上返回房间，各自百度，我在纸上抄了三种很详细的路线，其中最简便的是从芍药居育慧里站，坐公交车到大工桥站下车即到，颖超说我找的这个线路是最方便的。步行到育慧里站后，我们在站牌上搜索去大工桥应该坐哪辆车，还是我很快就发现了特 9 路和 740 都可到。呵呵，第一次自己成功地解决了出行路线，很有成就感啊！以后再去哪,就不用问别人了。来北京一个多月了,我一点方向感也没有,每次出门,只跟着人家走,自己从不操心路线。

真不愧是国际品牌购物中心啊！停车场全是宝马奔驰,哪有坐公交车逛"燕莎"的！我们从 B 座开始逛,因为它打的是实惠牌。转了一圈,看了丝巾帽子,大都上千元,胸针等小饰品非常漂亮,价格实在令人咋舌。鞋和包,看得上眼的都是一到两千,超过了我的心理价位,哪有传说中的一到两折啊！狂喜的感觉瞬间消失。二楼是运动服。我们直接去 C 座了,C 座都是比较大的牌子,一楼是折扣店,但是感觉折扣力度一般啊。UGG 老款才七折,IT 大部分是五折。不过 C 座人流相当多啊。通道十分宽敞,看来即便是节假日也不会拥挤的。根据以往的经验,店越大东西越少就越贵。二楼是男装专场,三楼有很多吃饭的地方。我看上一件银灰色的风衣,颜色和面料很好,折后 800 多,试了一下款式不太满意,没买。颖超这购物狂在同一家店里一下子买了四件,才打九折,一下子三千多就没了。临走时,她又看上一条裤腿绣花的牛仔裤,穿上让我看大腿那有异样吗？我说很好呀,看不出什么。我知道她腿曾经受过伤。她又说,你摸我腿这儿,一摸,大腿明显感觉不一样。看到我诧异的神情,她拉起裤子,我看到膝盖往上有伤疤,看着眼前这个每天都那么活泼可爱、光鲜亮丽的漂亮女人,我的眼泪一下就出来了,这样的女人曾经有过那么疼痛令人心酸的过往！每次出去玩,她都是那么漂亮、利索、得体。总是穿着长裙,背着斜挎包的她走起路来摇曳生姿,比谁都精神。经常是逛了一天,几个男学员都无精打采,累得走不动了,可她一点都不显累。在颐和园树丛中休息时,她给我们唱歌;登长城时,她笑闹着跟着我们一路爬到了最高峰;拍照时,经常会突发奇想,给我们设计出各种动作造型;中秋晚会上,她给我们跳新疆舞。

"我从不允许自己像个病人,也绝不把自己当病人,那天同时被撞的那个人腿当时就断了。想想我多幸运啊！"颖超说。就是,你不说谁也看不出来,有后遗症吗？我问,她说,天阴时有点疼。

曾听说她十年前在北京出过车祸。有次临出门时,她让我看她的腿有异样吗？那时,北京还很热,大家都穿着肉色的丝袜,我还奇怪她怎么穿黑色,并且还不透。她说,那一年,她在北京打拼,在一家出版社刚升到执行主编的位子,攒够了钱正准备在北京买房扎根。一天和朋友上街,被一辆车撞了,那车一连撞了三个人,其中一个腿彻底断了,她眼看着车轮从自己腿上碾了过去。那次,险些就残了,当时,她不想活了,朋友怕她寻死,日夜盯着她,攒的钱那次事故全花完了。出院后,她给自己买钻戒等首饰,她说,婚前,每次领到工资,哪怕是九百元,她都会想方设法给妈妈再要一百元,凑够整数马上存,同事都知道她一发工资就去银行存钱了。车祸后,她什么都想通了,只要是喜欢的,看上了的东西就买。

你看我这条黑裤子不起眼,是秋水伊人的,我看看价格,真够让我吃惊的。含桑蚕丝,面料很舒服,筒裤,一点看不出腿上的问题。

下楼后,我说,你从来到现在花了多钱?她想了想说一万多吧。还有三个月呢,照你这消费,四个月五万都不够。你这样花钱,你老公不说吗?她说,我花的都是我自己挣的钱,他凭什么说我呀?也是,她能这样花肯定就是首先能挣。自强自尊独立,活泼开朗甚至有些顽皮,这样的姐们你能不喜欢吗?

她说,人总是舍不得吃舍不得穿,想着十年以后我怎么怎么样,十年后谁知道是什么样子呢?我现在就是把每一天都当成生命中的最后一天过。

谁说不是呢!只有经过了磨难才知道生命的脆弱。想想,班上这四十八个来自不同省市区的文学中年,个个光鲜靓丽的外表下,哪一个不是伤痕累累?

世事无常,活在当下,就是最好。

2012 年 10 月 14 日

沙龙：莫言获诺奖引发的话题

昨晚，我和几个同学正在北大剧场观看俄罗斯古典芭蕾扛鼎之作《天鹅湖》，哥哥突然打来电话，很兴奋地说，刚才看新闻，莫言获得了诺贝尔文学奖。高兴之余，我马上把这个消息告诉了坐在旁边的班长。之前几天，看到网上关于莫言有可能获奖的新闻，我们班有的学员还在为此事打赌，很多人保持一种静默，大家都在等最后的结果，这下好了，实至名归。

莫言1988年—1990年曾在鲁迅文学院学习，获奖后的第二天，鲁院滚动电子屏上就发布了祝贺消息。据说，鲁迅当年拒绝获这个奖，现在，他的学生得到了这个奖项。那么，我们鲁院的声誉会不会因此而提高一些呢？

那天班上组织第一次沙龙，谈莫言获奖的感受。除学员之外，班主任严迎春老师、图书馆馆长井瑞老师参加，来自云南的傅泽刚同学主持。

班长杨卫东说，莫言此次获奖是个信号，第一，开启了一个时代。第二，他代表中国作家走进世界，融入世界。第三，这是一个里程碑，它将带动一个时代。第四，更是一面旗帜，将激励我们前行。

莫言获奖后，学员的家人亲戚朋友纷纷来电来信祝贺，刘莉同学七十多岁的老母亲看到新闻后马上给女儿打电话说："你们那个文学获诺奖了。"她家里人都不搞文学，老妈妈似乎从这件事情上看出女儿坚持搞文学的意义。还有一位学员说，她的老母亲也是个文学爱好者，以文学养生，看到此消息后，立马给女儿打电话，女儿说，莫言曾在鲁院学习，是我师兄。老妈说，那太好了,他是咱们山东人,闺女,你努力吧。

很多学员都接到了祝福短信,莫言获诺奖了,学员们的家人似乎从这件事中看到了自己亲人坚持文学的希望。这些人有的是政治精英,有的是文化学者,这些天,所到之处,全民都在谈论这个话题,全国人民都高兴,这件事意义非同寻常,一流的作家获奖了,不管是谁获得了我们都高兴,国人的诺奖情结终于得到了满足,以莫言获奖为节点,对诺奖有一个重新的认识和评判,这是一次坍塌,之后,就是一个重建。

全国人心里的那块石头落了地,人家有了,我们也有了,七十年了,我们没有,网上说莫言的书都卖断了,其实很可能就只有那么几本,还没来得及再进货。莫言获诺奖,就跟奥运申办成功一样,大家高兴的是,首先是我们中国人获诺奖了,其次才是谁获诺奖了,其实,不管是中国哪个一流作家获奖我们都会由衷地高兴,这奠定了中国文学在世界的地位。

记得有次,贾平凹老师在咸阳职业技术学院讲课时,曾有学生提问中国为什么获不了诺贝尔文学奖时,他说,有一方面原因是翻译的问题,他的小说《逛山》曾被翻译成到山上逛,意思完全不同,其实,逛山就是不务正业、二流子的意思。

莫言的《檀香刑》到底是大象还是甲虫,甚至有人说莫言连"的地得"都分不清楚,吴义勤老师说,没有十全十美的作品,你要挑刺、批判、否定一个作品那太容易了。一个作品出来,有一个名家批判,就会有一堆人跟风,谁骂名人都会有人鼓掌。现在,他获奖了,我们高兴,我们真诚地祝贺他,我们继续热爱自己热爱的东西,回到自己的状态中,有人说,从此,文学的春天来了,网上最近流行这么一句话,不管你转身多少次,你的屁股总是在你的后边。

其实国外并不是太重视诺奖,莫言因为得了诺奖,我们才会关注他,才去找他的作品,就像美食家说这个东西好吃,那大家都想尝尝。

网上说莫言的作品都在加印,据说莫言在《生死疲劳》中写到六道轮回,连佛教组织都被吸引过来。今早和我们组同学去《文艺报》时,在出租车上听见广播说,有一家火鸡等小吃都打出招牌,"这是莫言小时候喜欢吃的火鸡"。QQ群里有余华发的帖子:"祝贺莫言,我曾经的同窗和同事。"据说,他俩当时在八里庄老鲁院时住一屋,据民国时期的段子"我的朋友胡适之",呵呵,那我是不是也可以这样说:"我的师兄莫言。"也有一些八零后九零后问,十八大会不会提到莫言? 有人说,可能在总结五年成果时会提,但不一定提莫言名字。

在我们陷入阅读困境时,迎来了莫言热,诺奖为大家筛选出一个作家,一部作品,挽救了中国文学下滑的声誉。我们用自己的方式找到自己的书写方式,想起前几天陈晓明老师给我们讲《渐行渐远的中国文学》,如果这堂课放在现在来讲的话,估计老师就不会讲这个话题了。听说有个大学生前段时间写的论文题目就是《中国文学离诺贝尔文学奖还有多远》,这下算是白写了。

文学到底是大众还是小众,中国人对诺奖的情结很重,在其他国家不会这么轰动,这就像一个缺乏自信的孩子突然让老师表扬了一句,终于觉得扬眉吐气了。

在地铁上听到人们议论:莫言是作家啊,不是贾平凹和陈忠实是作家吗? 怎么莫言也是作家啊?

据说莫言跟国际文坛交往比较多,二十世纪八十年代全民热爱文学,一直热爱到今天才结了莫言这么个果。即便是现在,人们填表时,在兴趣爱好一栏还填"爱好文学",莫言在世界上让中国文学扬眉吐气一番。

也有人说,诺奖的评委就是那么几个老哥们,而且是终身制,绝对的垄断就是绝对的局限,他们的学术能力、思想境界也达不到,他们做出的评奖不可能公正,还有文化的隔膜。

当莫言获奖之后,不管是圈内的还是圈外的人都发出了声音。在莫言获诺贝尔奖之前,鲁十八的 QQ 群里就在谈论这件事,大家都看了关于此事的链接,莫言的作品以高密东北乡作为支点,擅长写当地的故事,大都有生活原型,老家人说莫言:"又把这个老太太写进去了。"

我想,莫言获诺奖,我们高兴之后呢,该干啥干啥。就像邻居婆媳妇,我们跟着乐和乐和,完了后自己该干啥干啥。河南的老作家张一弓老师曾经说,不要期待小说能对这个世界产生多大影响,我刚刚出版了一部长篇小说,但街上的菠菜该卖五毛钱还是卖五毛钱,连一分钱都少不了。

2012 年 10 月 14 日

那天,在山海关

来鲁院近两个月了,上周四,我们班开始第一次短途社会实践课,赴山海关、秦皇岛、北戴河等地。刚来时,大家都在打听,社会实践课会去哪?这个地方你去过,那个地方他去过,真是众口难调。我想,还是根据学院的安排,重要的不是去什么地方,而是都跟什么人去。

周四早上七点,全班集合在院子乘车出发,此次外出除了鲁十八的学员之外,班主任严迎春老师、井瑞老师、温华老师和孙吉民老师都参加了。这是来鲁院第一次集体外出活动,大家都很兴奋,一路上叽叽喳喳,好不热闹。

从往届学员的文字中得知,外出活动时可以挑一起住的同伴,生活委员李金荣打电话问我时,我恰好不在房间,于是就像一部分同学一样,被"安排"了。既如此,那就随缘吧,我是一个没话的人,在鲁院,除了见谁打招呼外,有时一天都说不了一句话,经常是一天下来,嘴都懒得张了。见别人总是凑在一起谈笑风生,我却一直不知道自己说什么才好。得知和李成恩住时,我想还好,她是一个很健谈的女孩,我不会说话,多听听别人说话也是好事。班上活动时,经常会听到她侃侃而谈。她来自安徽,写诗,出版了《李成恩谈诗录》等作品。听听书名就知道很牛的,一个诗写得不好的人,怎么好意思出版《谈诗录》?更何况是李成恩谈诗录而不是别的什么人谈诗录,那这个李成恩一定是挺有名气的吧。听说她在北京和朋友合伙开了一家影视公司,主要做专题片,一个女孩子,要在北京这个地方扎住谈何容易,不禁对她多了几分敬佩。

上车时,因前一次外出晕车,这次就坐在第二排,尽量靠前一点。我的同座是来自部队的韩丽敏,也是一个话不多的女人,因老师交代不要随意调换座位,上下车记住前后左右的同学,以免谁中途走散了都不知道。因此,一路上,三天车程除了上下车和她打招呼外,几乎没什么交流。

行程四个多小时,我们到秦皇岛市区,用餐之后就去游览天下第一关——山海关。据说,到了秦皇岛,要是不去山海关和老龙头,那就算白去了。"两京锁钥无双地,万里长城第一关"。在东方传统文化中,山聚仙乃奇,海藏龙而神,关踞险为雄。在中国,唯一以山、海、关合并命名的地方就是山海关。山海关的城楼背靠着连绵不断的苍山,面对着波涛汹涌的大海,万里长城仿佛是它的两只臂膀,护卫着身后的万里江山,真不愧为山海之关。

车子来到城下,全班在这拍了第一次合影。站在城上,仰视,映入眼帘的是檐下一块巨幅横匾,上有书法家肖显题写的五个苍劲有力的大字"天下第一关。"细看,那几个字从"天"字开始,一个字比一个字略大一点。顺着城楼两侧石级上了城,在这有几层楼高的城墙上,可以五马并驰,两侧曲曲弯弯一直延伸到遥远的大山背后。再往前走,才真正到了城楼上,悬着巨幅匾额的大殿外,一左一右有两尊大炮八字分列。左边的一尊向着前方,右边的一尊向着右前方,黑洞洞的炮口虎视眈眈。回到大殿里去看,推开沉重的门扇,跨进一尺多高的门槛,殿内阴森森的,寒气逼人。迎门桌案上架着一口钢刀,更显得冷峻肃穆。看了说明才知道,这口刀是明朝铸造的,有一百六十六斤重。从那砍得锯齿般的刀口,从那刀身上暗红的斑斑锈迹,完全可以想象当年立下了多少卓著的战功。殿中左边的墙上摆着七八枝羽箭,右边的墙下摆着盔甲,锈迹斑斑,残缺不全,看起来是一位身经百战的将军的遗物。

大家边看边听导游讲解,一路相跟着来到万里长城入海处——老龙头。

听说在老龙头上摸一下，保你平安，百病全消。大家笑闹着，一个个抢着摸龙头，排着队跟老龙头合影。

老龙头城墙下有十几口大锅，导游说：戚继光带领将士们驻扎在海边，整日思考如何在海边修筑起长城，可海边尽是沙滩，潮水日夜澎湃，筑城很难，戚继光日思夜想没有良策。忽然一个海浪打来，把一口大锅掀翻了，由于压力缘故，大锅牢牢吸在沙地上，无法翻过来。戚继光看见后大喜，立即命人把所有的行军锅都吸在沙地上，然后在锅上筑城，就有了今天的老龙头。

五点半时，我们入住秦皇岛国际大酒店。晚餐后，一些女学员结伴去酒店对面的"金街"逛商场，被丝巾专柜给绊住了，这里的丝巾质量好，款式多，价钱也很划算，每个人都买了，燕蓉买了四条。男学员部分出去吃烧烤喝酒。

2012 年 10 月 21 日

祖山

今天全天在祖山,祖山是原始森林峡谷,原名老岭,位于秦皇岛市西北25公里处,即华北著名旅游金三角(北京、承德、秦皇岛)及小金三角(祖山、北戴河、山海关)之中;同时,又处于经济发展势头最猛的"环渤海经济圈"中心区域,毗邻京、津、唐、辽地区,系国家级风景名胜区、国家级地质公园、稀有植物及濒临野生动物保护区。

传说王母娘娘身边有一个善吹笙的笙女,厌倦了天庭生活,喜好游山玩水,一日来到祖山,发现祖山山好水好,唯独缺少奇花异草,于是想把天庭瑶池的木兰花移栽到祖山。一日正赶上王母娘娘开蟠桃盛会,玉帝很喜欢听笙这种乐音,急招笙女,于是派巨灵神去寻找,找遍三山五岳,最后发现祖山云雾缭绕,拨开云雾发现笙女正在移栽木兰花,于是押笙女回去复命。王母娘娘罚笙女去银河浣纱,纱不尽,水不平,不得返回瑶池,笙女宁为玉碎,不为瓦全,甘愿化作祖山的一块巨石。天女木兰由此得名。

到了祖山脚下,看着自己脚上的高跟鞋,我这才犯愁了,要命!怎么来时没有想到换旅游鞋? 现在后悔也晚了,只好硬着头皮走了,告诉自己一定要小心,千万不敢崴了脚,伤自己给别人添麻烦还会拖班上的后腿。因此,我每一步都踩得十分小心。这些年,从来没有这么认真地走过路,我给自己下了硬指标,今天在山上,不仅要走好,还不能伤到鞋,脚上这双棕色的高跟短靴是前几天才在华堂商场买的,是我最喜欢最满意的一双鞋子,可不敢登一次山就把鞋给毁了。曾有一次跟朋友去山上柿子园玩,脚上穿着一双新买的高筒靴子,在树丛里跑来跑去,回去后发现,鞋跟鞋面都被蹭得不像样子,好好的一双鞋只穿了一次就给报废了。

祖山大部分是石山,上山的石级也全是硬石凿成的凹凸不平的石级,非常难走,那细高跟鞋踩上去,真是硬碰硬,难走程度可想而知。边走边照相,累了就坐在台阶上歇会儿,还好,走到一半,就集体坐缆车了。因此上山还算顺利。

这次外出,我发现无论是住宿还是在车上,抑或是在游玩时,大部分人都是两人结伴而行,都找到了朋友。像我这样,上车座位随便坐,住宿被安排,游玩时跟着大部队走的人很少。

看着别人都三三两两结伴而行,我不知道自己跟谁走才好,和同学们都是泛泛之交,没有一个亲近的。下山时,可以选择坐缆车,但我还是坚持自己走,我觉得坐在缆车上一点意思都没有。没想到,下山路比上山路难走多了,有的地方太陡,没人扶的话,根本就寸步难行。先是李颖超拉着我走,她的腿受过伤,走起来也不容易,就这还说实在不行,让我跟她换鞋。我们互相搀扶着一个台阶一个台阶极其认真地走路,每一步都踏得非常稳当,我这辈子从来没有如此认真地走过路。我告诫自己一定要走好,千万别崴了脚,给别人添麻烦。她拉着我走一段,就陪我坐下歇一阵,我不想老是这么拖累她。走了一阵,班长又拉着我走,歇歇停停,每一个台阶都下得很艰难,我真的后悔没有选择坐缆车,万一下面路太难走该怎么办?我担心极了。这时,刘莉大姐来了,她扶着我,让我把重心靠在她身上慢慢走。来鲁院四十多天了,平常总是不见她,偶尔碰见打个招呼,仅此而已,但她总是在我需要帮助时及时出现。国庆假期,我感冒了,吃不下食堂的饭,餐桌上她见我端着盘子味同嚼蜡,就去给厨房师傅说,让给我单独做点面条,心里一直很感激。没想到,在这里遇到困难时,又是她及时出现在面前,一步步拉着我慢慢走。

一个多小时后,我的膝盖已经很疼,脚更是苦不堪言,她见我实在难受,就和班长两个人架着我走。在陡峭的石级上,我就这样被他俩"挟持"着,一路往下冲。我真担心自己掉队。心里悔得要死,真的不愿意老是这么拖累人家。这时,我听见谁在后边说,末未在后面,我悬着的心一下子就放肚子里了。末未在后边啊,那我就不担心了,他是多好的人啊!以往,每次外出,无论是地铁拐弯处还是在秀水街七拐八拐的小店里,一起不管走几个姐妹,他都会非常细心地关心每一个人,绝不会中途把谁丢下。那次去长城,林莉恐高,不敢往前走,我们都上去了,她一个人坐在下面,末未知道后就去找她,把她扶了上来。他是一个非常温和的很单纯的人,又不乏诗人的激情,中秋晚会上,末未安徽版的《再别康桥》声情并茂,把大家笑到肚子痛。至今,那"悄咪咪的,我,来了"还在班上广为流传。

我随口说,末未在后边啊,那我就不怕了,末未是咱班最好的男生。顿时大家都笑了。班长说,这不是打击我们的积极性吗?刘姐说,傻姑娘,可不敢这样说。后边的人在大喊:末未,韩晓英在找你呢。不知谁说,末未那花花肠子早把你给忘了,你还想着他呢!哎呀!这都哪跟哪呀!回头一看,后边的同学还多着呢,文清大姐一直扶着白杨,他的腿不好。末未看不见人影,我心里踏实多了,想着,这下不怕掉队了。一会,末未真的从山上冲下来了,对我说:"他们说,你找我,我就跑过来了。"

呵呵,安全下山,没有伤脚,没有拖累别人,并且还保护好了鞋,自己定的指标顺利完成。欣慰!

坐在亭子休息时,班主任严老师说,晓英真的很棒,我们穿平底鞋都走得很累,你回去腿该疼了。她看了一下我的鞋说,你的鞋居然好好的,你看我把鞋踢成啥了。她那棕色的皮鞋鞋头的确被剐蹭得不像样子了,回去估计就穿不成了。何红霞说,你看我的鞋脏成什么样了,怎么你的鞋还新新的,那么干净,你怎么走的?脚不着地?你是仙女吗?于是都感慨我的鞋质量好。汤汤甚至问我,你的鞋是什么牌子的?质量这么好,绝对可以给该品牌代言了。还真是想不起什么牌子,的确是挺争气的。她们哪里知道,我有次登山把一双新靴子一次性就给报废了,人总是吃一堑长一智。回来时,宋庆莲说,晓英,你很厉害,很坚韧,我都要对你刮目相看了,你这种人,什么事干不成呢?

2012 年 10 月 22 日

听海

　　来鲁院之前,在很多文友的博客中都看到了在北戴河度假的照片。听说,中国作协每年组织会员去北戴河度假疗养,那是一个非常令人神往的地方。我知道自己迟早会去北戴河的,而且会以作家的身份去,遗憾的是现在天气冷了,不能在海里戏水。坐在后排的功林大哥很健谈,他和文清姐聊:"这辈子能来北戴河,而且是以作家的身份,和鲁十八的学员一起来,这是多么了不得的事情。"

　　从祖山下来用餐后,晚上我们住在北戴河东京路宾馆,导游说离海边只有十分钟路,我的腿实在疼得抬不起来,但还是决定跟大家一起去听海。

　　北戴河风景区没有高楼大厦,都是一些休闲别墅。从宾馆出来,去海边的路是慢下坡,才七点多,天已经黑了。夜晚的北戴河更加迷人,一大群人说说笑笑行走在宽阔的街道上,树叶的影子忽明忽暗,令人觉得仿佛回到了学生时代,找到了晚上和同学相跟着去看电影的感觉。道路两边用彩灯围着的别墅,都有电网和摄像头,看来治安非常好。

　　来到海边,每个人都十分兴奋,沙滩上一个个东跑西颠,站在海边,看浪花飞溅,雾蒙蒙的海面辽阔、深远,海浪像一条条银色的鲨鱼一样呼啸而来。我站在细软的沙滩上,凝神静听海的声音,风声、笑闹声、海浪声不绝于耳。好多同学站在海边给家里人打电话,兴奋地让亲人在电话上听海,来自湖南的农民作家宋庆莲激动地扯着嗓子大喊。她红色的围巾被风掀起,像一面旗帜在沙滩上迎风招展。不知谁带头唱起了大海啊,故乡。开始只有几个人跟着唱,渐渐加入的人越来越多,这些来到"故乡"的文学中年们,哪一个没有大海情结? 哪一个对北戴河不是心存向往? 于是一首接一首,一人起头,全都跟着唱,所有与海有关的歌都被唱了出来:晚风轻拂澎湖湾,白浪逐沙滩,没有椰林缀斜阳,只是一片海蓝蓝;茫然走在海边,看那潮来潮去,徒劳无功,想把每朵浪花记清,想要说声爱你,却被吹散在风里,茫然回头,你在哪里。小螺号滴滴吹,海鸥听了展翅飞。月落乌啼,总是千年的风霜,涛声依旧,何时登上你的破船;乌苏里船歌,请到天涯海角来,夏天的风吹入我心中,我站在海边望着天空。如果大海能够唤回曾经的爱……学习委员傅泽刚激情澎湃地朗诵起了高尔基的《海燕》:"在苍茫的大海上,狂风卷着乌云。在乌云和大海之间,海燕像黑色的闪电,在高傲地飞翔……"

2012 年 10 月 23 日

不上麻药的手术

今天是来鲁院后开的第一次研讨会,早就听说鲁院的研讨会是不上麻药的手术。陈涛老师也多次谈到,如果你没有足够的抗打击力,如果你 Hold 不住,那你就不要被研讨了。

徐坤老师来给我们讲课时,我曾送了她一本书,那天去长城上玩,意外地收到了她的短信:"晓英妹子好(她是高研班第一届学员,让我们喊她大师姐),小说读完后,给了陈涛老师一个简短的推荐语,望在本届高研班例行研讨会上请专家学者研讨,在媒体好好宣传一下。过后他会把意见转你,祝愉快!笔健。"

听陈涛老师说,班上几个同学都给了徐坤老师书,她一天那么忙,不可能都详细看完。因此我觉得她那都是鼓励我们的客套话,既如此,更不敢被研讨了。

对鲁院的研讨会一直充满着期待,今天,这个神秘的面纱终于揭开了。

人民文学出版社副编审李建军老师,《人民文学》副主编宁小龄老师,鲁迅文学院副研究员王祥老师,班主任严迎春老师,教学部陈涛老师,鲁十八全体学员参加了研讨会,对李向荣、王小木、李燕蓉三位同学的中短篇小说进行了研讨。

研讨会开始前,三位被研讨的同学分别做了五分钟的简短发言。李向荣发言的题目是《鲁院生活和我的创作》,谈到爱与孤独,通感的问题,说好的文章架起作者与读者的桥梁。李燕蓉发言的题目是《那与那之间》,说文学是完成自己的开始,质疑写下去的意义。王小木发言的题目是《尊严是写作的骨头》,强调真实是写作的灵魂。

研讨会之前,班上安排每组两个人写出书面发言稿,总体来看,学员发言都有所顾忌,老师的发言就比较客观,虽不像"不上麻药的手术"那么令人难以承受,但已经很"疼"了。

宁小龄老师说,相比其他作品,李燕蓉的《开始熟睡》写得很熟练,很智慧,把职业和生活的两面性,一个人的多重性把握得很好。说她更善于写城市生活。谈到叙事有效性的问题,他说,小说中有很多情节是无效的,低效的,大量充斥着与此无关的细节,好多东西都是可有可无。谈到小说的结构不太均衡,没有把空间完全打开。不用说,我的小说也存在这个问题,而且非常严重。他还谈到用词准确性的问题,比如写一个男人笑得"花枝乱颤"。以及错别字的问题,尤其是"的地得"分不清。这个问题我在读那些作品的过程中也发现了,但是瑕不掩瑜,作者在这方面稍微注意一下就行。莫言获诺奖后,不是也有人提出他连"的地得"都分不清么,但那有什么关系呢,照样获诺奖。

李向荣的《婴儿车》写得不俗,《蝴蝶》干净、含蓄,很有味道。整篇小说连男女主人公的名字都没有,叙事不温不火,写得很从容,已经达到了一种境界。尤其是在小说的控制上很有能力。节制、含蓄,关于喂奶的那个细节把握得很精准。说语言要克制,要往内用力,不能堆砌形容词,要竭力把可有可无的形容词删掉。这个问题,也是李敬泽老师谈到的:"不喜欢过于流利,过于光光溜溜,过于没有疑问的东西。"语言的节制对我来说是个难关。

文学的想象有内在的逻辑,不能忍受文艺腔,谈到路遥的《人生》时,特意提到了刘巧珍对高加林说的这句话:"我看到你比我爸我妈还亲。"托尔斯泰曾说:我只爱清楚、明确、温和、美好的东西。说,一些作品缺乏平常心,不说家常话,缺乏表达真实感的能力。

《蝴蝶》的最后一句,"她想,终于把一个完完整整,清清白白的自己交给了这个城里人。"说这篇小说没有这句话就不成立。

谈到王小木的作品时，他建议作者"收一收"，尽量克制情感，在情感的宣泄上控制不够。说《香精》写得很成熟，形成了自己的风格，把语言方式的特点表现得很突出，用细节推进。说小说就是把鬼话、瞎话编得让人相信，把鬼话说得让人相信就成了神了。

最后，他说，我们可以不获奖，可以不伟大，但我们要尽量做一个可亲可敬的人。

2012 年 10 月 26 日

在同一条道上奔跑

　　《广州文艺》副主编朱珠曾说,好的作品我看得太多了,在鲁院,我想看到真正的人。我热烈地响应了她,因为我知道,我可能写不出什么好作品,但是我会努力做一个真正的人。即便是上了鲁院,我也从不曾认为我这个软面团被鲁院这个模具一规整就会变成香甜的点心。自己有几分才气自己心里清楚,有些事情不是你努力就能达到。我从不认为自己是个作家,我知道自己离真正的作家还差得很远,我会努力,希望以后能对得起作家这个身份。

　　至今,我不认为我完成了生活对我的教育,没有,从来没有,尤其是夜深人静的时候,想起以前的某些事情,即便是在黑暗中,也能感觉到脸红,但谁又没年轻过呢?如果人人都那么成熟那么老练那么世故,那这个世界该多无趣啊!

　　有人说,作家岂是学院里能培养出来的?不过是去镀个金罢了。我需要的不是镀金性质的资历,我知道自己资质一般,即使镀了,也不一定就会成金。我渴望生命中有这么一次求学经历,因为这不是一般的学校,它是文学的天堂和精神的圣地。我怀着朝圣者般虔诚的心来到鲁院。

　　徐坤说鲁院是一个很招人的地方,全国各地有那么多的文学爱好者热切地关注着鲁院,倾心地向往着鲁院。因为它在北京是唯一的,在中国是唯一的,在世界也是唯一的。地球上没有任何一个角落这样严肃认真,正经八百、兢兢业业、一丝不苟地把文学作为一项安身立命的工作来对待。

刚开学,学员们在自我介绍时,无一例外地真诚地表达了自己对鲁院的向往和来鲁院学习的决心。有个同学说,曾因为领导不给假而没有来成,今年为来鲁院她辞了工作。还有一位同学说,因为一点小故障,她的录取通知书在寄达的时候出了问题,她就哭,很伤心地哭,最终拿到了录取通知书。还有个同学给我们讲了她来鲁院的详细过程,那个艰难啊!教学部的陈涛老师说,有的人为来鲁院都能写一部长篇小说。我也和他们一样,克服了一切障碍和阻力,跳出了我们那个小山沟,一路上跌跌撞撞,来到鲁院,就是为了证明,我爱这个世界,也爱文学,我们也是文学的孩子,我们也渴望沐浴到文学的圣光。

在来鲁院之前,大家在不同的岗位上,扮演着不同的角色,鲁院让我们逃离物质的压迫和追逼,重新回到原初的自己,我们在鲁院得到了释放和还原。

这些在红尘中摸爬滚打煎熬了几十年的拥有同样梦想和精神生活的人们,如今,都离开了柴米油盐的俗世生活,来鲁院这个地方,正经八百地无比虔诚地过上了一种纯粹的艺术生活,站在了同一条跑道上。正如诗人西川所言,在这条跑道上,有的人已经走出了很远,跑到了第九圈,有的人才刚刚起步,在一二圈徘徊。我们珍惜的,是在这个时间段,曾经在一条道上奔跑的感觉。

有位作家说:"与其说鲁院是一所学校,倒不如说它是一种精神,一种信念,一个梦想更为确切。是存在于我们内心的一个神话,鲁院所传承给我们的,是一种观念,一种眼界,一种境界,一种大美大爱的熏陶和濡染,一种更深远意义上的人文品质和情怀。如果鲁院传承给我们的不是追求真善美,爱,理解,沟通以及诚信和慈悲的精神和梦想,而仅仅是一些讨巧性的技术,或者是一个用来谋职获利的学位的话,它还有什么神圣可言? 如果我们从精神出发,最终所抵达的仍然是物质和现实的层面,还有什么意义可言?"

2012 年 10 月 27 日

戒掉文学

在鲁院这个地方,初来的新鲜感之后,你就会陷入各种困境,这困境不仅是写作上的困境,还有来自生活上的具体问题,最基本的吃住行都成了问题,餐厅的饭越来越难以下咽。每天怎样打发肚子成了首要问题。睡觉也成了令人头疼的事情。聚在一起聊天,男生女生没有不失眠的,都说鲁院这地方怪,住的房间设计成天井式的筒子楼,站在门口,楼上楼下所有房间一览无余。这个班是典型的慢热型,四十多天了,彼此还不是很熟,除了上课和集体活动外,基本上都是各自在房间,有时你站在楼道看,所有的门关着,整个楼道一整天都静悄悄的。当你坐在房间时,门外偶尔的说话声、开门声或者是挪动椅子的声音都直往耳朵里钻,你不想听都不行。在家时,你根本就不会有这种感觉,你也不会注意到这种声音。

在家时,你成天抱怨没有时间看书,没有时间写作,在这里,有的是时间,你什么都不需要操心,工作、孩子、家,所有的一切都无需你劳神,甚至吃了饭都不用洗碗,房间也有人收拾打扫,除了上课集体活动之外,大把剩余的时间都留给你创作读书。但偏偏越是这样你越是看不进去,越是写不出来。尽管你买了很多书,床头上小山一样堆着,但很少能真正看进去。你焦虑、恐慌、自卑,压力非常大,不知道该看哪一本书才合适,你着急,更怕浪费时间,大浪淘沙般地急切地选择适合自己的能提升自己的读物。以往读书消遣的心态没有了，真想一口就吃成个胖子。这个拿起来翻翻看不进去，那个拿起来翻翻也看不进去，就像面对一桌美味，你不知道从哪下口，你不知道哪道菜最适合自己口味，你总是有一种来不及的感觉，你陷入了真正的阅读困境。你也构思不来什么小说，脑袋空空如也，你觉得自己枯竭了，恐慌极了。

这时你发现自己简直就是一个伪文学爱好者，平时说怎么怎么爱好文学，把文学往死里爱，真正把你放在这里，让你专门搞文学，看书，码字，你却看不进去，写不出来。这一群人，就像从红尘中被突然扔在孤岛上一般，首先要学会生存，怎么和人打交道，怎么交朋友，怎么把自己给调整好，很多人都不适应、孤独、自闭，吃不下饭，睡不着觉，看不进去书，写不出来字。

第一次后悔来鲁院了，如果没来不写就不写了，我睡懒觉看电视去了，现在不写没法交代，我占了名额浪费资源，那种语言那种构思我怎么才能学会呢，我要到哪里才能补上这一课？一会受到打击一会找到信心，找到信心时，一下子充满了力量，灵光一现，似乎心里淤积的那些东西顷刻发酵，冒着泡泡直往出涌，都来不及记录了。觉得时间紧迫得都进入倒计时了。受到打击时，灵感就跑到爪哇国里去了，浑身无力，觉得自己枯竭了，心里十分恐慌，真恨不得早早结业。赶紧回到原有的生活中，像戒烟戒酒一样彻底戒了文学。再不受这折磨！

这时，你会想，文学到底给你带来了什么？为什么你对它不离不弃，像坚守一个阵地一样死守不放呢？作家傅爱毛说："那是因为你心中有爱，你的血管里激荡着生命最本真的歌谣，那歌谣响彻在你的内心最深处，汹涌澎湃，滋润着你的生命，挥之不去，你必须用自己的声音唱出来，那唱出的声音也许干涩，也许没有调子，不成章法，但那毕竟是你的声音，那是你生命最原始的回响，只有那种声音在证明着，你作为人，来到过这个世界上，你在这个世界上回肠荡气、百折不挠、历尽艰辛而又无比卑微无奈同时又不失赤子之心地活过。"

我克服一切障碍和阻力，跳出我们那个小山沟，一路跌跌绊绊走到今天，来到鲁院，就是为了证明，我的内心回响着我自己的绝唱，我爱这个世界，也爱文学，我也是文学的孩子，我也渴望沐浴到文学的圣光。感谢鲁院使我梦想成真,再次激活我的生命,使我重拾自信。

学员年龄差距大,受教育程度不同。班上有好几个 1997 年就上过鲁院,有的前些年就在北大学习,有的在国外留学,有文学期刊的编辑,有各大刊物正火的作家,有几个作品进入国家扶持项目,还有搞编剧的,形形色色,差异非常大。经常和别人一起出去,听他们谈话,他们提到的那些作品我没有看过,他们看过的电影我没有看过,他们谈到的作家有的我都不知道。我想,这该如何是好呢?

我几十年如一日,痴心不改地爱好和经营着文学,却没有在国家级的大刊上正儿八经地发过一篇作品,我曾经许多次灰心绝望地在心里发誓,再也不摆弄文学了,要像老公戒烟一样下决心戒掉文学,可是,过一段后,我不知不觉又重操旧业,这该死的令人欲罢不能的文学啊!

顾坚在写作技巧参考里说,有些人的创作可以模仿、可以学习,都是正常的,但是,要找接近自己生命里一切或主要几点的作家作品,比如,你生长在中国西南的深山老林,工作于某小镇,你又是女性,你却要学习膜拜米兰·昆德拉,这不明摆着瞎菜嘛,寻找接近自己的作家作品,你就成功了一半。可是,我怎样才能寻找到接近自己的作家作品啊,我到底该读哪些作品才会提升得快一些呢?

那天,从育慧里地铁站出来,阳光很好,风很大,我给老妈打电话,说,妈,我想你了,我想回家……(潜台词是,我想回家,再也不搞什么劳什子文学了)一句话没说完,声音就哽住了,北京 10 月底的冷风在耳边呼呼直响。只听我妈说,快和同学好好逛去,别整天呆在电脑前。现在想来,妈说得太对了,那会,就应该约上同学好好逛,好好玩,玩的过程也是见识交流学习的过程。人到了一定的年龄,经的事多了,自然便通透了。营营逐逐,竞志斗才,有什么意思?

我想,人这一生未必要样样占全,也未必要斐然和卓著,你只需要一以贯之地诚实和勤勉着,做个普通人就够了。

2012 年 10 月 28 日

三峡行

　　从三峡回来已经两天了,总觉得满身还是山水气息,行走之间,似乎还在船上或是林间。给亲戚朋友打电话,无一例外地会傻傻地问,你去过三峡吗? 真应该去看看。

　　第二次社会实践,在太平溪港入住客船时已晚上九点多,我们乘坐的是"云中号"二等舱。领到房间钥匙,经过那一个个敞开的房门时,忽然想起《围城》中的方鸿渐,他在船上住的也是这样的房间吗? 鲍小姐头上的发卡掉到了哪张床上? 他们是不是晚上还站在甲板上聊天? 跋山涉水游览了一天,同学们一个个在车上昏昏欲睡,但一上船又都兴奋了,争先恐后登上甲板,急着欣赏江上夜景。我路过底层的操作间时,看到一间间房门都敞开着,眼前又出现《泰坦尼克号》里船舱进水,露丝在里边奔走找杰克的情境。

　　来到甲板上,举目四望,夜色重重,江面上一片漆黑,远处客船的光投射过来,在无边的夜里,这灯光显得非凡的奇异,江面上蒸腾的雾气在光的映射下云雾缭绕,那飘动着的,似烟又似雾,不断变化着各种形状,让人疑似仙境。同学们挤在甲板上,何红霞突然大喊一声,快看,"巫霞"。可不就是"巫"吗? 像极了科幻片里的太空。真是美极了! 人仿佛置身在浩瀚无垠的太空,仰望深邃的夜空,引起人无边无际的遐想。入夜的长江,仿佛也要入睡似的,对面船上的灯光把周围的山映亮了,黑漆漆的江面上,露出几点星星似的灯光,岸上的远山,只能看出一点轮廓。一首首与水与月与船与江有关的老歌瞬间涌出,急切地想要来呼应这景。人人忍不住都要放声高唱。顿时,男女同学围成一圈,站在甲板上,一曲又一曲唱得热火朝天,激情澎湃。风很大,有同学戴上围巾和帽子,我的头被吹得有些疼,但还是不想回房间,傻乎乎地一首接一首跟他们扯着嗓子唱,回头看见老乡刘紫剑也夹在队伍中跟着我们唱,就毫不客气地把他帽子抢来戴在头上。江风袭人,但我的心就像一张帆,每一个角落都被大风鼓得那样饱满。

次日清晨七点,在船上观赏风光秀丽的巫峡,两岸层峦叠嶂,奇峰突兀,怪石嶙峋,峭壁屏列。在白帝城游玩时,遇见一家三口着草绿色亲子装,年轻的爸爸妈妈拉着三四岁的儿子,小家伙胖嘟嘟的,滚雪球似的被父母提溜着往前跑。欢声笑语洒落一地。一转眼,就没影了,像去奔赴一场约会。

下午三点多时,阴沉沉的天缓缓放晴,太阳从云层中蹦了出来,天蓝得像打了蜡,站在二层船头俯视,从天上漏下来的光束打在水面上,像一面面小镜子闪着白花花的耀眼的光,两岸层层叠叠的树都像上了油彩,墨绿、浅绿、翠绿、黄绿、嫩绿,熙熙攘攘挤满了山,枝叶在阳光的照射下都闪着光,清风在细叶间穿梭,一切都那么明朗。山是绿的,水也是绿的,人被绿包围,绿在我里,我在绿里。

乘船向前,水天浩荡,再往前,越走越窄,两岸山体夹立,扑人眼帘。树色不一,深深浅浅。不掩天趣的梭子草,倒垂着,处处不绝。偶有怪石飞突,林木苍翠,多姿多彩。云雾缭绕,变幻无穷,清泉飞瀑清幽秀洁。山林竹木茂密非凡,高达数百米的峭壁,宛如刀削,直插云天,在阳光的照射下,金光闪闪,真是江山如画,令人惊叹大自然的鬼斧神工。

站在船头看"峡",水天一色。水面宽阔处,被一小岛所遮,不能一望尽收。远处群山环绕,连绵不绝。江边上白墙、绿树,像童话中深山里的城堡,美得有点不真实。到小三峡时,游客被美景吸引到了船头,我好不容易在挤到的缝隙里举起相机,拍到的不是景色,而是一个个后脑勺。从三峡至小小三峡,我和媚娘(来自新疆的李颖超,因笑得千娇百媚而得名)一直站在船头,三个小时,舍不得回舱。她说,我们那里没有水,能多看一眼是一眼。我又何尝不是?顺原路返回时,坐在舱里小憩,导游拿着一只聒噪的大喇叭,几个小时反复推销当地的茶叶，一包四十元，一百元钱三包。嗓音大而刺耳，逼迫得几个同学捂起耳朵直瞪眼。

次日早，下大船换小舟游览九畹溪，山涧雨雾蒙蒙，着救生衣坐在小船上，风掀得长发乱舞，头顶冰凉，忙从包里拿出帽子戴上。现在不比年轻时，一受风寒就会头疼。心想，如是夏天来此，真是消暑的好去处。

来三峡时北京已开始供暖，宜昌最多只是深秋，下午在三峡大坝参观时，穿件薄毛衫即可。不过，毕竟暮秋，再看绿色，已是另一番意思，不那么翠了。更有些其他颜色的树木点缀其间，整个山峦绿色半褪，红黄相杂，像油画家凌乱的调色盘，热闹而斑斓。有一种树，叫不出名字，红得比美人还美，往它前头一站，照得人心里明明亮亮，直觉得自己也变得好看起来，把溪水小径都映照了。原来人是需要这样的相依相衬，才可出彩。

沿山路而上，耳边溪水流淌，身旁奇峰峻石，道旁山崖上的小草拼命地从石缝中探出脑袋，树根如网，苍老嶙峋，爪子一样紧紧抓住石头，绿叶透明得像婴儿的皮肤。踩着吊桥，前面一伙笑闹着一个劲地晃。恐高女生的尖叫声在深旷的山谷回响。行走在九畹溪的古栈道上，你不得不惊叹古人如何在石山上铺设成路，溪水潺潺，清澈透明，山花烂漫，摇曳多姿。随手扯一把野菊编成花环，戴在头上拍照。其实照片哪里拍得出风声水响，镜头中又怎能摄得出草气花香？

行至白果树瀑布时，急湍的清泉从百余米高的陡峭山崖上飞流直下，接天连地，水天雾海，那瀑布竟然那样高，那样长，那样壮观，令人忍不住想大喊一声，震撼一下那已经震撼了我的山谷。同学们也一个个昂起头，愣怔在那里，真是夺人心魄！离瀑布还有几十米远，飞溅的水雾已打湿了头发，几个同学爬上湿滑的石头拍照，就连平常最腼腆的女生都伸开双臂，对着山谷高喊。真是淋漓尽兴，嬉闹尖叫声不绝于耳。瀑布湍急，人在几十米外，仍能感到细细的水珠不断溅来。我从未见过这样急湍的流水和这样巨大的石块。爬上石山小憩，拂一把额前的湿发，只会对着镜头傻笑。景区小吃摊烤得嗞啦作响的鱼香直往鼻子里钻，你递来一个烤土豆，她捧上几个热红苕。在阴湿的山谷中，我们品尝着当地的各种美食，心里亮堂热乎极了。

在这儿吃鱼，价格不菲，比别处贵些，但味道极好，保管是正宗的野生鱼。临水而居就这点好,有的是取之不竭的天然资源。所以,贵是贵点,生意依然火爆得很。当然大家心里自然明白,这吃的哪是鱼,吃的不就是个感觉和品味吗?正如河边某些垂纶而钓的,也不是鱼,钓的是风,是雨,是那份闲情。

能把王菲的《传奇》唱成豫剧版的搞笑大王张功林居然落汤鸡一样提着外套在拧水,原来这家伙不顾初冬的寒凉,穿越瀑布!看着这一帮纵情山水的文学中年,我想,现在即使谁心中有万丈烦愁,当站在这瀑布前时,也会被一泻而尽,你甚至会感到压在肩上的重担也被卸下了。

这里的山,跟我们陕西的山比起来,是另一副姿态。刀劈斧斫一般,直上直下,少过渡,不见起势与收梢,哪有什么主峰和客峰,几乎一律高耸。而山上岩石裸露,没多少泥土,这里的山少了泥土的养护,不见厚重,便只落得个奇绝了。陕西的山树木参天,这儿却少见大树,杂木灌丛多。也少见好土良田,道旁偶尔可见一小块菜地,种着白菜和小葱,可怜巴巴的,就那么一小块。叫人同情他们衣食艰难。路旁的橘子林,倒是硕果累累,红灯笼一样挂满枝头,像极了陕西的柿子。车停在白果树瀑布景区,门口摆了一行刚采摘的橘子,一元钱三斤,同学们纷纷购买。掰一瓣尝尝,酸甜爽心。于是再去挑拣,带回北京慢慢享用。

山里很静,偶尔一只鸟从头顶飞过,心里有一点感动也有一点喜悦。老天突然给了你这么大一块美景,你却只顾低着头走路,无暇欣赏。心里有一点点遗憾。可人生何处不遗憾呢?千万山水,千万人,谁能一一阅尽?路过有路过的怀想,错过有错过的幻想。到头来,人生终究是一场路过与错过。

我们总是待在钢筋混凝土的生活之中,把窗外的世界遗忘得太久了,不知道脚心触到青草的舒适,不晓得鼻腔遇到花香时的兴奋。朋友,到山里来吧,到水里来吧。让脚离开柏油路,让心回到自然中。

2012 年 10 月 29 日

鲁院，那些永难忘记的人和事

离开鲁院已经三年多了，有那么一段时间，我每天都会不由自主地想起鲁院的那些人和事，无论白天和黑夜，他们总是毫不商量赶也赶不走地占据着我的思想，使我时时反刍，回想，回味，时而高兴，时而伤心，时而落寞，这些情绪一直折磨着我。

每打开电脑必上 QQ，第一个关注的是鲁十八，潜水翻看群里每一页聊天内容，从文字中感知常在 QQ 里泡的每个同学的近况和心情，我拿不定该发出一点声音证明我的存在，还是一声不吭悄然退出。良久，然后默默退出。第二个直奔鲁十八班博，看有无更新？看谁又传佳音？看谁在此发声。回家十来天后，班博上结业后的每次更新我都热切跟帖，瞬间忆起与每个同学在鲁院的每次交集，并真诚祝福，然后退出。二十来天后再上班博，看每个人的照片和文字，常常会泪湿眼眶，我万分真诚地热切留言，想到我在全国各地有四十多个兄弟姐妹就像有四十多家亲戚，海南的艾子说她最近又发现了几道美食等我去享用；伊犁的秀华说等我去伊犁和她一起扫雪；天津的金荣回家后第一个给我打来长途电话；辽宁的守国说他整理旧杂志发现2010 年的《飞天》上，他的短篇小说和我的紧挨着，高兴地一口气读完；北京的丽敏说等我再来……

鲁院的生活我今辈子仅此一次，不可能再有，欣慰也罢遗憾也罢，一切都已过去。一个月左右后想起鲁院的一切竟恍然如梦！只好在班博的文字图片中去确认这段生活的的确确真实存在过！这个舞台我就这样退场了吗？

徐坤

很早的时候，在《小说月报》上读过徐坤的小说，什么题目不记得了，很喜欢她的语言风格，知道她在北京社科院工作，成名作是《春天的二十二个夜晚》。前段时间重读，读到毛溱的丈夫好好地、突然没有一点缘由和征兆地给她留了一封信说，累了，不想过了，就消失了那个章节时，跟随不明就里以为丈夫不用说就会陪她到地老天荒的、突然被弃的无所适从的娇妻毛溱，我在暗夜里静静地流了无数次眼泪，艺术作品达到如此感人的地步，唯有真实。"就是把自己彻底撕开，血淋淋的给人看。"

十一月的一天，我们组的编剧茜吉尔请我们去看话剧《老佛爷的佛》，她是蒙古女孩，高挑，时尚，家在北京，时常开着车往返在家与鲁院之间，特立独行的样子，听说经常通宵写剧本，她和我、河南的张功林、还有童话作家汤汤被分到了同一小组，我们的导师是《文艺报》的总编阎晶明老师。每次去导师那里，都是她开车带我们去，她管张功林叫功林大哥，汤汤直接叫功林，而我，对于比自己年龄大的他，不知如何称呼，跟着汤汤连名带姓地叫，似乎不礼貌，尽管可爱的比我还小的汤汤叫得很自然很温柔，叫老师显然也不合适，跟着茜吉尔叫功林大哥，似乎也叫不出口，后来好像短信上称呼过"张大哥。"

在北京看了好几场话剧，第一次去北大看话剧是和李燕蓉等同学一起去的，话剧这种高雅艺术，在咸阳这样的小城市是很难欣赏到的。刚开学那会，听雪儿说她去小剧场看了一场余华的《活着》，票价800元，回来后说确实值，那天演的话剧我看了后没有引起多大的共鸣，颖超热情地向我推荐《恋爱中的犀牛》，说这部话剧非常精彩，可惜我没有看到。印象很深的是学校组织同学去国家大剧院看现代经典话剧《哥本哈根》，那次，在国家大剧院的小剧场，我坐在第一排，人物的表情、神态看得非常清楚，第一次全神贯注地欣赏完话剧《哥本哈根》，尽管有些地方没看懂，但是终于知道了什么是经典话剧。《哥本哈根》这部哲学话剧,对当今社会和未来社会的影响都是会如《哈姆雷特》一样穿越世纪的时光岁月永远被反复上演,永远被讨论和提及。《哈姆雷特》提出终极思考"是活着还是死去?"《哥本哈根》提出终极思考"'我'是世界的中心,用客体观察的科学思维模式,'我'成为是'我'观察、思考的盲点。人类了解自己吗?'我'认识自己吗?"《哥本哈根》通过量子力学领域重大事件为背景,戏剧故事中丰富饱满的人性的冲突、自我挣扎、自我救赎和自我合理化,让观看这部戏剧的人对自我有很多触碰和思考。剧本精彩的对话非常莎翁,人物个性饱满,没有道德评判的好人坏人,一切的发生似乎都是一种不确定性。

八点的话剧,我们五点半就出发了,我和张功林、张雅琴(她是内蒙古的女作家,在学校当老师),之前,张姐姐在鲁院读了两个月的编剧班,现在改行写起了剧本,都说写剧本很赚钱,听说张姐姐都打算靠写剧本赚钱在北京买房了,钦佩之余更不敢去打扰她。那天去的有徐坤师姐、阎晶明导师、陈涛老师,还有班主任严迎春老师和鲁院的其他几位老师。我和张功林、张雅琴坐地铁到王府井附近时,才七点多,张功林请我们在巷子一家菜馆吃饭,饭后,去东方新天地那儿的小剧场,老师们都来了,我看到了徐坤师姐,那时,北京的天已经很冷了,师姐那天穿着深色的大衣,娴雅、雍容而又谦和,问好之后到了剧场,我离徐坤师姐中间隔了阎晶明导师等三四个人,尽管我很想和她聊聊,至少提一提我的小说,谢谢她给我写的推荐语,但是又觉得在这种情况下从座位上挤过去和她说话很不礼貌,所以就忍着没动。

《老佛爷的佛》是一部相声剧,讲述的是清末的一个冬天,成亲王府里正举行寿宴,可前来祝寿的贝勒爷却讲述了一个闻所未闻的让人大跌眼镜的乾隆皇帝。贝勒爷的父王归天的消息传来,贝勒爷却要说相声来为父王送葬。葬礼上,人们又听到了一个个熟悉却又陌生的乱世人物,和破败不堪的晚清……参加寿宴的慈禧太后一觉醒来,分不清了梦境与现实,为她治病的大夫开出的药方是——谈话。而太后听到的,却是一群仁人志士如何立志将积贫积弱列强欺凌的旧中国改造成繁荣昌盛,立于世界民族之林的新中国。剧中慈禧太后的扮相实在可笑、滑稽,尽管笑点频多,观众也不时捧腹、鼓掌,就连身边坐着的几位文坛大家都看得很认真,不时莞尔,并交换看法。

周春生

周春生是大连市公安局某分局政委,在鲁十八开学典礼上,周春生代表学员发言,圆头圆脸圆眼睛,穿一身白色公安短袖制服,往台上一站,略微沙哑的嗓音配上貌似单纯的圆眼睛加上那大连口音的普通话,很具喜感,更具喜感的是他那句"利用各种手段,一路走到鲁院"的发言,令同学们哄堂大笑的同时都想起自己来鲁院的辛酸史。

来鲁院上学,可以说是每一个写作者的梦想,这个以鲁迅先生命名的中国文学的最高学府,曾经走出的著名作家不计其数,莫言、余华、王安忆、蒋子龙等一大批很有影响的作家都是鲁院的学员,作为一个文学的朝圣者,谁不想来到鲁迅文学院就读,深造? 四个半月的学习时间,让这些文学中年们放下工作和世俗的生活,来到这里过一种纯粹的艺术生活,哪一个不是心向往之? 书记周春生的这句话勾起了大家来鲁院的辛酸史,因此,接下来同学们之间自我介绍时,都很低调,很少有人谈到自己的成绩和名气。也是,在鲁院,面对四处林立的鲁迅、冰心、林语堂等一大批文学前辈的雕像,谁好意思谈自己那点成绩? 面对大师,这些各省推荐来的佼佼者瞬间都低下了高傲的头颅,一个个谦卑得像个刚进校门的小学生。

海南的艾子说,为了来鲁院上学,请不下假,她不得不把工作辞了;重庆的郑晓燕说,她给省作协申请了几年都申请不上,今年就豁出去了,拉开战线下势立茬天天找领导,市上、省上不计其数地跑,最终获得来鲁院的机会;湖南的宋庆莲说,接到鲁院的通知,正在锄地的她扔下锄头一口气跑了几条田埂,幸福得恨不得对整个世界大叫;福建的叶子在来鲁院的第一篇日记中写道:"鲁院,我已默默注视你很多年";宁夏的穹宇在博客吐槽,来鲁院除了作品过硬,还得有人际关系。而我呢,从 2002 年就开始报鲁迅文学院的函授班,仰望十年,经过锲而不舍的努力和不忍回想的心理折磨,最终领到来鲁院的这张门票。

来鲁院前,我们怀着万分的热诚申请这张门票,根本未曾考虑过其背后要面对的问题和压力,以为来了北京,进了鲁院,圆了多年的梦想,就万事大吉。记得省作协雷书记当时说,进鲁院,压力也是很大的,可我根本就没听进去,及至进了鲁院后,才知道压力山大。

周春生同学最大的特点就是模仿同学惟妙惟肖,政委兼书记的他经常慷慨地请同学们吃饭,饭桌上,他模仿每一个同学的言行都形神兼备,令人忍俊不禁。艾子说话的语气和动作被书记模仿出来,简直把人能笑岔气。我曾建议周春生在联欢会上把这作为一个节目,绝对是满堂彩。童话作家汤汤喜欢跳着拍手,连声说"好啊好啊。"班主任严迎春老师被同学亲切地称为"小清新",每次讲话后拍手眯着可爱的小眼睛,身体都在动。周春生同学热情豪爽仗义霸气爱流泪还怕老婆,班上每个同学几乎都得到过他的帮助和支持,谁有困难需要帮助,周春生第一个站出来;男生女生都以被他关照为荣。每逢周末节假日,周春生总是请同学吃饭唱歌。说他霸气那绝不是空穴来风。

有次,《文艺报》主编阎晶明导师请我们吃饭,那次还有《小说选刊》的主编王干老师,记得王干老师说,在鲁院,要是不发生点故事,那简直不可思议,这些一腔热血的文学中年个个感情丰富,离家千里之外四个多月一起生活,一起学习,个别人要是不发生点故事那简直不正常。更要命的是,据说此届高研班女生美丽指数是历届学员中最高的,才子佳人若不发生点故事,那真是违反人性。

周春生怕老婆,据说,不管他正在干什么,只要一接到老婆电话,马上就跟变了一个人似的。拔河比赛时,他腿骨折了,嫂子从大连赶来看他,我一见,嘿,那么漂亮! 怎舍得惹啊,难怪他怕老婆呢!

《都市挣扎》研讨会当日,本来说好班长主持,可那天上午,班长临时有事,情急之下,只好请书记周春生代劳。

至今令我非常感动的是,那天是元月5日,北京最冷的时候,教学楼里温暖如春,女生们都着春装,室外,虽然艳阳高照,但气温非常低,而且风大,背阴处的积雪还未融化,倘若上街,大衣、羽绒服、围巾帽子手套那得裹得严严实实,只剩眼睛,就这也冻得眼眶疼,那时,同学们是轻易不出门的。可是那天清晨,尹守国、张功林几位大哥冒着严寒上街给我研讨会上买水果,我想,这除了他们对我的认可、支持外,还有对书记周春生的佩服。鲁院物业处王君处长早早就带人给我布置好了会议室,"韩晓英长篇小说《都市挣扎》

研讨会,2013 年 1 月北京。"横幅做得非常大气漂亮,特别是落款处"北京"那两个字显得特庄严。

作家召开自己的作品研讨会,不亚于歌星开演唱会,《都市挣扎》出版后,咸阳的一些老师朋友,甚至市委宣传部的领导也曾张罗着要给开研讨会,我一直认为时机不成熟,后来也曾做过一个在彬县老家开研讨会的方案,但因各种原因,均放下了,在北京,在鲁院召开自己作品研讨会,大概是每一个写作者的梦想了。

感谢周春生同学关键时候挺身而出,为我主持研讨会。他的才气,他的人气,他的霸气以及他对会议现场的掌控能力令我们十分佩服。

末未

午饭时,鲁院同学、贵州诗人末未打来电话,报告我好消息,说他现在已经是贵州哪个大学的教授了,学校还给他分配了房子。末未版的贵州普通话相当难懂,他叽里呱啦说了好几分钟,我大概就听明白了这几句。很开心,真替他高兴!

末未邀请我去贵州大学讲课。嘿嘿,我能讲什么课! 他说,就讲你的经历、你的故事。呵呵,姐是个传说吗? 末未说,你来时,我们要提前一个礼拜准备横幅欢迎,哇塞! 这么隆重可一定要去哦。

聊起我在鲁院召开长篇小说《都市挣扎》研讨会的事情,想起他在鲁院的诗歌朗诵会上那句经典的"悄(敲)咪咪的(当),我(额)——来了(喽)。"惹得大家笑到泪崩。

去鲁院的第三天,我和末未、伊犁兵团作家曾秀华、新疆人民出版社的李颖超几个人一起去逛王府井,我们逛街,他背包;我们购物他砍价;我们坐地铁,他买票;我们吃饭,他抢着买单;我们出游,他拿地图掌握方向……末未是鲁十八每个人的好朋友,是我们大家的亲爱的弟弟。

后来叶子写了一篇文章,开头第一段就是"末未说,世界上有路的地方,他就找得到。"后来《黄河文学》编辑穹宇在叶子博客看到了这文章,当即就决定刊发,他说,仅凭这一句话,这篇文章就能成立。

今天意外接到末未的电话,一激动,一口气和他聊了半个多小时,忽然想到几个好点子，一说，两人一拍即合。我这人，文学天赋的确不高，但是，点子还不少，并且能成事。当时，在鲁院没主动申请当班干部，看来是把我埋没了。嘿嘿，自夸一下哦。

从鲁院回来后，我做了一个相册，看了的同学都很喜欢，有好多让我把电子版发给他们，我给白描院长寄了一本，他回短信说，看得眼睛都湿润了。后来，鲁十三一师姐看后说，让我给鲁院送一本。说上鲁院的同学多了，像我这样做成这种相册的没有。

李成恩

我一直坚信世间的机缘巧合，冥冥之中，总有个什么东西在无形中左右着你，所谓在对的时间遇上对的人，在鲁院与李成恩相识相遇相知更加印证了这一点。这时常使我暗自惊叹，生命中不经意的交集充满了神秘的力量。

开学典礼上，一个长发披肩衣袂飘飘的安徽女孩代表学员发言，后来知道她叫李成恩，小小年纪在北京有自己的影视公司，是纪录片导演。这些来自五湖四海的骄子们来到了梦寐以求的鲁院，刚开始谁也不知道谁的水有多深，开学最初的日子，大家都在网上搜班上的同学，从相关介绍和其博客的一半篇文章大致就可以看出此人的来头。打开李成恩博客，第一眼就看到她出版的新作《李成恩谈诗录》，不看内容，仅从书名就可看出此人绝非一般的诗人，想想看，一个诗写得不怎么样的人怎么好意思出版谈诗录。据说是国内很有影响的80后美女诗人，这些光环足以令我这没有成就的人敬而远之。更何况我是一个不怎么主动和人接触天生慢热的人。接下来的日子，上课听专家学者讲课，下课结伴逛北京的名胜古迹。此间，李成恩总是匆匆忙忙，上课快打铃时才提个包进教室，下课后头也不回匆匆闪人，总是很忙碌的样子，电话好像也很多，课堂上似乎还在遥控公司。我们这一届，大家都比较低调，开学第一天面对全班同学作自我介绍时，前面的同学对自己的文学成就轻描淡写，一个个谦虚极了，搞得后边那本来只有那么一点能摆上桌面的如我一般底气不是很足的人也不好意思晒自己那点老黄历了。这些在各自省份都是很牛的作家们，在鲁院，面对鲁迅、巴金、老舍、冰心等文学大家时，一个个都自觉低下了高傲的头颅，说：我在我们那还算是个人物,到了鲁院,啥也不是。

就拿在鲁院召开研讨会这件事来说吧,鲁院的研讨向来被称为不上麻药的手术,学习期间,鲁院为本班同学召开了几次研讨会,一次是散文,一次是短篇小说,一次是诗歌,当时,班主任挑出班上这个题材写得好的四五个同学,把他们的代表作发到班级博客,由同学自发写评论,再邀请北京几个大刊的资深编辑参加研讨。我自知自己的散文、短篇都不占优势,因此,就没往这方面想。

鲁院从未给个人开过长篇小说研讨会,我想,按以往的形式,我的长篇发在班级博客,38万字,同学咋看得完! 真没可能。再加上,看到他们都写得那么好,我仅有的那点自信早都被拍死在沙滩上了。于是就死了这心。直到临结业时最后一次开研讨会,我坐在会场,越听心里越不是滋味。那些写作手法,那些优点,他们具有的,我也有,有些他们没有的我也有。我忽然就灵醒了,忽然就找到自信了。我想,即便是不能召开研讨会,我哪怕是把书送给几位同学看看,给我提提意见也好啊,当时离结业只有半个月了,我心里懊悔得要命!

那天,中午去餐厅吃饭,正好碰上李成恩和我坐一桌,平时她吃完就走了,那天不知怎地,竟然在等我。一起上电梯回房间,路过我门口时,我顺便说,要不进去坐会吧,她就随我进屋了。世界上的事情充满着无限的变数和机缘巧合,假如那天她吃完饭没等我,假如路过我门口时我没发出那声邀请,假如闲聊时我没说出心里的遗憾,那么就不会有那次研讨会,就不会有后来凌晨一点我俩在她房间肆无忌惮快乐的大笑声,就不会有她这样一个能让我在鲁院那样的环境中说出一切心里话的朋友。

我住408,李成恩住413,隔着几个房间,却从来没有走动过,鲁院是一栋天井式的楼房,打开房门,楼上楼下所有的房间尽收眼底。但是,几个月了,个个房门紧闭,我亲爱的同学们都关起门来在里面使劲用功。楼道里整天都静悄悄的,鲁院每周只有一三五上午有课,其余时间都是自由安排。刚来时,大家都很兴奋,一有空就相约去景点玩,一个月后,大都平静了,个个都关起门使劲用功。

那天,和成恩进房间后,东拉西扯闲聊了半个多小时,终于扯到了正题上，我说，要是刚来就把我的书送给同学看看，哪怕只有几个同学，坐在一起聊聊也好，看看到底写得咋样，这本书虽然在陕西有一定的影响，但是，我不知道它在北京、在鲁院、在全国各地这些优秀的作家心里到底是个什么样子？到底处于什么水准？在鲁院学习四个多月，我连这个问题都没有搞清楚，我来鲁院到底收获了什么？

聊着聊着，我忽然想，还有半个月，看一部长篇，以我的速度，专门看也就两三天，如果让家人把书快递过来，马上发给要好的几个同学，应该还来得及。成恩说，她的诗集《池塘》刚出版，想在班上开个沙龙，做一次诗歌品读会。那一起搞吧，以沙龙的形式，做一个李成恩诗歌《池塘》品读会，一个韩晓英长篇小说《都市挣扎》研讨会，我俩达成共识，一拍即合，当即就商量如何具体操作，如何说服老师同意，如何请同学给我写评论。

我们商量着找了十个平时走得比较近，文字功底不错、关系比较好的同学，给我写评论。同学们一口答应。小清新班主任严迎春老师也一口答应。这下，我和成恩进入紧张的筹备之中。

我给同学们群发了这样一条短信。"亲爱的同学们：在北京在鲁院能和你们这些来自五湖四海各省各行业的文学精英们一起度过人生最幸福最难忘的四个多月，我深感荣幸！几天之后，我们将各奔东西，回到自己的生活中，我多么希望还有机会和你们再成为同学。长篇小说《都市挣扎》是我多年的心血之作，在北京在鲁院给我开研讨会，使我多年的梦想变成现实！我深深感谢同学们的支持。希望大家都能参加，请各位同学批评指正。写评论或读后感都行，赶五号写不好回去写好发给我也行，我会结集成册，永远珍藏！晓英深深感谢！"

召开研讨会之前，十几个同学的评论都写好了，河北省张家口市的海莲姐和济南军区政治部的刘克中同学几次来我房间，给我出主意想办法，和我一起商量研讨会的事情。

那时，临近结业，个人学习总结早都交了，同学们各自的创作任务都已完成，就连书籍都一箱一箱打包空运回家了，大家收拾好就等着毕业典礼一开就散，这时候，离愁已经开始蔓延，每天晚餐后，四楼五楼的男生女生大部分都会趴在楼道的栏杆上，互望着满含热泪依依不舍地唱歌，一首一首抒发离别之情。

自那天以后，我的房间三个多月来第一次传出肆无忌惮的笑声，以前，听见颖超和雪儿、庆莲和林莉在隔壁房间笑闹，我不知道有多羡慕。终于，我的房间也有了笑声。晚上，我经常会去成恩房间，她给我教怎样设置打理经营博客，给我在网上搜国内那些搞笑诗人的图片，逗得我时常开怀大笑，那压抑太久的笑声，好几次在鲁院教学楼凌晨一点多时响起，亲爱的同学，如果我们那时的笑声惊醒了你的美梦，那么请原谅，那是压抑三个月多来的欢笑啊。

成恩的房间有一股淡淡的幽香，暖气很足，她穿着大红色睡袍，露出修长的双腿，长发披肩，妩媚妖娆，我打心眼里喜欢。那几天，是北京最冷的日子，宿舍楼温暖如春，每个女同学都着裙装，天天争奇斗艳。但是出去时，必须穿得暖暖的，戴着帽子围巾口罩，只留眼睛露在外面，就这，出去转一圈，冻得眼眶疼。那几天，我俩空前忙碌，经常忙得顾不上吃饭。餐厅的饭，我也吃不下，就出去买，八宝粥、酥梨、豆沙面包、泡面、饼干就是我的口粮，看成恩忙得经常忘了吃饭，我心疼她，就每次把吃的准备好送她房间或叫她来我房间吃，我喜欢她，愿意把她当妹妹一样宠。要是刚来鲁院时，两人就那么好该多好啊。

第一次社会实践时去北戴河三天，生活委员提前给每个同学打电话征求意见，看谁愿意和谁住，提前登记安排房间。那天打电话时，我正好不在，就被"安排"了，让我和李成恩住，我对这样的安排心里很满意，因为我自己本身不爱说话，也很自卑，经常是和同学在一起，不知道说什么才好。成恩一头披肩长发，平常总是很牛的样子。开学第一天，她代表学员讲话就给我留下很深的印象，以后见她每次来上课，快打铃时才进教室，显得很忙碌，有时上课也接电话处理公司的事情。同学好像对她有点看法，知道我和她住，有几个女同学还暗暗为我担心，说，晓英那么老实，成恩会不会欺负她？事实上，我对成恩也抱有一点戒心，一起住了几晚，并没多聊过什么。

倒是童话作家汤汤美翻了！用她自己的话说就是"夜夜新欢"，和她住的红霞第一晚回湖北了，她换了一个室友。第二晚，王小木又回家了，她又有了"新欢"。

每次出去坐车,我都和韩丽敏坐一起,老师怕中途谁下车把谁落下了,就让固定座位,便于清点人数。丽敏是北京部队的作家,平常总是穿着一身军装,短发,不拘言笑,见面总是点个头就过去了,从未说过话,我俩一个座位坐了三天,就没交流几句。给丽敏送书时,她穿着睡衣,短短的头发竟然像姑娘一样在头顶扎了个小辫,超可爱。她整整看了四天书,很热情地给我写了评论,后来,在鲁院的结业晚会上,平常总是不吭声的丽敏居然唱了一曲京剧,唱得有板有眼,真没想到,她还有这天赋。从鲁院回来后,经常短信微信聊,没想到那么投机,那么亲。可惜去北戴河三天,在车上,我俩坐在一起,竟然没有有效交流过一次。

研讨会时,成恩和我一起布置会场,一起招待老师和同学,那时,我们的心离得多近啊。结业典礼后,成恩一直陪着我,和我一起去秀水街给家人和亲友买礼品,回家时送我去机场,是陪我到最后的一个同学。

李燕蓉

鲁十八女生多,大部分长得都很漂亮,据说是历届女生漂亮指数最高的。开学典礼上,中国作协主席铁凝来了,和大家合影,我们都站在鲁院大厅门口聊天,燕蓉着黑色高领无袖针织衫,黑白相间的格子长裤,那双媚人的猫眼美得令人不敢直视。当时,那么多同学通通都毫不吝啬地把最真诚的赞美送给了她。燕蓉不光人长得漂亮,短篇小说写得也非常棒。是二十一世纪文学新星。

一天晚餐后,几个人在楼下散步,走着走着燕蓉居然亲昵地拉起我的手,一时间令我受宠若惊,她手指修长,白皙绵软,和她做朋友,我这个丑小鸭真是觉得高攀了。

以后,凡集体活动,我都撺着和她坐一起,在秦皇岛鸽子窝公园,爱拍照总是女人的天性,颖超和秀华是一对,林莉和庆莲是一对,同学们几乎都有各自的伴,左右四顾,唯我和燕蓉是散打,一会蹭到这个镜头里咔嚓一下,一会蹭到那个镜头里咔嚓一下。晚上吃饭时,燕蓉不知是受凉了还是咋了,肚子不舒服,吐了,我给她倒了水,吃完后,就一直坐在她身边陪她。回到学校后,燕蓉居然送了我一个白色的真皮拎包,看起来很贵重的样子。我心里特感动,当即给她发短信:"从此,我再也不孤单了,在鲁院,我也有朋友了。"燕蓉回复:"傻瓜,我们有更好的未来。"现在想起来,真的好甜蜜!

有次,给燕蓉捎买东西,送到她房间,见一袋子苹果,她递我一个说:"这是海莲姐给我买的。"呀!好羡慕!海莲姐,你咋不给我买苹果呢?看来,女人长得漂亮了,可人了,别说男人,就连女人都争着献殷勤呢。

一次,和几个同学转到鲁院附近去看电影,演的是《普罗米修斯》,班长花800元,办了优惠卡,好像是科幻片,我一点也不喜欢,其中有一个镜头是女主人公怀孕了,自己给自己做手术,抛开肚子后,燕蓉看得吐了,直到电影散场,下出租车后,她还蹲在地上哭,我不停地安慰她,晚上回去,一直隔着几个房间跟她短信聊,直到她平静入睡。

李金荣

"晓英,你真好看。"在鲁院又一次集体活动、大家在校门口等车时,天津的同学李金荣如此热情又直接地这样对我说。

有次,兵团作家曾秀华打电话说要带我去一个好玩的地方,我问去哪里?她说,你跟我去就行了,我还会骗你吗?一起去的还有金荣,我们三人去了一个叫"瑞居"的很豪华地方,在那里享用了丰盛的西餐,和普鲁斯特的美女一起跳舞,还参观了影星刘德华住过的总统套间。原来秀华的姐姐在那里工作,是她邀请我们的。

回去的路上,和金荣聊天,她说,她买衣服从来不注意品牌,看上哪件,一试合适就买了,即便有时偶尔穿了名牌,自己也不知道,这一点跟我太像了。临毕业时,有次我请几个同学吃饭,大冷的天气,金荣早早就去帮我订好包间,在那里等我。从鲁院回来后,金荣第一个从天津给我打来长途电话,叽里哇啦跟我聊了半天。下班路上冷不丁接到她的电话,我不知道有多开心!

今年夏天,突然收到一个包裹,原来是金荣给我寄来一个橘色的真皮钱包,她说给自己买,很喜欢,想着我一定喜欢,就给我买了寄来。这次,听说我要出书,她不但答应给我写读后感,居然说要预订一些书:"我要让你的书走进天津,走进天津读书会。"

亲爱的金荣,你是我上辈子失散的姐姐吗?我一直相信,人在精神上是有血缘关系的。

记住美好

临结业前的一个傍晚,班长杨卫东大哥来房间给我送书,四个多月来他是第一次进我房间,只见书上写着"赠美丽无缺的五妹晓英存念"。这评价也太高了吧!居然就"美丽无缺!"

我们组十个人,按年龄我排老五,因此他们叫我"妩媚(五妹)"。一次聚餐,有人提议,大家逐一当面评价组里每个成员,记得四川作家雪儿说:"晓英就没有缺点,长得又漂亮。"嘿嘿,我还没傻到真以为自己长得漂亮,没有缺点。

有次,路过颖超房间,见她正用刷子蘸着药水给自己染发,我说,我帮你吧。她说。这药水是从新疆带来的,纯植物的,没有一点副作用。闲聊时,她对我说:"我们都喜欢你。""怎么可能?""真的,咱班,不管是男生还是女生真的都喜欢你,不信,你去问。"颖超还说我们真的要向你学习,像我,不喜欢谁,就不搭理她,比如说某某,我们不喜欢,就不和她玩,可你,照样跟她玩,对谁都不设防,我们真的应该向你学习。

在秦皇岛祖山时,上到半山腰,我坐在石级上休息,汤汤走过来,看着我说:"多端庄的女人呐。"

上山时,我穿着高跟鞋,同学都替我着急,我不但安全下山,并且一点没伤到皮鞋。要知道,好些同学半道上都坐缆车了,湖南的宋庆莲说:"晓英,我对你都要刮目相看了,你这样的人,什么事干不成呢?"

嘿嘿,我怎么只记得这些表扬的话呢!对曾经那些不愉快和误会早忘到九霄云外了。

说到这里,忽然记起老公有次给女儿洗脚,说:"毛毛,爸爸给你洗脚,你长大后还记得吗?"毛毛不假思索地说:"你给我洗脚我记不住,你骂我我就记住了。"

人,活到一定年纪,就要学会忘记不愉快的事情,只记得生活中那些美好的事情,这大概就是所谓的成熟吧。

圣诞温暖抱抱团

睡眠不好,午休时手机座机全关,同学出去玩时联系不上我。有次,班长和雪儿、颖超、黄华、格尼等人去逛北大,联系不上我就走了。后来好几次,都是这样。尤其是圣诞节前一天,我一觉睡到下午五点多,起床后,暮色降临,打开房门,整个楼道静悄悄的,不知大家都去哪了?我们住的房间是天井式的,站在408门口,抬头,四五六楼周围一圈房间门都关着,低头,三二一楼都没有人,大厅也静悄悄的,我茫然站在门口,孤零零的,感觉就像被整个世界抛弃了似的,在北京,在鲁院,时常感觉我们这些人就像生活在孤岛上一样,这一群来自五湖四海的同学在北京这么大一座城市,在鲁院这座天井式的教学楼里,休养生息,读书写作,几乎与外界没有多大关联,四个多月不上班,不干家务不管孩子,不用做饭,不用自己收拾屋子,生活严重失重,到三个月时,初来时的兴奋新奇已经消失殆尽,好多人想家,压抑,不适应已经到了极限,班上四分之三的同学都陆续请假回家了。

圣诞节,家家户户团圆欢聚的日子,我却背井离乡孤零零地待在这空荡荡的楼宇里自己的房间,我抓起电话挨个给同学屋子打,一连打了十几个都无人接听,整个四楼只有何红霞和汤汤在,我说,就剩咱三个了,我这有瓜子,零食,你俩来我屋,咱们三个在网上看电影吧。这时,住我隔壁的林莉打电话叫汤汤,说他们在鲁院附近的酒吧,让我们过去。

到酒吧一看,班上好些同学都在这里,颖超、雪儿、格尼、黄华几个坐在酒吧中心位置,吃着爆米花,喝酒聊天,讲自己的初恋故事。

我也加入其中,在异乡和同学们一起抱团取暖。

我以前害怕孤独,自从生下女儿后,根本就没再体会过孤独的滋味,到了鲁院后,才知道什么是孤独。那是一种可怕的令人窒息能将人淹没的要命的孤独,这四十八个放下工作和家庭,来自五湖四海的文学中年,带着各自的经历、梦想、胃口和各自的忧伤疼苦,集聚在北京朝阳区这栋装修现代崭新的楼宇里,整整四个多月,每天不用工作,不用买菜做饭,不用打扫房间,甚至饭后连碗都不用洗,专门来学习写作,失重的生活令一部分人无法适应,睡不着觉,吃不下饭。有的同学严重失眠,有的同学胃病发作,人人都像被扔到了一座孤岛上,自信聪明适应能力强的迅速找到好朋友抱团取暖,像我这样自信心被打击又愚钝的人,自闭、孤独,不知道自救。每天不敢浪费一丁点时间,不敢看电视睡懒觉,甚至不敢跟同学聊天闲逛,觉得把家和孩子丢下,再不用功,不好好努力上进,感觉就像犯罪。可是越着急越看不进去书,越码不出来字。

锦州铁路系统的作家黄华几乎每个周末都会回一趟家,他每次回来都买一大堆好吃的,烧鸡,猪蹄,当地各种美食小吃。有同学还准备了酒,打电话叫我们上他房间吃,我每次去都带些水果,坐一会,期待能听到一些文学方面的话题和真知灼见,但没一个人涉及这样的话题,只是闲聊胡谝,我怕浪费时间,坐一会就告辞了。

直到四个月后,有一次去尹守国房间,当时云南的何贵同同学也在那里,不知怎的,聊着聊着,尹守国居然给我讲起了他在老家小镇上的生活,瞬间勾起了我对以往小镇生活的回忆,那天我们三个人一起聊了很多,这是在鲁院,第一次和同学正儿八经地聊起文学,我们在一起探讨短篇小说创作中,时间怎么处理,那晚过得很愉快,那是四个月来第一次真正有效地和同学进行与文学有关的探讨和交流,记得走时,尹守国说,明晚继续。第二天晚上,记不清是什么原因,反正没有去。

其实,我当时把写作这个事情看得太严重了,太高估自己了,以为上了鲁院,就代表陕西,就要给陕西争光,就要出成绩,要对得起那些对我抱有期望的人。实际上,中国文坛缺我那一本书!要不是鲁院备案,中国作协备案,中国作协压根就不知道我是谁。

开学典礼上,成院长讲话时说,你来到鲁院要是关起门来读书写作,那就如同入了宝山却两手空空,你得走出去看,你得和人交流。但我并没有真正地理解这些话,一味地沉浸在自己的思维里。每次在院子碰上同学,打个招呼就走了,回房间后,就关起门看书,实际上根本就没看进去几本。直到快结业时,才领悟了成院长话里真正的意思,可是已经晚了,那样的机会,今生再也不会有。

记得刚到鲁院那会儿,我还是爱跟上他们凑热闹,有次从外面回来,大家说好一起吃泡面,我就端了一碗泡面,还给一个房间之隔的山西大美女李燕蓉拿了一包泡面,几根火腿,几个面包,打算在她房间一起吃,进去一看,那家伙把一箱子衣服打开,床上、椅子上到处都是,好像没有聚餐的意思,我就回自己房间了。

经常和隔壁的颖超相约出去玩,但是从未进过她房间,都是在自己房间短信或电话约好一起出门。有次去敲门,她着真丝长袖睡衣,睡眼惺忪,只开个门缝露出半个脑袋跟我说话。

看来这些大神已经独居惯了,不喜欢打扰,至此,我彻底打消了走进同学房间的念头。

离结业只剩半个月了,有次和湖南作家宋庆莲、江西诗人林莉等同学出去聚餐,踩着厚厚的积雪从现代文学馆往出走,我突然想起和林莉房子门挨着门,不到三尺的距离,四个多月我竟然从未到她房间去过。那一刻,我深深自责,她比我小,我在这里都遇到了这么多的问题,她一个女孩子,怎么会没有无助孤独的时候,作为年长一些的我,应该多主动关心她才是。她的确是太聪明了,刚来不久,就和宋庆莲好得形影不离,每次社会实践,老师说,你只要看见她们其中一个,就知道另一个在哪,那种小姐妹情谊真的令人羡慕。

记得好像是"世界末日"的第二天,那天晚上,鲁院第一次集体聚餐,第一次举办舞会,三个多月来第一次很快拉近了和同学之间的距离。那时,我只知道跟平常熟悉的同学跳舞,当我看见李燕蓉主动去邀请《飞天》大胖子大肚子大胡子编辑阎强国时,我心想,燕蓉可真聪明!我当时就主动邀请刘克中同学跳了一曲,在此之前,三个多月了,我们从未说过话,刘同学很高兴的样子,马上义气地邀请我们全家去济南军区玩,说他安排接待。后来,我也主动邀请了"三大同学"阎强国跳舞。那天,大家玩得都很开心,一场舞会瞬间把三个多月来未交流过的同学之间的距离迅速拉近。这场迟到的舞会,要是在三个月之前举办,那该多好啊,人总是在即将失去时才明白过来。

翌日,我挽着林莉的胳膊说:"要是昨天的晚会刚来鲁院时就举办,那大家早就熟悉了,你看,现在只剩十来天就要各奔东西了,太晚了,要是再有一个月时间多好。"林莉说:"就算再有一个月,你不信看看,还是这个样子!"

眼看剩十来天就结业,大家就要各奔东西了,同学们似乎一下子都醒悟过来,每次吃饭时,都一帮一帮地约,我亲爱的同学们和我一样,面对即将到来的分别,来不及表达自己的感情,只好一个又一个一顿又一顿地使劲请大家吃饭。

我在心里暗下决心,从那天起,我要找时间找机会敲开每一个同学紧闭的房门,走进去,哪怕只说几句话。没想到这想法一说出,马上得到林莉、宋庆莲、汤汤、何红霞等几个同学的热烈响应,那天正好是圣诞节,"圣诞温暖抱抱团"即刻应运而生。我们决定组团从601开始,敲开那一扇扇紧闭的房门,送拥抱、送温暖、送关爱。如此合计一番,姐妹们稍做打扮,就前呼后拥地上楼了,第一个敲响了学习委员601傅泽刚大哥的房门。

大傅个子不高,眼睛小小的,总是穿一身土黄色的衣服,用他自嘲的话说:"长得不符合科学发展观。"这哥们,每次班上演出,他就会戴上他那标志性的大红长围巾,像江姐一样,上台放开嗓子唱"我的家,在东北松花江上……"还爱朗诵高尔基的《海燕》,动不动就"狂风卷集着乌云……"大傅小说写得好,油画也非常棒。同学们调侃他说,大傅见了写作的就说自己是画画的,见了画画的就说自己是写作的。据说,大傅喜欢班上一个女生,常给人家发短信表白。某次,居然把给美女的短信误发到了一些男同学的手机上,有的同学说,大傅可能是新换了手机,操作失误,有的同学挤对他说,大傅此举是故意的,意思,这是我的"菜",你们可别打主意。鲁院分房间时,是根据年龄从大到小依次排列的,六楼住的全是男生,四楼全是女生,五楼一半是女生一半是男生。可大傅却说四楼住女生是"阴间",六楼住男生是"阳间",五楼一半男一半女是"阴阳间"。为此,他没少招同学"骂"。哈哈,可爱的大傅给闲得慌的我们制造了多少快乐的话题啊。

有件事令我对大傅刮目相看。北京下第一场雪时,海南的艾子因为不常见雪,激动地跑下楼去看,教学楼大厅门前已经冻成了冰溜子,毫不设防的艾子一脚踩出去就摔了个四仰八叉,胳膊当场骨折,在餐厅吃饭时听说艾子摔骨折了,老师安排服务员每餐给她送饭,我心里想着要去看她,可却沉浸在自己的情绪中,根本就没有设身处地为她想,只是例行公事般买了些水果去她房间坐了几分钟。艾子摔伤大概有一个来月,开始是服务员送饭,十多天后,她自己绑着绷带来餐厅吃饭,而我仅仅例行公事般去看了一下她,并没有认真替她着想,这件事我至今很自责。她摔伤后的一个多月是怎么一天天熬过来的,谁给她递水,送饭,谁扶她去洗手间,谁帮她料理日常,谁给她买需要的东西?印象中,她和金荣关系特好,那次社会实践,在秦皇岛祖山,大家乘缆车观光,艾子恐高,她的好朋友金荣为了陪她只好放弃和同学一起乘缆车游玩的机会,专门陪她,那种小姐妹情谊令人既感动又羡慕。可是,除了金荣,还有谁在陪她?

那天傍晚,暮色笼罩着这栋寂静的每一栋房门都紧紧关闭的楼宇,我提着几样水果去看艾子,却见大傅给艾子买了一大包水果送来,从说话的语气中分明能听出他并不是像我这样的走马观花般的所谓的看望,而是不远不近的陪伴,在我和艾子说话时,大傅就那样不远不近地陪着,那场景,很令我感动。我想,艾子要是有什么事,大傅一定会帮她。要知道在那样的环境中,我一个好人都孤独到窒息的程度,更何况艾子这种状况。

我们一行上楼,叽叽喳喳敲开了第一间房门601,房间没有开灯,暮色中,云南某大学教授傅泽刚先生孤独地躺在床上。见一下子涌进来几个花枝招展的女生,居然呆住了,要知道,四个多月,这扇房门不要说女生,估计连男生都可能没人去敲一下。汤汤带头走在前面,一进屋就说:"我们是圣诞温暖抱抱团的,今天特地来给同学送温暖送拥抱。"在惊呼和笑闹声中,大傅赶紧抓起桌上的美味往我们一个个手里塞。一番笑闹合影留念后,大家簇拥着敲开了602沈阳军区某预备役师副司长杨卫东班长的房门,这家伙好小资!50多岁的大老爷们,房间非常干净整洁温馨,居然有话梅松子瓜果糖等好吃的,不知谁喊了一声"班长,接客",惹得大家笑岔了气。汤汤忍住笑,照例柔柔地一本正经地说:"我们是圣诞温暖抱抱团的,来给大家送温暖送拥抱。"班长豪爽地抓起各种零食水果往我们手里一个劲地塞,一个个手里都塞满了,红霞直喊:"拿不上了,拿不上了,袋子,袋子,快去取袋子。"不知谁递来一个大塑料袋,张开,这下,每个人手里的战利品都纷纷上缴。我们就像是打土豪般把班长的美食洗劫一空。605房间是《飞天》期刊副总编阎强国,这是个肚大腰圆胡子比头发还要长的李逵式的人物,昏暗的灯光下,他斜躺在床上,不知在思索人类的什么巨大课题,见一堆美女呼啦啦涌了进来,惊喜得眼睛笑成了一条缝,汤汤依然打头,使劲憋住笑,张开战利品的袋子说:"我们是圣诞温暖抱抱团的,来给同学送拥抱送温暖,你这有什么好吃的,尽管往这里装。"宋庆莲操着一口湖南话笑道:"汤汤,你这分明是来打劫的吧。"大胡子阎强国硕大的脸庞笑开了花,搬出椅子,端坐中间,摆好PAOS,和众美眉一一合影,平常那么波澜不惊稳如泰山的一个人,此时竟激动得像个孩子,屁颠屁颠地跟着我们转。我发现他房间的电脑没有打开,据说,他从不用电脑,一些年龄稍大的人拒绝接受新鲜事物,拒绝网络,我心想,四个月呢,这哥们一个人在这个房间里连网都不上,那种淹死人的孤独他一定不比我体会得少。

隔壁房间东北的孙且,陕西的刘紫剑早听到笑闹声,已经自觉地备好水果零食,个个打开房门恭候。鲁院这栋天井式的教学楼在四个月之后的这天晚上七八点时终于沸腾了,听到笑闹声的同学楼上楼下纷纷开门探视。

最搞笑的是,我们到刘克中房间时,他房门大开,人却趴在床上没脱鞋没盖被子睡着了,被我们叽里哇啦一闹腾,醒了,抬起头,睡眼惺忪看了我们一眼,居然又垂下头睡着了,那神态,像极了一个顽皮的小男孩。何红霞当时还抓拍了一张照片,很传神。到末未房间时,见我们要拍照,末未居然冲进卫生间臭美地梳头打扮去了。小敏也是,正写稿子的他见我们来了,也是钻进卫生间,使劲地捯饬自己头发。刘莉和晓燕都安静地待在自己的房间,很温馨的样子。记得当我们走进来自宁夏的文清姐房间时,张功林和李成恩都在陪她,文清姐好像喝醉了,眼睛哭得红红的,一个劲地说醉话:"没人看得起我,没人跟我玩。"我太理解这话了,几个月了,我经常看见文清姐一个人出出进进,听说,她一个人把北京的大小胡同都逛了个遍,我每次见她,仅仅打个招呼而已,四个多月,我竟然没有和她有效交流过一次。真恨死自己了,怎么就不知道跟着她去逛胡同呢?记得去北戴河的路上,文清姐和张功林座位紧挨着,一向悄没声息的她那天居然滔滔不绝,和张功林聊了一路,大意是,真没想到,这辈子,我们能在鲁院学习四个多月,能和同学一起去北戴河。在白果树瀑布下,这俩文学中年,居然豪放地在隆冬季节没披雨衣的情况下穿越瀑布,弄得全身湿透,尖叫不已。记得在三峡,全班晚上在轮船上的KTV搞舞会,文清姐不停地给每个表演的同学献花,也不知那花怎么就被她一次次抢在手里,一次次跑上台献花,五十岁左右的大姐开心得像个孩子,雪儿一个劲地喊"文清太可爱啦!"

结业典礼后,同学们陆续走了,那天早上,四个多月来第一次,我在四楼楼道看见了文清姐,她眼睛哭得红红的,挨个看谁的房间还有人,好在分别前再说几句话。结业晚宴上,大家抱头痛哭,班上一大半人都流泪了,个个眼睛红肿。也是在那天中午,四个多月来,我第一次看见在美国留学八年的杨鋆莹,她眼睛哭得红红的,也是来四楼看哪个同学还在,来做最后的道别。看见我时,鋆莹约我一起去喝粥,这是四个多月来我们之间唯一有效的交流,可是我当时一点不饿,一点胃口没有,就说不去了。后来,我是多么的懊悔,即便你自己一点胃口都没有,也应该在那时候专程陪她去喝粥啊,我为自己的自私感到难为情,我这么大年纪的人,居然不知道在那时候陪陪这个孤单的小妹妹,去文学馆路喝这北京的最后一碗粥,这遗憾,只好等有机会再弥补。

去王小木房间时,延边的沈明珠居然在小木房间泡脚,屋子热气腾腾,两个中年女人那种相知相依相伴如此打动人心,那情景那画面当时深深地震撼了我,像姐妹,像家人,那么温馨,那么感人。

下到四楼时,同学们已经知道了,早早收拾停当备好水果零食倚门在等。意外的是,在四楼,我居然看见大胡子阎强国一直跟着我们,这也是四个多月来,我第一次看见他来四楼。在这之前,所有的同学每天下课或吃饭后上楼径直回自己房间,不要说去别的楼层同学的房间,连去本楼层隔壁同学房间的想法估计都没有。

第二天早上上课时,我们把昨晚上缴获的一大袋战利品拿到教室,和全班同学一起分享。

四个多月啊,四个多月啊! 我亲爱的同学们远离家人,背井离乡,为了文学梦想,在北京,在这个装修一新现代化的天井式的教学楼里,一个人,面临各自的精神困境和创作困境,一待就是四个多月。其间,何红霞几次约我,说晓英姐,你有时间吗? 我想和你说说话。我都因故推掉了,现在想起来,后悔得要命! 都要骂死自己了,你倒是有个毛大的事啊! 难道就抽不出一点说话的时间吗?! 俏皮伶俐的红霞同学啊,直到回陕西后,我才认真看了你送我的书,要是当时在鲁院就看的话,估计早跑你房间去了。

咸阳·爱人日记

怀念父亲

爸：……

字未成句,泪已潸然。

假如眼泪能够造成通天的梯子,假如思念能够铺成上行的天路,我决不顾一切径直走入天国,把您带回家。

爸：您在天国可好？您决然驾鹤西去,把肝肠寸断、撕心裂肺和永远的痛留给了孩子,您带走了我们无限的眷恋,如山的父爱,您就这么走了……让我怎么活？

爸：每次给您上香、烧纸、祭供品,看着遗像,您笑得那么开心,我心在滴血。爸：您躺在我的怀里,带着儿子的体温,咽下了最后一口气,那一刻是儿子一生不能忘却的瞬间。那一刻,天塌了。爸呀,生老病死是世人的必修课,无论富贵贫贱,谁也得经历,可眼看着自己的亲人逝去怎么也受不了,真的受不了……

我没有认真思考过,更没有胆量写一写对父亲的怀念,真的不敢,只怕因自己的拙愚、肤浅,玷污对父亲的爱,我更怕撕开还未结痂的伤口。我知道父亲在我灵魂深处一个最平静的地方安息着,我不敢惊扰。父亲去世后到现在我老是神情恍惚。前几天我忽然去陕中附院给父亲开吗啡片,直到卢主任问我"你爸身上褥疮再犯了没有",我才反应过来,急忙跑出医院,打开车门趴在方向盘上硬生生把泪流进心里……白天忙于一切,等孩子入睡,忙于家务,我想着透支体力,累极了就睡了,可这一切无济于事,尽管累得难受可脑子闲不下来,转不过这个弯,走不出自己的心,总觉得爸还在家等着我给他老人家买药。有几次在单位正忙,忽然就怎么想起了爸在病中的神情,他是那样的虚弱、无助。现在我明白爸真的不在了,他丢下了亲人,丢下了整个世界,丢下了与他患难与共半个世纪,把一切奉献给他、给他生儿育女,给他撑起一片天的结发妻子,走了。虽说是换了一个归宿……可让所有亲人撕心裂肺、痛不欲生。每天都在捂着滴血的心口,却只能默默地在心里想您。

父亲是一个好人。在我仅存的记忆中,父亲家道贫寒,三岁丧父,其母30岁守寡,兄弟四个,父亲为老四,大伯、三伯早逝,二伯60岁去世。父亲在他们兄弟几个人中是对他生母最尽孝尽忠的,最对得住父母的养育之恩。父亲在甘肃工作时听说他大哥患肝病,回陕后,拉架子车去西安给他哥看病。他三哥从朝鲜战场回国后32岁死于西安,父亲用架子车两天两夜拉回他三哥的遗体回故土安葬。

唉!无法想象那个年代,生存、孝道,哪个重要,应该理解为好好活着,活好,再好好尽孝。父亲的生母不愿去甘肃,父亲便把母亲的工作辞掉,让母亲代替他回陕侍奉老人行孝、尽忠,这样就注定了父母及整个家族的人生轨迹,在那个年代是没有人可以这样预见的,父亲也为自己的决定付出了终生代价……

当时,父亲在甘肃有一定的社会影响和地位,如果说服其生母去甘肃,可想而知这个家族就不是今天的样子。母亲辞去工作,回陕20年,养育了四个儿女。父亲每月几乎把所有工资寄回老家养母,从道义上讲父亲这一生无愧于儿子这个称号,对于他的生母兄长尽孝尽心了,可也熬干了他自己,更让自己的妻子心碎难受,孤寂了整个鲜艳的青春年华,落了个行孝尽善图了良心安慰,可能对自己是个交代,所以说父亲是个好人,是一个把一生幸福给予了生他养他的人。他这一生只为亲人活着,他承受了世上所有的苦难。

正因如此,父亲的经历,生活磨难铸就了他的性格,他要求人人做事都要像他一样，俭朴干净、果断，他爱憎分明、善良、忠厚、仁慈。

想起来心碎难受，如刀割一般。父母一直以为在兄弟三个人中我是最没心计、最善良的那一个，可我和父亲是冲撞最多的，这到底为了什么？我简直不能原谅自己！过去的年少轻狂、无知，现在每想到五脏俱焚、追悔莫及、无能为力，我为没有理解且珍惜如山的父爱而轻视自己。我要好好爱这个家，给他们一切幸福，让我的妻儿是世上享福最多的人……失去方知珍惜，阴阳两隔的世界让人牵肠挂肚，眼里滴血、悲悯无力。

父亲、愿您在天国安好，愿您与诸神灵一起为儿女祈福。爸，我不敢忘记您在临终之时让我照顾母亲的嘱托，您安息吧，我会让我的母亲幸福快乐，绝不让她受一点委屈，您安息吧。

2012 年 9 月 6 日

给我生命的母亲

妻9月4日去北京了,9月8日我把妈接来了,我心里踏实了。

对于母亲我有一种无法用语言表达的感情,母亲老了,尤其是父亲病重的半年期间,她太操劳了,她不仅平日要做一日三餐,且要容忍病中父亲的哀怨、唠叨,直到父亲去世前三个月,母亲甚至要抱着父亲尿,父亲晚上经常要让母亲劳累大半夜,母亲本来就患有高血压、心脏病,大脑供血严重不足,可依然带着病身细心照顾父亲。本有保姆陪护,不至于让母亲如此劳累,令儿女心酸……可母亲非得自己照顾父亲才安心。母亲也是这样侍奉父亲的老娘寿终正寝。妈呀,这也许是您上辈子欠我爸的吧。现实生活中,那个时代,一个知性的女性,辞掉工作,在新婚之后不久,从城市到农村一住20多年,全心全意、义无反顾地为千里之外的丈夫侍奉母亲,养育儿女,尽心尽孝,把儿女养大成人,把婆婆养老送终,这是何等忠贞不渝的壮举,这种感天动地的奉献何等的令人震撼!

晓英走后,把妈接来,让我能天天看见,相互说说笑笑,逗逗闹闹,尽心尽力让老人家高兴是我的本意。实际妈在大哥家生活条件比这儿还好,嫂子和大哥都是心细之人,对母亲在生活方方面面都很关心、用心。尤其是父亲生病住院这几年直至在失去父亲之后,这个家族历经了这么多的风雨磨难,经受了世态炎凉、人情冷漠的历练,现实就是这么残酷,所有家族成员在这场"战役"之后，休整生息，静心总结，扪心自问，亲情、道义、良知、关爱、付出、奉献、真诚，父母给了我们生命，我们给了父母多少？真的能对自己的心说："在父母面前，我尽心了，我没有遗憾？"所以在母亲养老的问题上：我相信老大、老三及所有儿女都会高度统一战线，这个时候都会用真心对待老人，绝对不会让母亲有顾虑的，妈担心孩子们这个热乎劲能否长久，最终谁会奉养她老人家？这就是妈的心结所在。唉！妈：人生轮回，您的儿子、儿媳都已是中年之人，老大已当爷爷了，您放心，儿子、儿媳们都会好好孝敬您的，只要您老人家一笑，全家都会笑，您对他们好，爱他们，他们决不会不爱您的。母亲，真心希望您能放下一切心理负担，好好享受余生，把过去失去的一切补回来。妈：上苍正因您的善良付出给了您今后无限美好的生活，您应该倍加珍惜，好好享受，好好爱您的孩子和家人，从此让我们整个家族其乐融融，温暖无比。这个家离不开您，更不能没有您，您就是这个家的天。

妈来了，我心安了。最近一段时间我实在撑不住了，父亲走了，就像谁在我心上拉了一道血口子，单位事太多，我就像驴拉磨停不下来。爱人去北京鲁院学习，两个孩子……每件事不但要做，还更要做好。记得有一次，我给妈打电话，电话那边妈的声音像刚哭过，妈说："你嫂子没在家，荣娃上自习去了，家里只有我一个人。"放下电话，我心里很难过，不知什么时候已泪流满面。我知道，这一段母亲是最煎熬的，吃喝并不重要，只要老人每天笑呵呵的。她需要儿孙陪伴，也许在这个特殊阶段，亲情能给母亲力量，妈：儿子希望您刚强，健康，快乐，自信，孩子们已经没爸了，更不能没妈！

妈把储藏室、阳台、房子衣柜全都整理了一遍，精气神很好。好几天我下班回家，妈还在收拾家，每天下午做好饭等我回家，这就是妈，她心里永远装着孩子，怕孩子累。每天晚饭后陪妈说说话，一起等女儿毛毛回家，时不时能感觉到老妈对父亲的怀念，有时她哭几声，我给妈说些安慰的话，就过去了，有时候她情绪好点就像个小孩一样，爽朗地笑着。说心里话，我很爱妈，我真的很爱她，真祈求上天让她高寿！我真想在妈 100 岁的时候，能给她过生日，我就满足了。

2012 年 9 月 10 日

托管班陈妈妈

　　陈妈妈是小区院里陈曦托管班的陈老师,她特别喜欢孩子,特别爱毛豆豆,因此,毛豆豆总是管陈老师叫陈妈妈。妻子去北京时,把毛豆豆交给陈老师,陈老师对毛豆豆就像对亲生女儿一样,让我们夫妇心里非常感动。陈妈妈是位负责任的难得的好老师,是我们永远的朋友。

　　妻从北京转发给我一则托管班陈老师"对毛豆豆若干问题的思考"的信息,使我读后久久不能平静,并为之震撼。

　　"豆豆妈妈,近来你一切都好吗,本来昨天早晨就打算和你沟通一下的,因为一些事情耽误了,所以迟到今天。这个月豆豆表现挺好,可在前天,也就是周三,中午放学后我没有接到她,我在小区到处找也没有找到,我回到托管班让郭老师也去找,她自己却回来了,我问她怎么回事,她说和同学买好吃的,在小区里吃完了才回来的。我告诉她陈妈妈找你找得很着急,下回不敢这样了,她说再也不了,下午放学后她按时回来了,可满嘴的辣子条味。我批评她,并说要发短信给你,她着急了,要求我不要告诉爸爸妈妈,我答应她,但是让她保证今后一定改正,她答应了。这件事情后我也在反思,是不是我对娃要求太严了,小孩子看人家吃,她也难免嘴馋,已经按时回来了,我还要求她不准吃零食,是否苛刻了点? 所以我想和你商量看看我能否在她表现好的情况下,偶尔给她一些我女儿的小零食,但我又怕习惯不好,所以想和你商量一下。学习方面：近期总的来说还可以，但是数学应用题她不太思考，总说不会，辅导老师刚一讲思路她又会了，我给辅导老师讲今后毛毛不会的题让她认真读题，实在不会再讲解，这样逼她要独立思考，自己解决问题，可昨天她人小鬼大来给我撒娇说王老师不给她说题，我说还是要自己独立思考，不要依赖别人。她看我也不帮她，只好自己做。没想到昨天的数学作业不但快快做完了，而且全对，辅导老师也很高兴。你要有空给她打个电话，鼓励她要勤于动脑。最后：感谢你昨天下午送来的心意，你实在太客气了，即便是没有心意，我也会尽最大努力完成我对你四个月的承诺。所以我觉得实在不好意思收受，你老公却非得让娃拿进来不可，我也只好让她放下了，再一次对你说声感谢！祝你学习顺心，万事如意，早日学成归来。陈老师。"

也就是这么一则平常却饱含温度的信息，辗转千里，在我夫妻二人心头浓墨重彩地引起共鸣。

妻去北京深造，对于妻子来说是经过了艰难的抉择。多年的苦读勤奋，"鲁迅文学院"，"一个省一名学员"，神圣的文学殿堂，最起码是省作协对你的一种认可，对一个作家价值的一种认可，怎么能放弃呢？我和所有人都目睹着她的成长，可真正有谁知道她走得那么辛苦！也可能上苍特别垂怜本真之人，她无权无势，没有能值得显耀的财富。和天下大多数人一样辛苦工作，相夫教子。尽心尽力与人为善，她的单纯、真实、寡言、小心，确实是睿智，就像著名评论家李星老师说的："是一个有大智慧的人。"

当然，我也是从心里敬重妻子的人品，我欣喜她一天天在进步，在成长，我更相信她在一步步朝自己的目标迈进。她会成功的，一定会。

所以妻子的抉择，我从心里决然支持。尽管儿子明年6月高考，女儿也从来没有这么长时间离开过妈妈，还有家中近期发生的事，我也从妻子眼中读出了"老公，让我去吧"，"四个月很快就过去了。"好，走吧。无论在什么时候，不管你面临什么，老公我都挺身而出，全力担当。再苦再累再难都支持你，不让你有遗憾。不让你有丝毫要退却的理由，我拼全力担当……这些年太委屈你了……有时候我还那么不懂事，发脾气惹你伤心，想起来很痛心，太不应该，太年轻，总认为太爱你，可不会爱……

前天晚上,我给毛豆洗完澡,想把孩子的换洗衣服、书包、桌套都洗一遍,发现毛豆书包有一块卡通手表,我问毛豆:"这块表你什么时候买的?""是刘亦菲送我的。"毛豆表情很认真,从孩子脸上看不出什么破绽。"好,你明天还给小朋友。"毛豆说:"她不要。""文具盒是我买的,玩具也是我买的。""谁给你的钱?"毛豆说:"是我以前自己存的。共花了15元钱。"我说:"你明天一定要把表还给小朋友。"并给她说了很多道理,临睡前我说:"宝贝,我们俩为什么不能成为铁杆朋友呢?比你和刘亦菲关系还要好,你什么都可以给我说,爸爸有心里话也给你说,好吗?你要的东西只要合理,我一定给你买!"她高兴得很。说:"爸爸对我真好。"毛豆睡了,我洗完妈妈、儿子、女儿的换洗衣服已经晚上两点多了。看着睡熟的毛豆,一脸幸福,我心里很难受,我对自己说:"以后决不给娃发脾气,好好爱孩子,爱这一家子。"

昨天下午5点,我去给陈老师交托费,和陈老师谈的很多。

毛豆的作业,让孩子真正弄懂,弄明白,搞清楚当天知识点,独立思考,认认真真做好当天作业,决不敢吃夹生饭。同时让辅导老师把当天做好的作业给孩子认真讲一下。

毛豆的生活习惯:让孩子午休好,干净,讲卫生,好好吃饭,多喝水。

毛豆的品德教育:诚实,不撒谎,不拿别人的东西,自爱,懂得尊重别人,有礼貌,有上进心,宽容,不能自以为是。

安全,一定要在中、晚交接孩子时注意安全,同时我把毛豆书包发现"表"的事给陈老师说了一下,让她在这一方面也注意发现问题,一定要处理好,既爱孩子,也要做好教育、警示。陈老师听后说:"毛毛爸爸你等一下。"从托管班拿了一块手表出来说:"这块表不知道是谁的,在托管班的窗台上放着,我问是哪个小朋友的,大家都说不知道。我很奇怪,昨天还没发现这块表。"我提议陈老师在处理这件事上一定不能伤害孩子自尊心,让孩子知道大人是爱她的,同时也要让她明白自己错了,以后再也不能干这种事了,爸爸妈妈知道她是个好孩子,会改的,以后会成为一个了不起的人!

今天去接毛毛,陈老师对我说,毛毛爸爸,今天下午学校放学后,她和老师们去接孩子,突然看见了刘亦菲和毛豆豆一块来了,她俩又说又笑的,她问刘亦菲:你是不是给毛豆豆一块手表?刘亦菲说:"没有!"毛豆豆很生气地对她说:"我给你说了我会用自己的方式来处理的,你别管了。"就拉着刘亦菲要跑,她挡住了她们,她很生气,她对毛豆豆说,你今天不给我说实话,她就给你爸妈打电话,毛豆害怕了说"我捡的!"……

陈老师对我说:我知道孩子没说实话,那块表新新的,标签都没撕掉,怎么是捡的?另外我今天还发现毛豆口袋里有4元钱,我问她哪来的?她说:"从家里存钱罐里拿的。"毛毛爸爸,这次你一定要好好管一下毛毛,要治一治她的毛病,不能让孩子有这个习惯!这样下去会害了孩子的。

陈老师的话让我很不安,孩子啊,改掉一个坏毛病怎么就这么难?难道为了让你改掉这个习惯非得痛揍你一顿才能长记性吗?爸爸知道你天资聪明,在这个阶段你可以犯错误,但一定知错必改,千万不可形成恶习,纵容自己的习惯,蛮不讲理,胡搅蛮缠,自以为是,这样很不好,爸爸很担心……还在这个年龄阶段你应该天真,可爱,小淘气,有时发点小脾气,使点小性子,甚至不可理喻,但绝不能对任何人撒谎,拿别人东西,万万不可,坚决不能。你知道吗?

好在你终于给爸爸说了真话,你借了同学15元钱,在小区东门买的表、钱包、文具盒、玩具……心里害怕爸爸骂你,开始一个又一个地撒谎,你从谎言中迷失了自己,变得不可爱,变得让老师、同学不理解,躲避你,感觉你是个坏孩子,这让爸爸心里很难受,很着急。爸爸、老师、同学们从心里都知道你原来是那么可爱的一个小女孩,你漂亮,可爱,会跳舞,会主持节目,你有那么多的优点,可就是你犯了错误以后不承认,还哄人,撒谎,这太不应该了,宝贝。爸爸知道你会改的,你肯定会改的,真好,你今天就勇敢地给爸爸妈妈说了心里话,爸爸非常高兴,我们一起给你制订了学习生活计划。

最近以来,你每天早晨起床戴着耳机大声读、背,有时上厕所在面前放了小凳子,认真地读。爸爸心里可高兴了,爸爸看到了你的变化,看到你进步了,最值得爸爸高兴的是你的学习态度端正了,你有了方向,有了目标,你能够平静下来,做事有了条理。其实你是一个可塑性很强的孩子,只不过在过去的岁月里教育你的方式可能有问题,父母心里很爱你,而且非常爱你,过多的是一种传统的教育方式,简单、直接,随着你的情绪变化而变化,不研究儿童心理教育,不敬畏孩子心理健康教育的真谛,太可怕了!

你过去的易怒,情绪瞬间变化等问题,父母过多的只是从表相上判断而处之,真正没有静下心来咨询儿童教育方面的专家,为孩子量身制作一套辅导矫正的方案,从根本上解决问题,真正能够走进孩子心里,让孩子科学、快乐地成长,真正让孩子受到很好的教育。

深夜两点了,爸爸刚给你喂过温开水,你又睡着了,可我一丝睡意也没有,看着你熟睡的样子,我很温暖,远方的爱人,我真的很想念你,思念是魔,让人撕心裂肺地想……

2012 年 9 月 12 日

我的心跟着你走了

　　每次给晓英寄东西心里很高兴,总想把自己也寄过去,想着邮件带着我的心,带着我的思念,带着我的期盼,带着我的体温,带着我无限的爱到妻子面前,说:"我来了,我太想你了,我们以后不要再分开……"

　　晓英:我真的很爱你,过去的岁月里不太懂得爱,太过偏激,太情绪化,过得太较真,太粗糙,在礼泉的十年我太痛苦,我承受了常人无法承受的苦难,那唯独能够支撑我坚持下去的是这一份工作,多少个夜晚我在礼泉,睁大眼,把泪水倒流进心里,我想孩子,想妻子,是她用柔弱的肩膀独自在咸阳硬撑着这个家,照顾两个孩子。可善良的妻子因顾及我的感受,从未有过一丝抱怨。

　　无论是大雨瓢泼,还是风雪纷飞的早晨,我要转几路车去礼泉上班,可又不得不去,单位外地人就我一个,而且单位附近也没有饭店、商店,下班后单位同志全都回家了,整个单位就我一个人。回家吧,来回百十公里,极不方便。不回吧,老人、孩子就妻子一个人照顾。单位领导是一个很难相处的人,为了保全自己那点可怜的尊严,我苦熬着每个星期,整夜在床上难眠。记得有一夜,半夜下大雨,房子漏水把被子衣服全弄湿了,没有一件干衣服,一直到早晨8点上班,同事张惟中给我拿了一身衣服……真的不敢想!那些年是怎么熬过来的,那段近十年的工作经历和环境,让我体味了常人无法想象的冷漠,孤独。谁知道我心里的苦?谁理解我?谁又知道我强颜欢笑下内心的煎熬?谁又能理解我易情绪化的真实原委……

我怕两地分居,我希望早晨醒来看见我身边的爱人,过去日子里,我们曾那么细心、认真、专注、忘我地走进对方的心里,可因为种种原因……却忽视了对方的感受,相互抱怨,但心里都知道彼此爱着,爱得那么不用心,爱得那么不舒服,甚至彼此感到痛苦。细细分析原因:工作压力、生存环境等因素使彼此心理承受能力达到极限,没有正常的渠道释放,不能用正确的方式、方法化解,缺乏有效的沟通,这也许是大多数人的生活,但这让我们失去了宝贵的年华,虽然在这段岁月中过来了,可所付出的辛酸、泪水,所承受的磨难、痛苦让我们难以忘却,让我们对自己对生活,对爱敬畏,让我们更为被爱的人思念,牵挂,更让我们深爱对方,让我们懂得了双方在各自心里的位置,还有什么理由不让我们更深深地爱着?

当我决定要写这本文字的时候,我是被一种无形的力量促使着,让我兴奋不已。多年来,曾有几次冲动想把对生活的感悟,对家人的爱,同朋友的感恩写成文字,以便教育鼓舞,感动自己,但因种种原因未坚持下来。晓英,你去北京进修了,我白天工作一天,晚上回家听不见厨房的炒菜声,房子里看不见你走动的身影,家里没有你喊"毛豆"的声音,枕边没有你的味道,等你的电话,等你的信息,想给你打电话、发信息怕打扰你,我夜晚睡不着,怕影响孩子,我就奇怪了,我明知这无济于事,身体太累了,可脑子就是特别灵光,清醒异常,好吧,那就把对亲人的爱、思念写进心里。

今天晚上你在视频里说:"宏振,你咋不说话?"我真想把电脑抱在怀里,因为你在里边,可孩子们都在,让两个娃好好和妈妈说说话,我感受到了整个房间幸福的味道,你的声音在家里回荡,我用心在感受,我把你说的每句话,你的表情,用尽全力装进心里,用它来支撑我每天工作,我比孩子们更想你,更需要你,可还是把这宝贵的时刻留给孩子们吧,从孩子的眼神中,急切、激动的表述中,我感觉到了巨大的幸福!

晓英:这次你进修,分开的这段时间,是上苍的恩赐,是我在品味分离之苦,思念之痛的同时,能够静下心来,翻阅、清理、冷静地思考自己这么多年对待家庭,对待亲人,对待生活的态度,能够认识自己的过失,能够真心实意地对自己的虚荣、缺点和不足,真诚地说声"不"。

我要变,要真正脱胎换骨,会爱,懂爱,全心全意地爱,爱孩子,爱妻子,爱家庭,懂得包容,懂得尊重孩子,对"爱"敬畏。

晓英:你回家后,会看到一个全新的我,让我们彼此拥有,全心全意深爱对方,加倍疼爱我们的孩子,过好每一天。

2012 年 9 月 13 日

国庆长假

　　单位要放七天假,中秋节,国庆,这几天满大街张灯结彩,一片节日的景象,人们大包小包地往家里抱东西,小区院子不时传来几声炮响,偶尔楼下院子里有人喊"×××"下楼拿东西,孩子笑着闹着,大人忙着,这一切把人们的幸福渲染得更浓,空气里飘动着美食的香味,所有人都要过节了,团聚了,回家了,休息了……

　　冀似乎看到了我的思念挂在脸上,说:"李哥,咱一块去北京看嫂子吧。"我感激冀的真诚,可我怎么能去? 儿子节日只放两天假,母亲刚来,虚弱的身体,悲伤的情绪还在康复期。我很纠结,我太想去北京和妻子团聚,没有人能体会我的思念有多苦、煎熬有多无奈。多少个夜晚,我把思念写满了天际,想着我的爱人,念着我远方的妻子,我祈求上苍让她健康,让她平安,愿她快乐,祝她顺心。有时候,我似乎看到了她在伏案写作,她在熟睡中笑着,她累了,她困了,她在喝水,她在和别人聊天,她笑得很灿烂,很开心,她在上厕所,她在床上看书,她在想家想孩子,她在夜里梦见了我,她脸上有泪花……我听见她在喊我"宏振,来吧……"我真的能感觉到你的心跳,我知道此刻我就在你的心里,在你的身体里,天神在怜爱地看着我们如此恩爱,对众神说:"这是一对真心恩爱的夫妻,今生今世让他们永葆青春,长生不老,把世间的快乐、健康、吉祥、幸福送给这一家人,愿他们此生荣华富贵,儿女功成名就,他夫妻二人来世再续天缘。"

宏革全家来了,妈的脸上一下子亮了,精气神足了,大声笑了,厨房里久置的家什用上了,饭香,水热,笑声,闹声,小侄子阳阳的奔跑声,把亲情演绎得满屋华彩,空气里全是幸福的味道,可就在此刻没有人留意我的感受,我想我的爱人,她一个人在远方,在万家团圆之时,孤零零一人,她好吗?她会调整自己的情绪吗?这个节她怎么过?真的让我太难受……她那样柔弱、孤寂,我很牵挂。

这个节日我要值四天班,冀和同事们带家人出去了,我给冀顶一个班,分局把车封了,真不方便。节日值班是一个敏感时间段,上级查岗,突发事件应急处理,接待来访群众,一天下来筋疲力尽,比平常上班更累。就这样匆忙的七天假结束了,宏革带全家人回西安了,一切又回到原点。

2012 年 10 月 8 日

给她真实的惊喜

女儿最近奇迹般的变化让我欣慰,她今天下午从托管班回家给我报喜:"爸爸,我要参加全国数学大赛。"这让我一惊,我给女儿班主任郑老师拨通了电话,郑老师给我综述了毛豆豆在学校近阶段的整体表现,上课专心听讲,积极发言,作业认真整齐了,学习态度端正了,整体表现较前进步很大,最近学校推荐每个年级十名同学参加全国小学生数学竞赛,参加考试的标准资格是最近几次数学考试成绩名次排序,女儿考得很好,数学老师根据同学分数,并结合学生整体情况,决定参加考试同学名单,李梓雯同学被选上了!

我又给女儿的数学杨老师拨通了电话,杨老师很善良健谈,非常热情,之前我给杨老师通过两次电话,表达过我的诚恳和感谢,杨老师在电话里和我聊了40分钟,关于如何对待李梓雯的问题,上课专门把李梓雯请上来坐在讲台前,仅这一点,已让我感动不已。这样关注、关爱负责的老师太难得了……加上这次参加全国数学竞赛,学校重视再加上有托管班陈老师的监督,更重要的是孩子有兴趣学了,她学懂了,所以在感激、感恩这么多的好人对孩子帮助的同时,我也冷静思考李梓雯的长效教育问题。孩子毕竟是孩子,单纯,贪玩,思想波动大,作为家长应该下功夫,下狠心,努力认真陪孩子一起成长进步。现在我要求李梓雯把英语单词全部做成小帖子,粘贴在自己能看见的地方,背熟,会写,语文:古诗词、课文、生字、范文,凡是老师要求必背的全背下来,并贴在墙上,数学公式定义也同样这么做,坚持下来形成习惯,什么问题都解决了。通过近十天来的实践看,收效非常好,就拿英语单词来说,孩子真正会读会写了,原先只是每天读、记背,不会写,就容易造成学了新单词,忘了老单词,一边学一边忘,没有真正积累。再就是学习习惯,回家就是看书,读书,甚至上厕所把书放在小椅子上,非常让我激动。这个习惯的形成真不容易,过去对孩子的教育太感性,太随意,孩子有时候在情绪好的状态下给大人跳个舞,模仿老师讲个课呀,大人只看到孩子的可爱,没有注意用放大镜看到孩子的天分,没有让孩子从心里感觉到父母给予的肯定,让这种宝贵的表演昙花一现,没有持续性,孩子有时情绪不佳、胡闹,父母很少能够把孩子抱在怀里,坐下来细心疏导,让孩子认识到自己的错误,否则,对立无法沟通。

我庆幸自己的进步与成长,我惊喜自己能顿悟对子女、爱人的真爱态度和心境,我感谢上苍给予我的一切,感恩我单纯、善良、大气、睿智的妻子,感恩一双天资聪颖、活泼健康的儿女,我很知足我现在拥有的一切。更重要的是妻子这次远行,让我的灵魂得到了洗涤,升华,坚定了我教育孩子的信心。妻子在北京进修,我在家进修,我必须在爱妻学成归来时,给她一份真实的惊喜,给孩子做个好榜样,让这个家庭从此彻底升级,提高生活品质。为爱妻分忧,为孩子为家付出,精彩过好每一天,为妻儿美好的明天书写最美好的画面,好好爱孩子,尽情享受生活。

2012 年 10 月 9 日

幸福就在身边

毛豆今天在彩虹银座表演节目,是小雪莲舞蹈学校给咸阳电视台举办的"咸阳小姐"决赛专场助兴走秀,毛豆表演的是"兔气扬眉"。早晨6:30我给娃们起床做早餐,7:30毛豆起床,昨晚我给娃洗完澡,把今天的所有必需品准备好了,早餐很丰盛,孩子在快乐中吃完早点,我开车和毛豆一起去西橡接"叮当"。"叮当"她妈领两个孩子一块去化妆,我还要去医院做"高压氧"治疗。因为这个治疗效果非常好,我预约排在早晨8:30,每次70分钟,早晨如做不了,当天就没办法做了,我已做了6次,一个疗程共10次,所以我和"叮当"父母说好了,他俩带好两个娃,保证孩子安全我就放心了。

我住院期间,"叮当"父母专程带礼品到医院来探视。现在空军某基地当飞行教练的李女士几次打电话给我说:"李哥,你明天如有事我来接毛毛,你忙了,有事就叫我吧。"小胡、胜平知道我这次住院没给他俩说很生气。上次我腿伤住院,胜平爱人小胡给我熬了骨头汤,今天送米饭,明天送饺子,家里大小活,灯坏了,插座坏了,胜平来修。毛豆的数学老师对娃那么好,能专门给毛豆在上课时叫到讲台前坐下来听讲,并让孩子参加全国数学大赛。托管班陈老师星期五下午和我说了好长时间话,对毛豆像亲女儿一样照顾,孩子最近嘴皮干得很严重,前几天陈老师在手机里一直和我交流,不停地表扬毛毛,说孩子最近听话了,爱学习,作业认真独立,基本上没有错题,老师都说毛豆豆乖了,娃就是喝水少,嘴皮干得厉害,我每天给娃抹唇膏,你有时间给娃买一支唇膏……我听得在电话那边心里特感动,这么好的老师,怎么能不让人尊重呢?我让陈老师给毛豆代买一支她说的那个品牌效果非常好的唇油,昨天接毛毛时,我对陈老师再一次表示了感谢,同时对毛毛参加数学大赛一事,让陈老师抓紧对娃数学辅导,更留意孩子的全面发展。

从医院做完治疗,我赶到彩虹银座,毛毛还没有上台表演。天下着小雨,剧场内节目进行着,孩子们浓妆艳抹,家长的笑声、关切声把幸福渲染得那么动人。

我找到了毛毛,把孩子抱在怀里,毛毛像打了兴奋剂一样眼睛放光,我给她喝水,吃鸡蛋,给孩子补充体力。

毛毛上台表演了,跳得那么认真,那么快乐,那么开心。台下所有的父母其实眼睛都在看台上自己的孩子,那是他们幸福的源泉,那个跳动的身影伴随着台下父母的心脏一起跳动。我突然想哭了,我想晓英了,她在北京也很孤单,我知道她在坚韧地学习。这个家太需要她了……

2012 年 10 月 14 日

亲弟宏革

弟弟宏革今天来看妈,带来大包小包,各种吃的用的。我回家后没有见到宏革,妈说上午 10 点多来家,下午 3 点多走了,桌上给我留着弟弟做的饭。弟弟家除过他都感冒了,弟弟的媳妇颈椎病很厉害,头痛得不行,女儿默莎牙痛,儿子阳娃感冒。记得中秋节在我家,媛媛头晕得厉害,宏革陪着去 215 医院看,拍片。宏革说:"自从生了儿子阳阳,媛媛一直都抱着阳阳睡,或侧卧在娃身边睡。"医生说是睡姿的问题,媛媛为了这个娃付出太多了,辞了工作,几年没回过娘家,照顾大的,抱着小的,经常早起送女儿上学,太辛苦了。是啊,宏革这几年生意不好,再加上 2008 年被骗走不少钱,这个娃从来不求人,自尊心太强,涵养好,硬撑着,憋屈自己,不负亲朋,加之过去多年父母一直住在宏革处,各种矛盾,生活压力,宏革从来不给兄弟们说,后来听妈说:"宏革整夜坐在楼下,有时一坐一夜……"我对弟弟有着超乎寻常的感情,我从心里很疼爱他,同时更敬重他。父母为了我的婚事放弃甘肃一切,举家迁到陕西,弟弟为顾及父母,从兰州大学法律系毕业已分配在武威中级人民法院工作的他,毅然放弃了工作,为了亲情,为了我这个亲哥哥随着父母回陕西。由于种种原因未能分配工作。他艰辛地打工,自己开店,经历了太多太多的磨难。我结婚时弟弟给我买了一套西服,婚礼后,他走时抱着我哭了。那种深入骨髓的亲情,我终生不敢忘。多年后,我才知道他当时太拮据,借钱倾其所有给我买了一套价值不菲的结婚礼服。

2000年我和妻子贷款买房后,弟弟举全力给我装修,并经常以各种由头给我钱,接济我。我儿子3岁左右时去西安,他会把侄子背在背上在康复路市场转一天,给儿子买衣服。在他最困难而父母需要照顾的时候,毅然把父母接在身边奉养,无数次地搬家,为的是能让父母方便在更好的条件里生活。弟弟的媳妇是他在甘肃的同学,音乐学院毕业,多才多艺,善良、正直,是一个不可多得的贤妻良母。多年一直在艰苦的环境中与他一起承受苦难,不离不弃,敬奉老人。现在有一双聪明可爱的儿女,女儿默莎多次获作文全国金奖,钢琴银奖,小儿子默阳更是让人心疼不够。

生活就是这样,有时顺运来了,一切都随心随意如鱼得水,你感觉天空都那么干净,好像一切都被你掌控,你觉得自己能不够,可现实有时给你个小教训,让你在得意之时,失落,不顺心,让你看到社会的残酷、不公、黑暗、可怕、冷漠,这也就是上天在提醒人们珍惜生命,珍重亲情,尊重友情,敬畏生灵,要爱你身边每一个人,宽善、包容,好好活着,享受生活,过好每一天。

2015年10月15日

朋友让心温暖

　　前段,朋友白芳打电话说给我捎了东西,我真诚地谢绝了,后来又连续几次,我同样表示谢意拒绝了,结果昨天中午刚下班给我打电话说,她把给女儿买的礼物送到家里了,给我在电话里讲了食用的方法。

　　白芳是一位高级职业经理人,自己开了一个工程监理预算公司,生意做得很大,人很正派,干练,关系一直相处得不错。父亲去世的当天,她在海南度假,得到消息,立即赶回来,令我感动。这次给女儿专程买了中国目前最好的哈根达斯冰淇淋月饼,哈根达斯月饼是用美国哈根达斯纯冰淇淋作原料制成的,纽约时代杂志曾赋予哈根达斯"冰淇淋中的劳斯莱斯"的美名,是全世界顶级的独一无二的品牌,一直是全世界贵族享用的美食。白芳给我发了信息:"尊敬的李所长,敬重你的人品,善良,真诚,如同敬重哈根达斯,中秋我陪家人在外地,为表心意所以给你女儿送此月饼,是让孩子记住这个品牌,努力向上。"

　　朋友明党也是如此,中秋节前和他爱人一起专程来看我,从车上大箱小包给我拿礼物,明党爱人还硬要请我吃饭,一再叮嘱我:"抽时间去我家玩,有什么洗洗刷刷的事给我说,我来你家给你干。嫂子没在家,有什么难处尽管说。"

　　朋友胜平在中秋前一晚,抱了两箱苹果,上楼坐下好长时间还不停地喘气,我说你这是干什么,他笑了……

冀曾几次要专程去北京看晓英,很认真,每次我都拒绝,冀坚持,我再谢绝。

钓台移动公司经理写一手好字,自命清高,很少服人,和我相处深感相识恨晚,非常投缘,对我佩服有加,昨天专程和妻子一起给我买了一件"俞兆林"保暖内衣,我怎么拒绝都没用。

安利副总郭玲大姐,儿子在德国,和老公一起做安利,生意红火,在几次接触中,相互印象不错,我也在一年多给予了倾力帮助。前几天她一定要给我家里装台净水器,我万般谢绝,东西都拉到楼下了,价值7800元,我坚持不收。昨天又买了一套价值6200元的锅,票都开好了,把我约在摩玛咖啡,怎么说都不行。最后我说:"请给我留一点自尊,无论如何我都不会收,让我们相互尊重做真心朋友,这样我会心安。"是的,我怎么能收如此贵重的礼物,我不能让人从心里看不起……

郭多娣是母亲一个再平常不过的朋友,人善良,真诚地给母亲很多生活上的关照,最近几次陪母亲看病,买药,逛商场。有时早晨上班8点我刚走,多娣就来了,陪母亲说话,给母亲做饭,这一点让我很感动……

这就是朋友,一个个普通,善良,诚实,厚重,懂得尊重,懂得付出,不计较,不工于心计,不市侩,不索取,有时数日不联系,有时忽然让你惊喜而又温暖……

2012年10月16日

女儿的转变如此美丽

　　今天我有意下班早,去托管班想对女儿毛毛的近期情况做个全面了解,一则当面感谢陈老师对毛毛无微不至的关爱,二则我想了解毛毛在托管班的真实情况。今天下午爱人从北京转发一则信息:"豆豆妈妈:这一周娃在托管班表现挺好,请您放心,周二中午娃从学校回来说头晕,我怕孩子着凉给她量了体温,孩子不发烧,昨天孩子回来又说头晕,吃了午饭又好了不难受了,娃给我说她也不知道是怎么了,在托管班可以吃下很多饭,周六日在家不好好吃饭,爸爸说她可能贫血。我观察了一下孩子,她确实在这吃饭挺好的,唯一不好的就是喝水少,每天为喝水不知要追她多少次,所以你要是和孩子视频的话叮咛她一定要多吃饭多喝水,身体健康才能学习好。另外毛毛爸爸照顾毛毛特别细心,在孩子的德育方面特别下功夫,学习方面近来较前段时间有进步,但写作业时偶尔也会不专心,数学方面,吨、千克、克的转换不熟练,估计是上课听讲时知识点没有抓住,我已交代辅导老师给她加强了,你回头和她聊时让她上课一定要注意听讲,每天学的内容晚上睡觉前给爸爸复述一下,辅导老师也随时抽查,这样咱们几方面共同努力效果能好一些。人一生再次深造学习的机会不多,你既然已经去了就安心学习,毛毛我会多操心的,祝身体健康,万事如意!"
　　陈老师的信息我每次都要看上两遍,感动之后我也在认真对照自己对娃的关爱,教育,付出。妻子远在外地我责任重大,一定不可忽视孩子的一切,两个娃妈妈不在身边,我更多的是让孩子快乐,特别小心不触碰孩子心里的那个思念,让孩子任何时候感到幸福快乐,另外抓紧对孩子习惯的养成和性格培养,关心体贴孩子的感受,每次接儿子我都提前准备好台词,女儿也长大了。自从转到启迪让儿子住校孩子确实乖多了,回家后自己洗衣服,说话和气,心平气静,和毛豆不发生争吵,没有了浮躁,孩子的转变让我很高兴。毛豆也很听话,基本上能主动认真地做好自己的事情,班主任、数学老师、托管班老师评价都不错,做事认真了,听课专心了,作业独立完成了,错题没有了,不拿别人东西了,能给我说实话了,和我交朋友了,几乎不看电视不上电脑,这让我很高兴。

今晚和毛豆上楼回家,在楼梯上,毛豆给我说:"爸爸,你为什么对我这么好?"我回答:"因为爸爸太爱你,你变乖了,这是你应该得到的!"毛毛给我又说:"我们托管班×××的家长打她娃就像打西红柿一样,太害怕了。"我俩都笑了,整个楼梯都是笑声,都是毛豆豆"啊"的习惯亮灯声,这一声音是世界上最美最动人最让人陶醉能穿透人的心灵的声音,让人忘却烦恼,忘掉痛苦,让人振奋,让人对生活充满信心,让人有激情。也是这一双儿女给了我夫妻满天云彩,如此豪华的生命壮歌,让我们幸福而满足。

2012 年 10 月 19 日

真的好想你

　　母亲知道我有看书的习惯,也不打扰我,我一个人静静地坐在书房里发呆,也不知道自己想干什么。忽然想哭,我拼命控制自己。我开始抽烟,由于好长时间未抽,只抽了半根就想吐,胃里翻江倒海,头晕,赶紧躺在床上。我知道一会就好了,在礼泉工作时期一个人独自静下时会经常这样……

　　不知道什么时候已泪水满面,我拉开被子捂着脸不让忽然进门的老妈看见,我心里很明白,很清楚,我想妻子了,我太想她了,尤其这一段,我几乎控制不了自己,白天想,晚上做梦,用尽办法克制,不起作用,早晨起床想起刚才的梦,开车也想,赶快打开音响,可偏偏是想念的歌曲,怪了! 在单位上处理事,忽然又想回到家,坐在书房,满屋子的思念,没办法,好像妻子就在我的身体里,走到哪就带到哪……

　　晓英:昨晚风很大,吹了一夜,窗户"啪啪"响。今天很冷,你走时带的衣服不多,你有没有时间去买衣服,冷吗? 你最近好长时间没有信息,也未和孩子们视频。我知道你一定很忙,有多次想给你打电话,发信息,怕你会客或者参加活动,受到影响。上次你和孩子视频,我感到你的情绪,看见你对家人的思念,感觉到你眼角的泪痕,我心里很难过。每次看到你的画面,我百感交集,我知道我心里的感觉,我多次跑出去流泪,把时间留给孩子,我在外面听着你的声音,我把这片刻的相见留在心里。写到这里,我难以说出我此刻的感受,我几乎是泪水伴着思念在写这段文字。

晓英:这样的夜晚,是我常常一个人最想你的时候,在礼泉我整夜地想你,想孩子,可我不愿把这种思念写成文字,我怕日后看到会勾起我的伤痛,可现在你又去远行,我缓过神后,知道你对我是那么的重要。一直以来,我不会贴切、恰当地表达我对你的浓浓的深入骨髓的爱,在我心里,我很爱你,胜过爱我自己,你哭了,我心里就流血,你累了,我心很痛,你笑了,我忘乎所以。我说过"在这个世界上我能为你舍弃生命",却无法用文字书写我对你的真爱。

晓英:你知道我有多爱你吗? 愿你照顾好自己,快乐,顺心,学业有成。

2012 年 10 月 23 日

和孩子一起成长

今天是星期三，我在门前集市上给家里买了水果、菜、拖鞋，同时又买了米、面、油及生活用品，一大堆，分三次拿到楼上。现在的体力，确实不是蛮干的时候了。

朋友给女儿捎回了睡衣，颜色很鲜艳，质地很好。回家后，我用洗衣液清洗了，用洗衣机甩了两次。毛豆回家惊呼："太漂亮了，爸爸太好了，我的睡衣！"立即要穿，衣服还未全干，非得试试不可，我给她在外套上试了试，对着镜子一边照一边笑，也许是孩子的情绪感染了我，我抱着女儿，亲她，逗她，询问最近的学习，在托管班的情况，及孩子最近的感受。我明白，这个孩子太聪明，很懂事，只要你用心去教育她，去影响她，去鼓励她，多表扬她的优点，精心呵护她改掉不好的习惯，及时给她肯定，让她时刻感受到父母的爱，对她的"尊重"，更重要的是让孩子始终保持快乐。我深切地感受到在孩子心里其实她什么都懂，父母真的要下功夫去认真地贴近孩子，了解孩子，知道孩子需要什么，陪她一起成长。

给女儿辅导，检查作业，很顺畅，我认真地陪女儿一起读《感恩，我们要行动》《爱的教育》两篇文章，并让她讲了读后感。女儿睡前我给她讲了故事，看着她甜甜地入睡了，给她盖好被子，亲她的脸蛋。就是这个孩子，给这个家，给我们带来了无尽的快乐，欢笑。自从有了这个孩子，我们夫妻便拥有了一切,她就像神赐给我们夫妻二人的福星,她没有一般幼儿爱哭的习惯,从生下来刚会吃奶就笑,吃饱了睡觉,睡醒了就笑,很安静,极少生病,从不给大人添烦,慢慢地会走路了,会说话了。妻子是一个非常善良贤惠之人,她太爱这个孩子,也很会打扮她,小豆豆也很招人心疼,人见人爱。这个孩子的降临,让我们这个家充满了幸福,阳光,驱走了所有的乌云,一切变得那么顺畅。妻曾在《毛豆轶事》中,写得那么甜美,那么感人,写出了父母对女儿无限的爱,字里行间流露着妻子对女儿刻骨的母爱。每每想起那段时光,痛并快乐着,也正是这个孩子让我流了不少眼泪,牵挂的泪水,感动的泪水。

现在她长大了,有了思想,对任何事情有自己的理解与判断。过去,我在不理智时给她发过脾气,事后她说:"爸爸发脾气像个公牛。"对她好了她说:"爸爸你最爱我。"我顿悟了,从此不再给孩子发脾气了,我要让孩子从小爱父母,尊敬父母,给她一个好的、温暖的、快乐的成长环境。从小在孩子心目中以父母为荣,给孩子做好榜样,陪孩子一起成长,陪孩子一起走过人生的风风雨雨,不再让孩子迷茫,失落,孤独,做一个令孩子信任的家长,把我家这三个宝贝蛋照顾好,让他们永远开心,幸福,快乐。

2012 年 10 月 24 日

给孩子足够的尊重

女儿给我提条件了："爸爸,你可不可以把你放在家里的黑色摩托罗拉翻盖手机给我装个卡,我想妈妈了就能给她打电话,学校有事了也能给你打电话。行不?"我给她耐心地讲道理。1. 你现在还小,爸爸妈妈会精心照顾你的一切,会按你的需要安排你的生活,应该买什么,爸爸妈妈一定会给你买的,不应该买的是坚决不能买,就像爸爸没有条件,不能买飞机一样。2. 手机是爸爸妈妈生活、学习、工作的重要工具、必需用品,随时要和单位同事领导商讨工作事情,很重要的了解一些情况。3. 你现在带上手机也不安全,坏人也多,老师要批评,随时也会丢,丢了你会伤心,所以等你上大学了爸爸给你买一部最好的手机。毛豆听了很高兴。接着我也给她提条件,1. 如果你每天坚持在学校早上吃个鸡蛋再喝包奶,我每个月给你奖励十元钱,这钱你自己支配,给孩子多一些锻炼理财的机会;2. 如果你期中考试成绩好,或这次参加数学大赛获奖,我带你吃肯德基,看电影。毛毛同意了。

我深深地感受到:父母的教育方式对孩子的影响,温暖、理解、民主,在人格上平等,善于倾心听取孩子的意见,体会孩子的感受,使孩子可以申辩自己的观点,从小养成追求真理、坚持真理,修正错误的精神,多给孩子正能量,鼓励保留孩子做事情的热情。使女儿心灵空间有广阔发展的天地,温暖、理解、民主的父母教育方式,使孩子善于思考,有主见,富有想象力,能心平气和地吸取他人意见,发展自己丰富自己,这样的孩子在学习中既刻苦又灵活,善于和同学交流互相帮助,当给与孩子足够尊重的同时,其实也是在向孩子示范如何尊重别人,让女儿充分了解每个人都有自己的尊严。

2012 年 10 月 29 日

母爱是孩子温暖的港湾

　　送毛毛学完舞蹈,我带女儿去看菊花展,中华广场百菊斗艳,上午 10 点多了,还有那么多锻炼的人,唱着,跳着,欢笑着。毛毛欢快地在广场上奔跑着,笑着,看着菊花展,我在一边等着女儿,等她激情过后,我带孩子回家。到家后,我蒸馍,做饭。昨晚,我把面发好了,儿子今天回来,我要给娃蒸包子吃,下午四点,我开车接儿子。接到孩子,我带儿子去钓台一家回民店买了牛肉后回家。我问儿子想吃什么? 儿子坚持要回家吃,回到家中,儿子依然吃得很开心。我收拾完家务后,儿子也洗完了澡,我给爱人发信息和孩子们视频,爱人回信息:"正在去看话剧的路上。"我知爱人很忙,想了想后,我给孩子们说清了原委。儿子、女儿每个星期最想、最期盼的事就是想在电脑上看见妈妈,听听妈妈的声音,看看妈妈的笑脸,感觉到妈妈带给他们无比的幸福和甜美,这对一双儿女是莫大的安慰、安抚。我知道孩子们有多想妈妈,女儿还小,从未和妈妈分开这么长时间,从小一直在母爱里浸泡,可这一次的突然分离让孩子们一时还适应不了,好在我用尽心思,用尽招数来补偿这一切。可毕竟代表不了母爱,每次孩子们和母亲视频,虽孩子都想急切地向妈妈传递自己有多爱妈妈,多想妈妈,多盼妈妈,恨不得钻进电脑,钻到妈妈的怀里,陪妈妈一起流泪,倾诉相思、牵挂之情。每每看到这场景,我把电脑让给孩子,让孩子们尽兴尽情。我知道妻子时间宝贵,压力较大,平时我经常给她编短信,可编着短信不由自主地就泪流满面。静下来想一想,这样让她看到短信,会让她分心,会让她牵挂,难受,等于给她加负担,就这样写了删,删了再写。也正是这样,让我在初离爱人之时,度过了最煎熬的时光,我把对妻子的爱、思念牵挂,全部转移到两个孩子身上,尽全力照顾他们,爱他们,陪伴他们,不让他们孤单,不让他们失去方向感,让他们自信、快乐、阳光地生活学习,过好每一天。

2012 年 11 月 3 日晚

换个心情

　　早晨六点起床,因铜川朋友急事需我处理。车出了咸阳,驶上了西铜高速,我的心一下子轻松了许多。这么多年,因忙于工作,操持家务,除去西安开会,每年春节访亲以外,从未去外地逛逛,就连单位每年一度的外出,因实际情况也未能外出。爱人也常说让我出去走一走,可老父亲、老母亲这么多年身体一直不好,加之孩子学习接送,爱人工作太辛苦,为自己的事情忙忙碌碌,每每看到她早出晚归,风里雨里,尤其是爱人出书前一段时间,一个人在上班之余还要抽时间整天西安、咸阳两地奔忙,经常忙得顾不上吃饭,回家后累得没有一丝力气。夜半,听到她下夜班回家上楼的脚步声,那么无力,我很心疼。有时,我半夜起床,看见她蜷卧睡着,我心里难受。她太累了,她太疲劳了,我心疼她,可我怎么帮她? 所以多少次单位组织外出,朋友邀请去外地,我都谢绝了,我哪有心情去玩? 我要留在家里帮爱人分担,最起码能帮她干点家务,尽可能让她少操点心,少干点活,多休息一会……

　　一个小时到了铜川,开车到山顶,蓝天,白云,空气清新,很舒服,刹那间,人会被自然界的纯净所感染,忘了痛,忘了难,心像被洗过一样。

　　大自然的美景诱惑你的思想,迷了你的双眼,拿走了你的心,拂去了你的一切烦恼,轻抚着你的身体,尽情恩赐的阳光,纯净,让人陶醉。

　　身处此景,别无他求,此时真正理解,云游之人,身居仙山的道士,出家之人,早起晨钟,暮落夜鼓,青山绿水,鸟鸣林啸,云雾缭绕,清心寡欲的生活,没有了争斗,没有了名利,没有了牵挂……

　　从山上下来11点钟,12点宋总安排吃饭,菜很丰盛,野鸡、野兔、野猪、驴肉、狗肉,没有喝酒,也许是饿了,都吃得很香,很尽兴。饭后,因下午单位有事,我开车返程,一路顺畅,路太好,车也好,再加上心情也好,非常顺心地返回。到咸阳回单位冀在等我,他知我最近心情不好,早上给我打电话,我关机,他很着急,见到我了,也没问什么,让我下午和他一起出去见朋友,我谢绝了。我在单位洗了澡后,睡了一个小时,下午3点和同事一起开车出去订报纸,每年这个时候订报任务就下来了。今年冀在大会上讲,让我带几个人下去收。我很清醒,我从不沾钱,多年以来工作,我都这样,我从不让任何人在任何方面对我人品有质疑,该我的,我拿,我拿得心里舒服、放心、无愧。

　　下午回家接毛毛,女儿很乖,我给她背着书包,拉着她的手,她一路给我说着学校、托管班的事,讲着笑着,很高兴,趁孩子兴趣浓,我抓紧机会表扬她,我表扬得很真诚。女儿休息了,我在想我的爱人,我无时无刻不在牵挂着她……

2012年11月5日

你的远行是我们进步的动力

　　当我打开这本笔记崭新的第一页时是那么令人陶醉。我看着这纯净的纸张，顿有所悟。从今天起，我要把自己的心拿出来好好清洁，把胸打开让阳光好好照射，我要让所有的烦乱、哀愁、不快随风而去，彻底走出阴霾，笑对生活，笑对一切。生活真的像一面镜子，你笑，它也笑。

　　晓英去北京已经70天了，在这70天里，我走不出对爱人极度的思念、牵挂，我困在其中被折磨着，无尽的思念让我身心疲惫不堪，我没办法让自己停下对爱人深深迷恋的牵挂、思念。这段日子里也发生了好多事，我有时候忽然感觉很悲哀，心很冷，我知道也正是这种思念、牵挂、期盼在陪着我，让我每天去面对、去战胜一切。

　　这70天，仿佛一个世纪那么漫长，那么悠远。思念、牵挂把时间拉得那么长，那么心碎，像天上的星星，让人迷茫。多少个白天盼天黑，多少个夜晚盼天亮。时间就像一座熟睡的大山，那么沉重，压得我喘不过气。

　　我的爱人，换个角度看你这次去北京学习，无论是对你个人、对孩子、对家庭都是宝贵的财富，你的远行使这个家庭创造了几个奇迹。

　　首先是我的转变，虽说这几年经历了无数风雨，性格有所变化，可总未彻底改变，遇事虽然冷静多了，但依然急躁，处处欠沉稳。对人对事虽然低调，可缺乏耐心。对孩子知道关心了，可缺乏毅力。对妻子温顺了，可偶尔无意伤害她。在这 70 天里,我常常在夜里想这一切,从我追妻子,到结婚成家,我是那么的爱着这个女人,我很爱她,胜过爱我自己。尽管在往日的岁月中,因无聊的繁琐事,曾让她无数次伤过心、流过泪,可我的心告诉我,在这个世界上,我决不会背叛我的妻子,我可以为她奉献一切,包括自己的生命,这一生一世我是属于她的。

女儿也变了,变得安静,做事有条理了。遇见困难能静心和人交流了,会独立思考问题,做事认真专心了,学习态度端正了,学习兴趣提高了,能静心听取批评了,知道找出错误的原因了,能够有勇气承认错误了。

儿子的转变:从最近小考到期考,儿子成绩一直在不同程度有所提高。回家温文尔雅,礼数周全,很会关心人,尤其是更懂得和女儿融洽相处了,更重要的是儿子把精力放在学习上了,从他身上能够看到压力,也能够看到孩子的辛苦、勤奋、努力、用功。

这所有的转变,说明什么?证明什么?任何事物的转变一是要有强大的外力及环境。这个外力、环境,是爱妻的远行,让我及孩子在无依靠、无精神支撑的情况下,背水而战,从不舍、难过、伤心到省悟、坚强、自信、独力、果断、有信心,再就是自身思想、心结的开启,环境好了,土壤有了,温度适中,精心护养,就会开花、结果。

我感谢上苍又一次赐福,让我们全家有如此收获,如此成就,如此拥有这些财富。

2012 年 11 月 13 日

压力

晚上 8:29 爱人给我发来信息:"宏振,这样的时刻,我只想和你及孩子们待在家里,坐在床上或沙发上看电视,看你们。一家人在一起,能看到你们多好啊。"我正在书房给女儿辅导作业,看到爱人的信息,我眼里一热,回信息:"你今天已让我流两次泪了,我无时无刻不在想你,你知道想你成了我的一切,我刚调整好心态,怕你伤心,好了。你的远行,让我们更懂得珍惜,孩子们也转变了,你安心学习,等你载誉归来。"妻在短信里说:"在北京看不进去书,也写不出文章,压力非常大,还是不敢看电视,不敢睡懒觉,怕辜负那么多人的期望,也怕错失机会,有时一天连一句话也不说,只把自己关在房子里,别人看过的书我没看过,别人谈的有些我不知道,即使去三峡旅游也心不在焉,只想早早结束,回家。过段时间我想回来一次,换换环境,在这太压抑了。你是最知道我、最懂我的。你凡事一定要小心。脚还痛吗?烟戒得了吗?胃再酸了没?你一定为我和孩子照顾好自己,不在你身边,日子太难熬,我也不敢给你说这些,怕你担心我,你放心,我自己尽量调整,你是我最坚强的后盾。只要你好,我心里就踏实了。"妻子说的这一切我早料到了,只是没有想到这么快,妻子真不容易,她需要我给她力量。我回信息:"看得我很心痛,我早想到了,你要学会调整一切,给自己信心,可以出去转一转,让自己放松,我一切很好,照顾好自己。"写完这段信息,我心里很难受,今夜我又可能无法入睡,我心里放不下她,担心她。

妻子是一个温和平静、天性善良、通情达理、胆小柔顺的人,是一个内心世界很干净的女人。在家里她可以容忍儿子、女儿的不讲理,可以让女儿把她气得哭,却从不伤害孩子。在单位她静静地工作,远离争斗。在圈子内她守着内心的平静,从无是非。在亲友中她尽力尽心。她天性不会攻击、不会防备,遇事只会自己扛,从不愿给别人添麻烦,不会争辩。有次骑车被人碰倒,站起来一看只擦伤一点表皮,没吭声自己就走了。多少年她都是这样静静地消化自己苦和痛,从不声张,更不愿给别人添麻烦,这是她的天性。

这些年,我陪妻子过了很多坎,我们一起搀扶着面对。每每看到妻子生病或遇到事,我心里很难过,我不愿让妻子承受任何一丁点痛苦,她经不住事,我心疼她,我更爱她,我愿为她承受一切,我要一生一世把她盛在我心里保护她,不让任何人或事伤到她。在这个世界上,妻子的一点痛,我会心里流血,我要用生命守卫着她,永远对她忠诚,爱着她、惯着她、顺着她、宠着她,甚至受她的气,这个让我来生还想用心血来爱的女人,我本应带孩子们去看她,或者我去陪陪她,给她安慰,给她精神上的力量,可家里的一切让我毫无分身之术。儿子每周一天假,女儿每天排得满满的,母亲又是这么个情况,我心里很纠结,还有我工作上的事,我一人得承受这一切!可这个时候妻子那边的情况一下子让我担心起来,怎么办?怎么做?怎么才能够让妻子尽快调整过来?

本来这一切应该是很华丽的,在外人看来,妻子那么优秀,两个孩子这么懂事、可爱,丈夫那么勤奋,又很顾家。理应是让无数人羡慕的,可问题偏偏出在自身压力过大,承受能力有限。唉!妻啊,希望你放下包袱,轻松上阵,一切都会好的,我是你最坚强的后盾。

2012 年 11 月 15 日

141

尽心做好每一天的功课

　　刚给妻子打了电话,在通话中我感觉到妻子的忧伤、郁闷和对亲人的思念。我感觉到她在极力掩饰情绪,我也在调整自己的心情不被爱人情绪同化,感染。慢慢地妻有所转变,我心些许安稳了。我昨晚在看到妻子的信息后,几乎彻夜未眠,我不知道用什么方式能让妻子重树信心,恢复斗志,完成学业。目前家里的情况不允许我离开,我真想马上去北京看她,陪她,哪怕一个小时,哪怕抱抱她,给她倒杯热水,我就知足了。可我离不开,一天也不能离开,只能让心在奔忙。

　　晚上要给妈敷药。今天在医院给妈开了治腰、腿痛的药,这个药需用醋在容器里浸泡后,再上锅蒸 30 分钟,然后再热敷。妈说她想晓英了,我拨通电话给妈了,妈通完电话后,很高兴地说:这女子太厉害了,本事太大,太善良了,你要好好爱人家,你们好好过日子。

　　女儿晚上八点回家,进门后我让她看《小鞋子》电影,看完,她给我谈了观后感。此后要求我给她听写生字,我不忍心嫌孩子太累,可她劲头很足,兴趣正浓,我陪她听写了两课生字、词语,她用尽了所有的耐心,写得很工整。

2012 年 11 月 16 日

愿亲人永远幸福、快乐

视频中妻伤感的情绪、强忍的泪水,让我心痛之极。我强忍酸楚,胡乱话题,却依然不能收敛情绪,虽表面镇静,可心里流泪,我借口女儿和妻子说几句话,去厨房给母亲熬药,不知什么时候已清泪满面。

此时,儿子给我说,明天早上他要去买衣服:一件风衣 300 元,裤子 200 元,鞋 200 元。

儿子长大了,爱美之心人皆有之,买件衣服很正常,可应该量力而行,应该理解父母,知道父母不易,可儿子在钱的问题上,让我心里难受。多少年来,通过多少事,我一直觉得儿子什么都好,可就是不理解父母的不易,有一阶段挺懂事的,可有时候让我心里很不好受。你说他吧,怕孩子受委屈,不说吧,怕这样下去,毁了孩子,明年儿子就应该上大学,他妈走了这一段时间,我尽量宠着儿子,尽一切可能多和孩子在一起,从心里深处,我很爱儿子,希望他快乐、上进,可这孩子太注重外表了,这让我很揪心,难道穿好了就能学好吗? 学习成绩的提高和这有必然的联系吗?

儿子啊,你知道为了你的身体健康,为了你能上进,为了让你有个好心情,为了让你能够快乐,为了每个星期见到你一面,为了你回家后能让你吃好,休息好,为了让你高兴,爸有多辛苦? 爸付出了多少? 每个星期送你走,我都把希望、鼓励、祝福、期待一起送到学校,然后掐指算接你的时间,怕你在学校休息不好,吃不好,睡不好,怕你压力大,情绪不好,更怕你不把精力放在学习上。儿子啊,我就是这么熬煎地在度过每一天,每一天我都在心里为你加油,为你鼓劲,为你助威,希望你珍惜这最后的冲刺,使你有个好的前程,同时也是对你这么多年的付出一个回报,一个肯定。

你要知道,你这一路走来,是多少人用心血陪伴着你,有多少人用心爱着你,期盼着你,关注着你,你的美好前程掌握在你手中。这半年的冲刺,会对你一生影响巨大,甚至在某种程度上会决定你的命运。儿子啊,我心急如焚。

晚上9点多,儿子进书房要和我谈一谈,我停下手中的笔。儿子问我最近好不好?从儿子的语气中,我了解到是老妈和儿子刚谈完话。看到了儿子真诚的举动,我心里很温暖,我敞开心扉,真情实感地和儿子谈了很久,我不忍心让儿子难受,也不想让他分心,我恨自己的无能,不富裕,不能给家人奢华的生活,可我却给了孩子最真诚的爱。我在单位拼了老命工作,用无数荣誉给孩子们做榜样,我用最大的忠诚,无限的爱,深深地爱着妻子,爱着我的亲人。

儿子的真诚让我感动。从儿子的眼神中,我读到了血浓于水的真情,我和儿子近距离面对面地坐着,把心向对方打开。自从妻走后,这是第一次我和儿子这样交流,原本我只想在妻上学的这一段时间里,尽一切可能让两个孩子快乐、健康,我从心里不愿碰到孩子心里那敏感的神经,更不愿因任何小事伤害到孩子的自尊心,让孩子难受,可母亲听到我和孩子的对话,不知和儿子说了什么,使儿子要和我谈谈。从某种意义上来说,这未必不是一件好事,是儿子了解事情的真相和目前家中的实际情况,激励自己的斗志,纠正自己的偏差,把心用在学习上,使父母安心,这才是真正意义上理解父母的苦衷,让父母减压、暖心,最让我感动的是儿子今晚的转变。这个孩子太善良、聪明、睿智,能够适时调整心态,让我惊喜、欢愉,孩子知道最近我的压力后,心里也很难受,这本是我不愿看到的。这一生,我再委屈、痛苦,我也不会让家人跟着难受,今晚让儿子心生不快,不是我的本意,看到儿子落泪,我心里难受极了。他还小,不能承受这一切,我更不愿儿子知道这些事,会对儿子的情绪影响,让他分心,我希望儿子会以此为转折,认真对待自己的学习,能够真诚地转变。

儿子起身拥抱我的那一刻,声音哽咽,泪水满面。我也是百感交集,心痛之极,我感谢儿子的转变。我为儿子的善解人意、通情达理、聪明、睿智欢欣鼓舞,我为在他一个星期只有这么一次的团聚而让他经受这一切而难过、自责,儿子长大了,他真的长大了。通过这件事,我很受启发,也很欣慰,也使我卸下了一些包袱。我从心里尊重儿子,理解儿子,我为自己过去的急于求成、冲动、不讲方式、不会倾听孩子心声,不考虑孩子的感受的做法,自责、内疚。我真诚地对孩子们道歉,请原谅过去的爸爸,我会在以后的日子里好好爱你们,爱这个家。

今天是一个令人难忘的日子,是父亲走了第 101 天。母亲一直把悲伤压在心中,想在这个日子释放,多次和我商议如何安排。大哥也和我说过,他夫妻二人几乎每顿饭第一碗都祭奠父亲,嫂子在刚入冬就给父亲烧了冬衣。大哥意思,在这个日子里,所有人,从心里都很重视,而且难过,如全部聚集,会让母亲心想往事,而加重老人的悲伤,最后让我和宏革陪母亲一起祭奠父亲,尽一切可能控制母亲情绪。宏革早上九点就去家了,一个人把房间全部打扫了一遍,打开了空调,给父亲上了香。

从父亲走后,第一次在老人家中生火做饭。我在厨房,早已心碎,尽力控制情绪,好在毛豆看电视的声音掩盖着房间的悲情,冲淡着情绪,几次差点哭出声。吃完饭,我和宏革把父亲的骨灰放在他房子,让老人休息,让他温暖过冬,让他在天堂保佑着全家人的幸福、健康,让他守卫着这个家,使家人平安、顺利、健康、无忧。

从家中出来,我和宏革一起去工商所旁边的修理厂给宏革修车。这个孩子自尊心极强,再艰难从不给家人吐露,独自撑着,他的车实在开不成了,我看着心里难受,冬天到了,也不安全,经我再三劝说,他才勉强同意,我不愿让他知道是我掏钱的,这样他肯定不干。把宏革送到 630 路公交车上。我开车和母亲、女儿一起接儿子,回家后,儿子洗澡,我做饭,再动员女儿洗澡,甚至要抱着她去洗澡间,而后给母亲再洗澡,这几年妈年岁大了,不方便,每次给她老人家洗澡我心里都很难受,我想到这样的场景还能有多少,我愿给她洗到 100 岁。

愿家人健康、平安、幸福,盼望爱妻开心、欢愉,盼望儿女快乐、上进。

2012 年 11 月 17 日

毛豆想妈妈了

爱人走后,我一度感觉很孤单无助,只好把自己交给文字,用它来释怀,我的心境,我的寄托,我的思念,我的牵挂与期盼。我不是做作,我选择了文字,只是别无他法,我太想妻子了,可又没办法,只好如此。老人、孩子需要照顾,我的工作又忽生枝节,我心里堵,无处诉说! 我必须让自己快速兴奋,撑起一片天,我要迅速矫正自己,提起精气神,我给自己制定了一个让自己平静心态,冷静思考,淡定自然的办法,那就是坐下来用文字吐露心声。在文字的海洋里我感觉到了自己的灵魂和自己对话,我每天都在和妻见面,我们拉着手,静静地看着对方,那么怜惜,那么疼爱,心贴心地诉说着,以后再也不分开了。

陈老师在 20:01 发来一则信息:"毛毛爸爸,刚才给您打了两个电话,您大概在忙,没有听到。这几天不知娃在家怎么样? 辅导班王老师说周五的数学作业几乎全错,全是慌张所致。王老师逐一给她讲解了一遍,她明白了才让她回家。今天中午王老师给毛豆一对一巩固时说,毛毛,只要你静下心来,任何事情都能做好。可毛毛立即反口说:只要我妈妈没回来,我的心就静不下来。听到王老师给我反映毛毛说的话时,我的心里很酸,孩子想妈妈了,她不会用语言表达,只好用潜意识里一些行为表现出来。如:上课注意力分散,作业不认真等。这要引起我们的重视,你晚上有空的话和娃聊一聊,告诉她晓英希望她是一个什么样的孩子,让孩子再加把力,再有一个多月妈妈就回来了,让她好好表现。另外您要有空的话就隔一天下午7点左右给王老师打个电话,问问孩子作业情况,这样双方有个督促比较好。你挺忙的,不用给我回短信了,祝一切安好!"看到陈老师的短信,我心里很感动,我回信息:"尊敬的陈老师,你好,你的文字像你本人一样让我敬重,请代我向你的家人及托管班老师转达我的敬意。"我随手让毛豆也看了陈老师的信息,我也给辅导老师打了电话,询问了毛豆在辅导班今天的情况。这样让女儿有压力,让她知道所有人都在关心、鼓励她,更让她明白,老师和家长都在随时互通情况,关注她的成长和进步。

毛豆豆忽然哭了。这是妻走后,孩子第一次用这种方式表达了对母亲的想念。我知道,孩子想妈妈了。我把孩子抱在怀里,搂着她,在这个夜里,一对父女用这种方式书写对亲人的想念、牵挂与期盼。女儿平静后,开始写日记,我看着对面的女儿,心里很酸。

孩子睡了,房间很静,我一点睡意都没有,我望着窗外想着远在北京的妻子,我想她,太想了。

昨夜我梦见了妻子,她消瘦了,看见我不理我,转身走了,我拼命追她,喊她,可她一边跑,一边给我说,有对象了,你给你重找个人过日子吧,我看见一个男人在一边坏笑,我上去把他揍了一顿,打得他满脸血……妈把我从梦中喊醒了。

女儿最近学校体操表演,早晨起床后要穿粉色羽绒服,说是妈妈买的,衣服上有妈妈的味道。我给她穿好,戴上袖套,她高兴地去学校了。

2012年11月19日

去北京，看妻

晚上 8:07，爱人一则信息让我心里流血，我连续看了两遍信息，才缓过神来。"宏振，有件事我不得不告诉你，你别急，本不想给你说，怕你担心，不敢给你增加负担，我自国庆节后肾病又犯了，很严重，每天腰疼得翻不过身，肚子胀得吃不下饭，痛苦程度你可想而知。最近一直找医院看，现在找到一家中西医加理疗，今天开了八百多元的药，理疗一次得三千七，大夫说得十次，预计得五万元，我只买了药，想跟你商量费用太大，不治的话我受不了，回家后再来北京看就更难了，我想找对医院，彻底治，回去时再带上药，这个病太痛苦了，我多想你来陪我，有你山一样站我身边，可是又顾虑太多了，你别急，先想想再给我打电话，对不起，我这辈子拖累你了！让你跟着我受苦，你找谁都比找我强，我想尽快治好，好好爱你们。"妻子的信息让我无所适从，妈和女儿都已经睡着了，我把自己关在厕所里失声痛哭……

我决定去北京，这么多年的夫妻我了解妻子，我知道妻子这一次是实在撑不过去了。她以前就得过肾炎，那几年，我陪着她四处求医看病，每天晚上给她熬中药。她是一个耐受能力极强的人，能硬撑着给我发这样的信息，说明妻子已经到了心理承受不了的底线。我必须去北京陪她，我要放下一切去北京，在妻子身边，和她一起面对一起度过。我爱她，孩子们更爱她，这个家离不开她……我知道在这个世界上我比任何人都爱我的妻子及儿女，我可以为妻儿付出一切，包括我的生命……

稍后，我冷静后，给单位领导冀打电话请假："领导：我请几天假。"冀问我："去哪里？"我只好说："北京！"冀说："不行，这几天市局领导要来单位检查工作，很重要。"我说："你嫂子身体不好，我必须今晚走！"冀马上说："李哥，我和你一块开车去，明天上午就能看见嫂子了……"我坚持不让冀同行，放下电话，我赶紧收拾衣物，5分钟后冀来电话说："李哥，20分钟后，我开车在小区东门口等你，我必须陪你一起去……"

冀是一个在工作上很强势的人，是一个工作能力极强的人，也是一个很有领导艺术的人，在社会上是一个社交能力很强的人，做事有原则，有分寸，心地善良，为人豁达，仗义，守信用，很受人尊重。我自从和冀在一起工作三年，冀的善良、睿智、真诚让我敬重有加，我在秦都连续两次破格提拔任用，是冀一直在领导面前尽力举荐。平心而论，我的工作能力，政策理论水平，执法办案综合素质，全市系统人人皆知，可又能怎么样？

在秦都和冀一起工作的这几年，我受到了尊重，我感受到了关爱，我知道了自己的价值，我心安了许多，所以我尽心用工作回报所有关爱我的人，我拼命工作，小心处事，诚恳待人，刻苦学习，不断提高自己的业务水平。

冀在小区东门口给我打电话，说他已经到了。我立即给妻打电话，问她还需要什么？晓英说："把毛毛带来，我看见娃病就好了。"我放下电话，赶紧叫醒熟睡的女儿，孩子听说去北京看妈妈，在床上一个劲地跳。我流着眼泪给孩子收拾衣物，匆忙整理后，赶紧叫醒母亲，简单小心地说明情况，以免老人担心，受到惊吓，千叮咛万嘱咐母亲照顾好自己，因为母亲最近身体一直不好，走不成路，行动很不方便。我最近每晚一直给母亲敷腿伤药，用热水泡脚，我担心忽然半夜出走老人受惊吓，我更担心我走后老人生活等方面没人照顾，可没办法，好在母亲是一位极通情达理之人，她能感觉到我心里的难受……

在小区东门口，我打开车门的一刹那强忍着泪水，车内的温暖，音乐，让我瞬间感到平静。车开到世纪大道小郑的酒行，买了两箱西凤酒，四条好猫烟,一箱水,一箱饮料,冀在银行取了现金,我们就从高速入口上路了。冀为了这一路安全快速到京,请了"一笑堂"老板路坤开车。冀今天明显是喝酒了,我硬说服冀休息,让路坤开车,冀在副驾上躺下休息,我在后座上抱着女儿,上高速后不久女儿就睡着了。由于是深夜,窗外一片漆黑,看不见任何风景,再加上本来是孩子平常休息的时间,女儿自然就睡着了,冀很细心,给后座上放的毛毯、枕头,女儿躺在我腿上睡在整个后座上,我给女儿盖好毛毯,尽量让孩子睡舒服。车在高速路上狂奔,冀和女儿都睡着了,我本想闭着眼睛睡一会儿然后替换路坤,可我睡不着。我担心着北京病中的妻子,我知道她今晚也无法入睡,她此刻也会像我一样想念着对方,盼望着早点相见。我心里很难受,不知病痛会把她折磨成什么样子?这一段她一个人怎么熬过来的?她独自奔跑求医,一个人孤单地坐车问路,我心痛。在这个世界上我把她装在心里,我不愿她受任何委屈,不愿她受一丁点伤害,她苦、她病、她痛我心会流血。

深夜3点了,路坤已经开了七个小时车,我换下路坤,让他在后座休息。我虽然眼睛干痛,头晕,可我必须开车,我从深夜3点接车一直开到早晨10点钟,我几乎撑不住了,体力严重透支,可我必须让冀和路坤休息好。我从山西开进河北,离北京还有300公里,我叫醒冀他们。我们在服务站洗脸,休息,吃了早餐,加油后,冀开上车,冀对地图很有研究,一路很顺利于下午3点开车到了"中国现代文学馆"院内。我给妻子打电话说:"我们到了。"妻子奔跑着抱住女儿,那一刻我不知自己是何样心情,如不是有外人在场,我真会失声痛哭的,我把悲喜交加藏在心里,我尽全力控制自己的情绪,不让自己失态。我太想念妻子了,这个期间的分离已让我心里太苦,今天忽然见面我有点不知所措,我想不到,我们会用这种方式重逢……

冀、路坤我们一起走进鲁迅文学院一楼教学大厅,这是一个让人肃然起敬的神圣殿堂,冀、路坤我们一起照相留念,那个瞬间的欢愉缓释了疲劳,冲淡了忧郁。上四楼进入妻子的房间,稍作休息后,妻子提议吃饭,大家一起在妻子学院对面的一家饭馆吃饭后,冀和路坤受朋友之邀去玩,我和妻子、女儿一起回学院妻子房间,妻子提议带孩子去天安门逛一逛。我实在太疲劳了,开了一夜车整夜未眠,眼睛很痛,可我知道孩子来一趟北京很不容易,再者从明天起我必须陪妻子去医院看病,所以我硬撑着和妻子一起带孩子坐地铁去天安门广场、王府井大街逛。在天安门广场妻子给女儿买了北京的冰糖葫芦,在王府井新华书店给女儿买了《小巴掌童话》《做个有出息的女孩》等图书,在地铁餐厅吃了快餐,回到学院房间已是晚上快八点了。妻子学院管理很严格,不让外人留宿,即便是学员的亲属也不行。妻子的一同学回家了,我悄然休息于此,虽体力不支很是疲劳,可我怎么也睡不着,我在想明天去哪个医院陪爱人看病,这里人生地不熟,哪个医院可信度高,能够尽快让妻子减轻病痛,我必须尽快让妻子走出病痛,让她不受煎熬。看到妻子强忍病痛的样子,我心如刀绞……

24日早晨7点起床,我和爱人安顿好女儿,让孩子在宿舍休息好后,自己看看电视,上上网,房间有吃的,我和爱人坐车去医院。协和医院是全国比较知名的一所古老的医院,在我的印象中,这个医院应该是极具权威的一所医院,可我和妻子到此后,几经周折还是未能如愿,就连挂个号都难于上青天,一个专家号六百至一千元,还要预约。我和爱人在万般无奈后,给一票贩留下联系方式,去爱人曾经看过病须做三千七百元一次理疗的唐都医院。我和爱人一起见过这位女"教授",我以极其诚恳的心情向教授询问爱人的病情治疗情况,可这位女教授很不耐烦,以专业的术语让我和爱人一头雾水。我凭直觉感觉不太对劲,走出医院,妻子还傻乎乎地指着该医院门上的"医保定点单位"牌子说"这不可能是假的。"我和妻子随后来到"北京肾病医院",到此医院后我们才得知:这是一所针对肾病的专科医院,我顺利地为爱人挂上了号,在大夫为爱人看病的过程中,妻子将在其他医院检查的结果及开的药物给这位大夫看了,这个大夫说:妻子所拿的药吃了不起任何作用,前面所看的医院是个骗子医院,并说让妻子在这里住院接受物理治疗,随后开了药。看完病后已是下午三点多了,由于对这个医院也缺乏了解,我和爱人又担心女儿,我俩决定明天到这里挂个"知名专家"号再看一下后,再买药。我拉着爱人的手走出医院,北京很冷,虽然天气晴朗有太阳,可我心里冷冷的。我把爱人的手拉得紧紧的,我要给她力量,我要让她感觉到温暖,再大的苦难我会陪着她一起度过,我不会让她孤单,如果能够代替爱人生病,我会毫不犹豫地替换她,在我心里丝毫不愿让我的妻儿受任何委屈,亲人们难受我比什么都痛苦!

由于对北京线路不熟,加之急于回学校,我和妻子把车坐反了,等于浪费了一个多小时,回到学院宿舍后已是下午五点多了。女儿很懂事,一直一个人在房间,由于学院管理严格,在宿舍楼道安有摄像头,怕孩子出现被发现,晚上就无法在宿舍留宿了,所以女儿一整天一个人待在房间,不敢出声又不敢出门,真委屈孩子。难得9岁的孩子这么懂事。我在妻子房间洗了个澡,妻子用手机查询了明日挂号的情况,我和她商量了明天如何就诊一事后,我到爱人隔壁的同学房间休息了。

25日星期天,也是来北京的第三天了,凌晨5点我和爱人安排好女儿赶紧坐车去医院挂号,8点到医院后,医院说今天专家号已经挂完了,我们非常绝望,赶紧到挂号询问前台,有一位女职员接待了我,听完我的请求后让我去二楼17诊室,我恳求大夫"我需要您的帮助。"也许是上苍开了眼,我和爱人挂了号,这个专家60岁左右,人很好,听完爱人的叙述后,他说:"毛泽东的女儿曾在这个医院看过病,你可想这个医院的知名度。"在经过一番交谈后,他对爱人说:"你是作家,我们交个朋友……"爱人和我都很高兴,随后他给爱人开了药,并说爱人的病不是很严重,主要是因为心理压力太大,加之换了环境,饮食不习惯等原因引起旧病复发,让爱人按医嘱服药,不用做理疗,不用花那么多冤枉钱,有事就打他电话。我和爱人离开专家教授的诊室后心情很激动,在一楼大厅我专程去感谢挂号询问台的那位女士,她接受我的致谢。

看完病后我立即给冀打了电话,冀来北京本意上还准备和我一起请妻子同学、老师、学校负责人吃顿饭,答谢一下他们对妻子平时的关照,可这一次情况,时间都不允许,妻子曾在昨天约过老师和同学,可妻子教课老师和同学星期六去北大了。没有时间,所以在无比遗憾中只好就了结了此心愿,再加上我必须用所有的时间陪妻子看病,还有女儿要赶回去上学,所以我和冀沟通下午立即开车回咸阳,冀同意了我的决定。下午3点,我们一起在妻子学院附近吃了顿饭,我说服妻子带她一起回家治疗,她开始坚决不同意,在我和女儿的再三坚持下,她终于答应了。我要把她带回家悉心照顾,让她好好恢复,让她换个环境彻底放松和平静,我也会用尽一切办法给她治疗和调理,让她尽快好转、康复,我要把我的爱人带在我身边,我要让她感受到亲人的关爱和力量,我要在她最需要我的时候,紧紧地握住她的手用我的生命去爱她,陪伴她,和她一起面对,度过最艰难的时光。

下午 3 点 20 分,我们从北京开车踏上返程,晚上 7 点到山西平遥古城,由于是冬季,天也非常冷,平遥古城的夜晚非常冷清,只有一家饭馆开着门,我们四个大人带着女儿在平遥古城街道上转了一圈后,吃了一顿便饭便开车上路,深夜 4 点多钟到咸阳。返程我没有开车,一则这几天我太累,多日医院奔跑我体力不支。二则后座上我和妻子、女儿三个人很拥挤,十几个小时一直坐着,实在很难受,腰酸腿痛,我一直担心妻子会受不了,可好在她坚持下来了。车到中华小区,从后备箱中取下一个特大箱子,里面是妻子在北京的书及衣物,我去小区物业办叫来几个保安,给我抬到门口。到家了,我感觉像散了架一样疲倦,我看着妻子的倦容,心里很难受。睡吧,把自己放在床上,闭上眼,睡着了就会暂时忘记一切烦恼,忘却忧伤,太累了,真的太累了……

早晨起床后,我和母亲说了一会话,因为当时急于去北京,没有妥善安排老人的一切,还有儿子,没办法通知儿子,更重要的是怕儿子担心受惊,更怕儿子的情绪受到影响,孩子的承受能力毕竟是在他这个年龄段的,我就是再痛苦,也不愿让孩子受影响,因走得急怕儿子回家后短精神,娃一个星期才回家一次,我怕他吃不好,休息不好,父母都不在儿子身边,没人陪儿子,想到这里,我心里很难受,眼泪不由自主地落下。妈看见我落泪给我一边宽心,一边陪我流泪,妈说:“娃,你太苦了,这样下去你身体会受不了的……”我安慰着母亲,我更担心妻子听见,她会伤心的。

由于昨晚回家很晚,我让女儿好好休息,下午再去上学。在北京我已给女儿班主任、数学老师、托管班老师分别请过了假。让孩子休息吧,这个小精灵是那么让人爱不够!

153

妻子起床后收拾稳妥,我带她去彩虹医院。上一个月我在彩虹内科住过院,这里的医生、护士人都比较熟,科室张主任人很好,我给张主任说了妻子的病情后,张主任很赞同我的观点,立即开了住院手续,可在办理过程中妻子的医保卡未交费,住院部没法办理,我立即从医院打的去市医保中心交涉。返回医院后,妻子高压氧治疗已经做完了,我和妻子一起回家。说心里话,我对妻子在咸阳治疗很有信心,在进行肾病综合治疗的同时,针对妻子头疼头晕的症状,张主任建议妻子再加上高压氧治疗。他说,高压氧对脑供血不足疗效很好,再加上环境的改变,我想绝对会让妻子的病情好转。

妻子今天住院了,我安排好一切后赶紧去单位,处理了一大堆事情,中午饭也没顾上吃,紧张得要命。下午3点冀请了阴阳师给他父母看坟地,我和冀一块去了,同时也给父亲看了墓地风水。冀出于友情让阴阳师专程到家里看了风水。阴阳师提出书房书桌要挪位置,阳台需安窗帘,储藏室要透眼,厨房要放块北山石头,女儿房间需换窗帘。我依照阴阳师指点,全记下来了,我希望这些改变会给全家人带来吉祥和福音,让这个家庭从此改变命运,让一切变得顺畅,平安,我祈求上苍让妻子安好,让爱妻尽快康复。这时候妻子来电话说针打完了让我去医院接她。我本来准备开车去礼泉送阴阳师,现只好让胜平开车跑一趟,又因匆忙我和爱人坐朋友车到楼下,才发现我们把门钥匙和车钥匙放在一起给胜平了。我给胜平打电话,胜平告诉我还未到礼泉,返回咸阳还得一个小时以后。我和朋友、爱人一起只好开车出去到高科花园小区对面一酸菜火锅店,一边吃饭一边等胜平。看着爱人吃得很香,我心里又高兴又难过,这么好的一个女人,知性,漂亮,有才华,可老天爷为什么让她受如此磨难?我多么希望她马上康复,让我替她受过,让她从此美丽健康,事业如日中天,我愿意为她付出一切,我愿意这辈子给她服务,我愿为儿女做一切人世间父亲能担当的事情,让妻儿安康,幸福,我为这个家怎么付出我都心甘情愿,我要让我的妻儿成为世界上最幸福的人,我要尽我全力去爱他们,去守卫他们,保护他们。

女儿在5楼阿姨家打电话说她进不了门,我让朋友先送我回家照顾女儿,妻子陪胜平吃饭。女儿见了我一脸不高兴,很委屈,我很理解孩子,急忙给她解释让她平静。最近一段，尤其是爱人从北京回来，女儿有所失控，又有几分任性，有点小脾气，由于妻子身体不好，再加上家里单位一大堆事，我尽量控制情绪不说孩子，可我心里一直很纠结，毛豆的性格培养是个大问题，只要爱人在家这个孩子很难管理，一会儿一个事，也可能孩子的天性，童真，依赖母爱，有时候不讲理，胡闹，做事不专心，让我有些担心。

妻子从饭店回来了，情绪很好，我也可能是受妻子情绪的影响，打开电脑"挖坑"，我自己感觉上一天班实在很累，我也不愿参加朋友聚会，像什么打牌、吃饭、洗浴等娱乐，我只想回家和爱人待在一起，所以一旦爱人在家休息，我便上电脑放松一下，妻子走了我没心情玩了，更没时间玩了，今晚忽然打开电脑"挖坑"，我深深地感到妻子在家，这就是一个完整的家，这个家离开谁都不行！真的不行。

今天冀让我写一份关于我个人情况的材料，我晚上回家后和妻子一块写，虽然是一份情况反映，个人诉求材料，如果我一个人写，我可能会情绪不好，可我和妻子一块写，我无形中觉得有一种力量在支撑着我，我不孤单，无助，我甚至不感到那么难受，我感到有底气。我喜欢和家人在一起的感觉，妻子在家不管是干什么，睡觉，看书，上网，看电视，女儿、儿子喊着，闹着，我心里就踏实，尽管有时候家里有些矛盾，儿女个人有点小问题，我甚至情绪很不好，以至伤心难受，可这毕竟是骨肉之情，正因如此才会恨铁不成钢，才会用情用心，可不管怎么样我心在这个家，我心在妻儿身上。说教之后我常反思，我一直在调整自己，反思自己，我心里一直怕伤害妻儿，可由于年轻心智不成熟，方式简单，过去在很多事情上欠冷静，教育子女、对待妻子方式方法有问题，好心没有好结果。我在冷静之后很后悔，伤过孩子们的自尊心，但愿孩子们能够原谅，妻子能够理解，当然我会一直努力做一个好丈夫，好父亲，我会用一切来补偿妻儿，我会好好爱他们的。

妻子住院已经是第五天了，最近几天妻子状态还可以，我每天早晨开车送妻子，等她下午输完液我接妻子回家。我喜欢这一种感觉，每当我开车接送妻儿，心里就很高兴，觉得很贴心，我能为家人做点事，为妻儿减轻负担是我的责任，我乐此不疲，我心甘情愿。再说妻子这次回家为减少不必要的应酬专心治疗,本没有打算见任何人,我理解她。多年来,她总是把阳光开心快乐的一面展示给别人,把疾病、痛苦、不快自己悄悄咽下。

冀和朋友们几次提出请爱人吃饭我都推掉了,让妻子安心治病吧,只要她健康了,比什么都好,我喜欢妻子阳光、快乐的样子,我更喜欢她不停地在衣柜翻腾,一件一件地在镜子前试衣服。她做的菜很好吃,她有两个与众不同的特点,一个是数钱时爱笑,是那种开心的忍不住的眉开眼笑。第二是她能把一个普通的菜嚼得声音很清脆响亮,你看见她常常静悄悄地一个人看书、码字,小声说话,温柔腼腆,真让人能爱死,所以妻子就是我心中的神灵,是我的精神领袖,是她让我拥有这个幸福的家,是妻子给了我一双聪明、优秀、出众的儿女,我很知足,我忠于我的妻子、家庭,我深爱我的妻子,我要一生一世对她好,给她幸福,让她快乐,让她过好每一天!

妻子晚上洗了很多衣服,又和女儿洗澡,整个家庭一片祥和,岳父母坐在客厅说话,我坐在书房上网,房间灯火通明,这一切是多么的让人舒心,这样的冬日让人倍感温暖。浴室中的妻子,女儿,灯光,家中老人的身影,这是一幅醉人的画面,是人世间最美的生活,平静、温暖、安逸,我置身其中幸福陶醉,这一切难道不足以让我珍惜吗?我还奢求什么?真的,我要鼓足心劲,全心全意让爱妻康复,好好善待奉养老人,一心一意爱孩子,包容孩子,培养好一双儿女,给这个幸福的家撑起一片蓝天,让妻子孩子享受阳光,享受生活,享受欢乐和无尽的爱……

近一段冀为我的事一直在奔走,自己掏钱送礼。冀的身体也很不好,糖尿病很厉害,按道理是不能喝酒的,可冀为了我的事,也在尽力想办法,找出路,而且在平时工作中、生活中想方设法地安慰我,照顾我,尽一切力量和能力扶持我……

妻子病好多了,出院了,也准备回北京继续完成学业。这几天她在家里又是做饭,又是洗衣服,我看见她在家里,心里像蜜一样甜,家里到处是妻子的味道。说心里话,妻子从北京回来后,我每天在单位和过去一样忙,而且这几天单位事特别多,可我觉得心里很踏实,我不孤单,我有条理地干完单位的事,就急于回家,我知道爱人在家等我。可爱人去北京那段时间,我在单位心慌意乱,我每天也急着回家,是因为我回家等孩子,怕孩子回家孤单,这个家妻子若远行,家就不像个家,那种味道,太难受,就像把人的心拿走了一样……

2012 年 12 月 1 日

妻再度优雅地远行，如此淡定

爱人又去北京了，继续去完成她的学业。真不容易，这么多年，爱人一个人硬是靠自己苦读、钻研、勤奋，成就了自己。靠自己的善良、真诚、温和、忍让、宽厚，赢得单位同事朋友的敬重，靠自己低调、谦虚、不做作令大家认可。靠自己的《都市挣扎》在文坛有一席之地，能理直气壮当之无愧地受尊重，可这一切来之不易，其中甘苦和巨大的付出，是多么不易……就凭这些妻是值得让我敬重的，值得让我珍惜的，值得让这个家族骄傲的，更值得让孩子们为荣的。爱人给孩子们树起了榜样，她的品德、精神、风范应该是儿女永远的榜样……

3个小时前，我和儿子、女儿去火车站送爱人。按常理说这应该是一件很平常的事，可我心里很纠结，爱人刚出院，还未完全康复，而且要坐十几个小时的火车，担心爱人的身体，怕一路疲劳影响她的健康。从北京接她回家后，我就很自责，只想本意上快点把爱人接回家照顾她，一路上看见她在后座上难受的样子，我心疼极了。我这么强壮的人坐十几个小时车都受不了，更何况是爱人！这次走我应该让她坐飞机，可我怕惹爱人不高兴，我迁就她，我知道爱人怕花钱，不让我经济上有压力。这么多年一路走来，爱人跟我一起生活，为了这个家，为了两个孩子的生活，受尽了清苦，没有名贵的衣物、首饰。每当她说起同事×××每天都穿不同风格的衣服时,我心里隐隐作痛,她让我这个无钱无权的丈夫无地自容,内疚,自责。按妻子的年龄,应该是享受生活,展现个性的最佳阶段,更重要的是爱人现在的实际情况,经常会出席一些重要的场合,衣服饰品是一个女人重要的武器装备,能够真正体现这个人的品位和情趣,能够衬托出女人的高贵和典雅。妻本身条件不错,稍加打扮,再配备质地精良的服装,一定会气度不凡。这次从北京回家后,我一定要给爱人洗脑,一定说服她多买几件漂亮衣服,我要让我的爱人开心,快乐,幸福,我要好好爱她,不让她再受苦,不让她为柴米油盐操劳。我有责任、有义务让我的女人过好日子,我就是再难,也不能让爱人、孩子跟着我受罪,她跟我这么多年一起生活,从未抱怨过,一心一意为这个家付出和担当,受尽了委屈,我常为此自责,心痛。多好的妻子,这也可能就是患难夫妻,真情夫妻。

爱人上车后,儿子提议去同学新开的家居店坐坐。我明白儿子的心意,我欣然接受了。儿子的同学很有礼貌,非常热情周到,儿子的同学很阳光,当然现在的社会是一个个性和梦想驰骋的年代,是智商、情商并行的时代,我在与儿子同学袁翔的交谈中,切身感受到年龄距离带来的代沟。在儿子同学的身上,我看到青春浓烈的生命色彩,我认真感受着孩子们在想些什么,在说些什么,我在思考着孩子们热情创业的意义。袁翔是一个非常有思想、有天分、独立、自律能力很强,有责任心的孩子,是一个注定有一番作为的孩子,懂得感恩、担当……有这样的朋友,我放心。

儿子的同学毅然放弃学业,决然投身于社会的大学校,当然这无可厚非,人有多种活法,这样义无反顾不知是基于什么考虑,不得而知。我期望孩子能够从中得到启发,随着企业的发展壮大,得到锻炼,成为一位卓越的企业家,可现在的社会需要真才实学的人,遍地、满天下都是企业、公司。租个单元房,雇几个人,自己就是总经理,印个名片就是董事长,几个月后负债累累,关门大吉了。在咸阳世纪大道,投资一百万元开个饭店,几个月后转让,赔得血本无归,哭天叫地,刚开业雄心勃勃,整天开会、企划,准备开分公司、分店,想做大做强,甚至想做成肯德基、麦当劳那样的连锁店。可现实粉碎了梦想，所以当今中国很多企业已经觉醒，高薪引进人才，借鉴先进成功的企业文化，汲取、吸纳、消化国内外著名优秀品牌企业精神，走科学管理、高智能、多元化发展的路子，让企业良性发展，仅凭运气、苦干，若干朋友帮忙，已经是 N 个时代以前的老套路了，这样的店铺、企业是会被时代淘汰的，这是规律，是自然法则。传统、盲目，没有企业文化，没有科技含量，没有高端人才的企业是与时代发展不合拍的，那么这样的企业出路在哪里？

儿子和女儿要留下和同学玩一会儿，我先回家了。儿子在学校一个星期很紧张，很单调，让孩子放松一下也好，但愿孩子们在一起的交流，或者是儿子同伴们的积极进取精神，能够正面激励儿子，愿他们以正确的心态，审时度势，互相激励，相互帮助，相互陪伴，更愿他们珍重年华，把握时机，珍惜时光，珍重友情，走好人生的每一步，愿他们健康，快乐，阳光。

晚上 10 点多，儿子领着女儿回家了，女儿的脸上写满了欢愉，她的快乐来自于饱餐一顿肯德基，女儿用沾满番茄酱味道的小嘴亲着我，撒着娇：爸爸，袁翔哥哥请我吃的肯德基，而且很神秘地在我上厕所时，告诉我，爸爸，袁翔哥哥很牛，很潮。这个宝贝蛋爱死人了。

孩子们都休息了，我一个人坐在书房，整理沉淀一天的思绪，我庆幸自己找到了用文字舒缓情绪，减压的渠道，我惊奇地发现，我能轻松地从文字中得到安慰。有很多很多的夜晚，我的心灵与它们相伴、相依、呼吸，那是一种纯粹、自然的交融和谐。让我们彼此毫无防备地打开心扉，放下包袱，卸下盔甲，像大海接纳江河一样，水乳交融。我们在静静的夜里相互守候，相伴，相依，相诉，我用自己笨拙的笔，记录下少得可怜的印记。再次翻看这些光阴的记叙，总有感动，让我温润，让我成长，给我力量，给我抚慰，让我平静，让我淡定。

过去我曾经在爱人的笔记中，也曾在某些著作中读到对文字的敬畏，可现在我真真感受到了文字的神圣和魔力。

2012 年 12 月 8 日

繁忙中的牵挂

我洗完澡,看见妻子和孩子们在视频。我过去看见妻子的表情,她不停地问发生了什么事,并说把她吓的。原来儿子打电话时,她刚和几个同学去学校附近吃饭,菜刚上来,接到儿子电话,没太听清楚,感觉好像是儿子不太开心,一着急还断线了,她很担心,给同学说了一下急忙回到学校和儿子视频。

我看到妻子担心的表情心里很紧张,我极力对妻子劝导,一个星期没见,我很牵挂她的身体,我不知她康复得究竟如何?我太牵心了。妻子这次走后的这一个星期,我一直睡不好觉,我太担心她了,几个晚上我睡不着觉,我打电话、发短信怕惊着她,我只能在心里安慰自己说:"晓英好了,没事的,一切都过去了!"

女儿昨天晚上回家后很高兴地对我说:"爸爸:陈老师给我送了一个生日礼物,是一个密码笔记本,还有一个蛋糕,陈老师说是爸爸的一个朋友送的。"我看见女儿很开心,我什么也没说,我给陈老师发了信息:"陈老师,感谢你一直以来对我女儿的关爱,我夫妻很感动,愿我们成为一生的朋友,我爱人回咸后,我夫妻定会答谢。"陈老师回信息:"毛毛爸爸:言重了,有晓英这样的朋友我很高兴,再多的话都见外了,我只想看到孩子每天都是开开心心的,祝您一切安好!"

有这样的老师是孩子的福气! 人与人之间若都是这样多好!

2012 年 12 月 15 日

圣诞夜温暖的守候

早上给孩子们吃荷包蛋、包子、炒菜,全家人都吃得很舒服,7点我和女儿一起开车去送儿子到校后,再送女儿去彩虹俱乐部参加全市小学生彩排。早上8点整,我把女儿交给中华路小学带队老师,我随孩子走进排练现场,室内暖气很好,这让我些许安心,因早上临行前我急于下楼热车,怕孩子上车后车内温度低,没有注意女儿上车后,穿得比较单薄,直到彩虹俱乐部门前我才发现,我专门给带队老师交代了情况,注意女儿冷暖,万不能感冒。带队老师很重视,让我放心。我又给托管班陈老师打了电话,让中午给女儿把饭送到学校,因为我中午要接儿子吃饭,实在两头顾不上,昨晚给女儿怎么也做不通工作,女儿坚持让我给她送饭到校,早上全市各校整体排练结束后,返校回去老师想利用午休时再练习,下午正式演出,让家长给孩子送饭到校。女儿昨晚让我把她的小饭盒都找出来,还对我说:"最近爸爸都不爱我了,总对哥哥好……"我给她晚上用药泡脚时问她:"爸爸现在给你洗脚,你将来还记得不……"女儿说:"你如果骂我,我就会记住。你给我泡脚我就忘了,记不住……"这个小宝贝,真有意思,我知道她在撒娇。我心里知道,孩子是要疼的,是要从心里爱的,儿子、女儿、妻子是我在这个世界上最爱不够的人。

中午,晓英打电话让我速快递给她 30 本《都市挣扎》,说要开作品研讨会。这真是一个喜讯,我理解妻为之付出的心血,能在北京召开长篇小说研讨会,这是多少人梦寐以求的事情,我真为她高兴。这就是妻的风格,总会给你意外的惊喜,这是一个很好的开端,随之而来就会有令人振奋的喜讯和收获。

中午接到儿子,在世纪大道朝天门吃川菜。冀今天中午有事,打电话让我和老李接他儿子吃饭。冀的孩子很有意思,不喜欢吃面条,单位灶上今天是棍棍面,冀龙一听直摇头,所以我俩带两个孩子去吃炒菜。路上老李问冀的儿子有对象没有?冀的儿子很有意思地回答说:"我学习这么累,作业这么多,找对象顾不上,不要!"还说:"昨天我捡了五十元钱,交给老师了。"老李说:"你瓜子,交给我多好,我请你吃饭。"冀知道老李的作为,说:"你把娃带坏了……"

女儿晚上进门还带着彩妆,很是兴奋,像个小孔雀。我喜欢女儿这个情绪,洗完脸后,我给她泡脚,我很用心地给女儿洗脚,等儿子回家……

圣诞夜,不知妻子在那里是怎么过的。

2012 年 12 月 25 日

完美神圣的等待

这本笔记只剩最后两页了,早上 7 点 10 分送儿子到校后,我坐在办公室翻看前面的文字,心中有触动。这些文字记录着我每天近乎真实的生活。今年爱人去北京学习,是我写这些文字的土壤。儿子明年高考,压力很大,孩子状态一直不稳定,女儿太任性,各种习惯正在形成,性格的培养是决定女儿一生的大事。母亲多病,甚至还未从失去老伴的悲伤中走出来,加之我又忽然面临工作调动的局势,这一切真实存在,无法逃避,哪一件都是大事,还有多如牛毛的小事需我亲力亲为,所以我每天都是箭在弦上。

闭上眼睛想一想,很多的事,如梦中一般,那么让人不敢想。父亲忽然离开人世,把悲伤留给亲人,我工作的事忽然逆转……我是一个从不信命的人,可有时候你很难搞清楚人的命运究竟是谁在掌握。

人活在这个世界上有太多太多的不如意,同时也有太多太多的无奈,孩子小的时候,胆战心惊,惶惶不可终日,孩子每次小病,总惊得初为人父母的我们屁滚尿流。孩子大了,太多的不可预知的冲突、矛盾来了。

当然也是因为孩子让父母有了人生的成就感,孩子是父母的希望和寄托,是父母在人世上奋斗的动力和精神支撑。孩子给父母带来的欢愉是什么也不可替代的,那是人世间最美,最动人,最真诚,最纯净的财富。儿子明年考个好大学,就会以成人的角色走进社会,去书写自己美好人生的新篇章。爱人进修回来也是完成了自己的夙愿,在这个圈子也奠定了自己的基础。女儿渐渐长大了,将会是一个气度不凡、高雅贤淑、尊贵大气的才女。我的工作一定会因形势的转变尘埃落定。这所有的结局会天遂人愿,定会圆满而美好。这是一个神圣的等待,完美的等待。

2012 年 12 月 28 日

散文随笔

北京,这个冬季的灯盏

初来北京是盛秋,那时节,不管是近去鸟巢寻访 2008 奥运的豪迈,还是远赴长城临风岁月的苍劲,嘴里总是常挂了我们关中人的那句口头禅,美得很。也难怪不少人在自己的记忆里不约而同会留下北京最美是秋色的感叹。我却没有轻易做如此感叹,因为我此行北京,不是一次短暂的旅行,也不只是和北京的秋色做一次擦肩而过,算算自己的日程,整整四个月,刨去余下的半个秋季,我还要经历几乎一个完整的北京的冬季啊。想到这里的那一天,我在鲁院校园四处踏访,我甚至在老舍先生的塑像前久久不能挪移自己的步子,因为在立于鲁院塑像群的众前辈作家里,老舍先生大约是最深度京味的一个了。或许是他忙于平息四世同堂里的喧嚷,应酬茶馆门前的熟脸,我没能在老舍先生塑像前求得一份安宁自己内心志忑的告诫与提示。

老实说,随着秋的日子一天天在风中翻过,我在鲁院的生活变得越来越压抑和封闭,既走不出校门,也敲不开堆满床头的大师们的诗化或故事的门扉。更不必说写作,心中的焦虑把笔尖堵得严严实实。曾一度,我被自己的内心挤压得喘不过气来,当荣耀和想象都钙化成焦灼和自我质疑的石头,并筑起心中一道无法越过的坎,那份煎熬和苦涩不经历难以体味。我想,在我的前辈校友和众多学长们中,有类似体验者应不止一二。

169

　　跟着冬季真的就到了,在肌肤和地表没有做出强烈反应前,立冬日的短信提示让我心头一颤。我生在关中,生活在与北京温度相差无几的古都咸阳,按理说,对北京冬季没有畏惧的理由。可我的家人和朋友都知道,我是彻头彻尾畏寒的一个关中女子。立冬后的那几日,我像一个被逼披着征衣上前线的懦夫。更何况我要面对的不只是一个体表的冬季,还有一个内心的冬季呢。

　　惧怕中熬过几日后,我鼓足勇气翻开了记忆里的一个约定。那是得到入学通知时,我冒昧给未曾谋面的鲁院院长、乡党白描先生打了个电话,他说到鲁院后遇到什么困难就找他。入校后,我偶尔见到的几面,全都是他的忙碌,他在中国这片几近神圣的文学园地里恨不得把自己溶解为水滴的那份时间的挤压和心意的负重,使我不敢轻易打搅他。直到那日,白院长参与了我们的篮球赛后,从他的表情里我捕捉到他几许松缓的同时,也捕捉到了自己走近他的理由和冲动。

　　我跟随白描先生进了他的办公室。偷得几分钟鱼贯过程里难得的缝隙,自我介绍之后,我匆忙表述了自己眼下的心灵堵塞,在我急切等待话语回应的那短暂的数十秒里,他的大开的门被几次敲响。我知道我的时间占用是多么自私和负罪,我也自以为从他的眉宇间看到了,一个关中汉子在向一个初识的乡党表达那份无言的乡情。

　　大约一周后,一场初雪宣言了北京的冬季。奇异的是,我不但没有惧怕,我甚至有一份奔走其中的快意。慢慢的,我内心的冬季也在融化,似乎有一盏照亮冬季的小灯长明在我的心头。

　　有一盏心的小灯长明在心头,长明在记忆里,冬季将不再寒冷!

充满感动和感恩地敬畏着

9月4日,古都咸阳,我辞别亲友,踏上梦的旅途,将要抵达梦的门口,因为我口袋里有那张走进梦的门票。获取鲁院门票不是件轻而易举的事,先不说从一个省的众多有相同梦想的竞争者中脱颖而出,就说自己背囊里那部前后五年创作的长篇小说《都市挣扎》,也让自己有理由意气风发地进入这个梦中的院子。

放下行囊,把头高高地仰起,我的目光被鲁迅文学院、中国现代文学馆的标牌所吸引。我想,这就是我心中的姿势吧,这个姿势叫仰望。

我们每周一三五上午都有课,其余时间自己安排。课程涉及的范围很广,文学、科学、心理学、政治、舞蹈、音乐等。鲁院学习的途径并不仅仅是课堂,她留出大量的时间让我们自己去看去想去发现,为了使同学们更好更广泛地交流,每次上课同桌都会变。从这个细节上就可看出鲁院的教学风格。真正涉及文学的课程并不多,鲁院提供给我们的不只限于知识和技能,她会通过一个又一个活动把你带到那个氛围中,激发灵感、开阔思路,让你自己去感悟和体会。学校会在恰当的时间安排一些外出活动,去国家大剧院参加少数民族"骏马奖"的颁奖典礼,参观科学发展展览馆,参观国家卫星发射中心,同学们还和中国首位女航天员刘洋合影留念。在国家大剧院小剧场看话剧,组织学员去天安门广场参加升旗仪式等活动,激发我们的创作灵感。在这片沃土上,我们的视野开阔了,并站在了一个新的高度上。

两个多月后,我回家一趟。重新回到学校的那天,我又一次在鲁院门前静立了好几分钟,我的目光还是被那个标牌吸引,但这次望鲁院的姿势有所不同。

三个多月后的今天,当我坐在408宿舍写这个总结的时候,我知道,离开的日子已经进入倒计时,也就是说,我们的鲁院生活将要画上句号。这次做客鲁院,做客梦境,是起身告辞的时候了。在离开前为数不多的日子里,我用脚一次次丈量着这个不大的院子,用目光一点点品读着院落的所有树木,植物。

怎能忘记,刚来第一天报到时,班主任严老师叫我,直接去掉姓,亲切得像认识很久的样子。每次社会实践时,温华老师总是走在最后,看有没有人掉队。陈涛老师看了我发给他的文章后,第一时间约我谈存在的问题。本是老乡的白院长说,有什么困难你就找我。图书馆的井瑞老师看了我的长篇小说后,提出中肯的意见。还有保安、服务员以及厨房的师傅们和后勤处的老师们都是那么的可亲可敬。让人时时处处感觉那么温暖。怎能忘记,第一次联欢晚会,末末的“悄咪咪地,我来了”的集体爆笑;八月十五,水塘边月色下,手机伴奏跳舞的兴致;班长第一次开门“接客”时的即兴朗诵;第一次社会实践夜晚在北戴河沙滩上玩老鹰抓小鸡时的忘情;第二次去三峡,夜色下轮船甲板上冷风中戴着帽子围成圈一首接一首拉歌的豪迈;刘莉朗诵的《一串珍珠项链》惹得女生个个泪流满面时的真挚;小说、诗歌、散文研讨时,老师和同学们语言的睿智和锋利;课堂上,深入浅出的精彩讲解,以及拔河、篮球比赛时男生生龙活虎的风采……

不急,四个月呢,我们悠哉悠哉地玩着、逛着,一个个像个富翁一样,有这么一大把时间供自己挥霍。北大、清华、长城、香山、颐和园、雍和宫、国家美术馆、鲁迅故居、宋庄、798等地方都留下了我们的脚印。王府井、华堂商场、东方新天地、西单、秀水街、动物园、燕莎、奥斯莱特购物中心及鲁院附近的一家家精品小店,参与并见证了鲁十八女生寻美的执著。四个半月的鲁院学习转眼只剩下四十多天了,稍一打盹,只剩二十来天了,你恨不得重新来过,再给自己四个月。

感恩鲁院,她给了我和许多人不一样的四个月,一个灿烂的开始,一个写给自己,足够许多年阅读和回味的故事,我现在要做的,就是给这个故事一个真实而充满激情的结尾。充满感动和感恩地敬畏着,这既是我鲁院生活的结语,也是我走向未来的内心的号角!

唤醒幸福

北京西站,候车室,在鲁十八赴湖北三峡社会实践的队伍中,我和几个女同学闲聊。她们说,陕西的男人是不是很大男子主义啊? 我说,因人而异,我老公就不是,一连串说了爱人 N 多个好,一姐妹直嚷,你太幸福了! 我在家,即使例假来了,还得站在水池边流着眼泪洗碗。于是,我只好强行把对爱人脱口而出的夸赞硬生生咽了下去。候车室里那一列沉默的表情,其中有一部分刚从家里出来,有一部分将奔家而去。瞬间,对家的思念不可遏制,坐在车里,一路上都在想家,想家里那个人的好,这才发现,自己原来这样幸福!

结婚距今已经十八个年头了,十八年来,我们一起经营、守护着这个家,每次想起,我都深深觉得自己是那样的幸运。这些年来,我做了无数个错误的决定,唯独在这件事上,我是多么的正确啊!

刚认识他,那年春节回家,我拿出一个月的工资办了年货,天天坐在老妈的土炕上望着窗外,正月初五那天,穿着大衣挺拔魁梧的他出现在我家院子的景象永远定格在我的记忆中,半年后,我们结婚。没多久,他就被调到基层工作,每次去看他,离县城 20 多公里乡镇那个简陋的房间留下我们多少温馨的记忆。儿子出生后,我不想继续跟公公婆婆住,在外租了房子,两头为难的他为了我,不得不在父母强烈的反对下给我搬家,那时所谓的家,只不过是一些生活必需品罢了,没有案板,我们在茶几上包饺子也觉得无比幸福。

1997年,我所在的单位效益不好,那时下岗做生意的人很多,我停薪留职在县城租了门面房开始做服装生意,他一有空就陪我去西安进货。一年后,看到自己在小县城的生活和在西安、咸阳工作的亲戚朋友的生活差距太大,不安分的我带着儿子和小保姆又开始去咸阳打拼,他只好再次给我搬家。此后,他的工作一直调不到咸阳,想尽各种办法最后勉强调到距咸阳还有50多公里的礼泉县。他那时住的房子夏天漏雨,冬天窗子关不上,只好用绳子拴着。那样的环境,他一待就是十年。

我爱好写作,那时没有电脑,他的字写得很漂亮,就经常给我抄稿子,有次把我一个短篇小说连抄带改,竟然面目全非,令我哭笑不得。买了新房,装修时,他特意给我定做了一张大书桌,无论他搞得多么整齐,我总会在十天之内翻得乱七八糟,自己看着都头大,想整理却无从下手。往往某天下班回家后,书桌又恢复了以前的整洁。

非典那年,我病得很重,父母和哥哥束手无策,他带着我四处求医,每天晚上给我熬好中药,看着我喝下去。我开始写长篇小说时,周末早上一进书房,他给我放下早餐和水果后就轻轻把门关上,把孩子带到一边,绝不打扰我。平常下班后,要是很累或者心情不好,我饭也不做倒头就睡,他总是默默替我关上房门,自己在厨房叮叮当当,等我睡醒后,热菜热饭就在餐桌上等着。女儿学了四年舞蹈,每周两次,我送孩子的次数屈指可数。女儿说,人家都是妈妈送,就没见妈妈送过她几次。这时,爱人总是耐心地给孩子说,你妈在写作,不能打扰。事实上,我有时一个上午什么也写不出来,很惭愧。他自己几年都不添一件新衣服,却总是叮咛我多买衣服,穿好一点。说男人挣钱就是给女人花。

我是个一根筋的人,什么事情认准了就非做不可,经常撞了南墙不知如何收场,回家,在他面前鼻涕眼泪的,丝毫不顾及自己当初的坚决。他一出面,保准搞定。平常,家里有什么好吃的,他坚决不吃,并且让你相信他吃得很饱或者那东西他一点也不喜欢吃，可是当你和孩子实在吃不完剩在那时，他才去吃。家里饭做得多了，剩饭总是他的，我和孩子的汤汤水水，他一股脑全倒进自己碗里。饭做得欠时，他总是说自己很饱，根本吃不下。

我来鲁院上学后，孩子和家都交给了他。两个月了，我们不常打电话，也不常发短信，怕煽情，怕勾出对方和自己的泪。只是在忙碌一天、夜深人静的时候相互鼓励、相互报平安。"家里没有你的味道，实在不像个家。"这是他发给我的最煽情的话。看到这行字，我泪流满面，只想把头埋在他怀里，任泪水纵横。

和女友出去逛街，她爱人不时打电话查岗，说和朋友逛街，不信，非要身边的人接电话不可。同事的妻子打电话，无论何种情况下，接得慢了或是不接，天都会塌了，要命！我们之间从来不会出现这种状况，那是源于我们对彼此的信任。

他对我的理解支持包容远远胜于我的父母。经常，我会庆幸自己当初的选择，比起人家，他挣的钱不多，干的事不大，但他却是最适合我的那个人。这些年来，我们早已像两棵最近的树一样，年深日久，根根相交，枝叶相连，互依互存，少了谁都不行。

十八年来，夫妻之间没有矛盾那是不可能的，好在，遇事我们总会替对方着想，在彼此的家人中为对方开脱。

昨晚做梦梦见他来鲁院看我，我让他乘电梯，他却一溜烟跑上了楼梯，冲着我傻笑，笑得那样明朗，那样亲。醒来，眼泪簌簌而下。

走在街上，阳光暖暖，没有人注意到我眼里的笑意，想着他的好，心里溢满了幸福。这样的冬天，我只想回家，守着他和孩子，哪怕是一碗青菜挂面，我也会吃得十分香甜，也会幸福无比。

文学是你的天空吗?

电话无端叫起来,号码很陌生! 心情不太畅快的我自觉地选择了和这陌生的家伙较点劲。不接! 不接! 就不接! 可最终还是败下阵来,毕竟我不是个内心坚硬的人,又或者说,不畅快的心境其实给了任何怀揣善良的陌生一个充满想象和期待的邀请!

大出我意外的是,陌生电话的主人竟然是记忆里那个像只熟透了的红苹果一样的女孩小雅。

小雅是故乡小城一个文学青年,几年前的一个近冬的日子,她捧着她的一大叠文稿,来到了我的面前。她那红彤彤的脸孔被有些寒意了的风武装成一张你无法拒绝的门票,但我还是给了她一个无情的拒绝。因为那拒绝,更为了减轻因那拒绝给她红苹果似的脸孔抹上了一丝阴郁带来的痛感,我们有了一次又一次,然后若干次的交往。

我和小雅的交往大多因为文学。在那个水资源匮乏的千年古都,我们一次次用文学的梦想把咸阳湖那一片水岸黄昏时刻的夜空布景得很是瑰丽! 记忆中,小雅留给我最有力量感和想象力的句子就是,地上最美的地方是天空。

记得她说这句话的那个夜晚,天空其实有些暗淡,夜深得带了几丝恐怖感,但她一直努力维系着语言的链接,一直在就我的长篇小说《都市挣扎》的初步构想表达她的羡慕和期待。不久后我才知道,小雅选择在那个晚上和我告别,想必她心里应该有更多的话想跟我说的吧。那个夜晚是我之后两年多常常会不经意触摸的一个痛点,虽然淡,更没有清晰的理由。生活大体就是如此吧,有时候淡其实是一种浓的极致,没有理由的背后,却常常隐含了某个巨大的内在逻辑和必然。

记得在我掏空自己完成《都市挣扎》后的一段日子里,小雅不止一次被当作贵宾出席了我的梦境,她在我梦里说的最多的还是那句话,地上最美的地方是天空。她还一次次就这句话做出解释,说我这个完成了长篇的人,曾是她这个把发篇豆腐块文章变成莫大光荣的文学青年的天空。有一次她自问自答,你的天空会是什么呢? 鲁迅文学院应该是你的天空吧! 醒来后我即刻意识到,这所谓的小雅的解读不过是我自己内心的反射。苦的是,每一次醒来后关于小雅何去的问询总是没有一个确定的答复。

我不能不惊叹天意弄人,在我来到鲁院两个多月后的今天,在我遭遇创作瓶颈,对自身才华、学识乃至于意志力都产生严重的自我质疑的特殊日子里,小雅用一个陌生的电话号码敲响了我这扇几近锁闭的心灵之门。我无法料想接下来将会发生什么,至少,在我站立鲁院门前的567公交站牌下等待她的时光里,我感觉到了我身上有一种东西被唤醒,即使我一时还不能定义那被唤醒的东西叫什么。

苹果! 还是那张苹果般的脸孔! 但小雅实实在在变了,甚至可以说是惊人的变!

我想,我有理由失望,我甚至有理由不和她相坐小店,用一碗爆炒面填补我们两年多没有音讯的时光带来的空荡。却又很是奇怪,我的目光没有力量从小雅的脸孔移开,我的听觉更是被她俘获了一般,用心听取她吐露的每一个与文学无关的句子。

小雅说她和我咸阳湖告别后的次日就踏上了来北京的列车。小雅说北京是她曾经的天空,但在北京熬过最艰难的一段岁月后,她渐渐体会到,天空其实是用来仰望的,用它取暖的成本实在太高。于是她修改了她的句子,她说,地上最美的地方大概是故乡吧!

小雅还告诉我,她恋爱了,一个漂在北京、来自秦川平原的愣头青。没多少文化,做一份不算很体面的工作,但很会疼人。他们原来打算在北京等机会,但现在不了,再过几个月,最好能赚够在她男朋友老家的县城开个小店的本钱就一起回去……我听得几乎入迷的时候,小雅突然抬眼凝视着我,告诉我,她早几天才从家乡的朋友那里知道我现在在小城的文学圈好风光,又听说我在北京,而且还上了鲁院。接着小雅极度真切地问道,姐,进了鲁院是不是就会成为著名作家啊?

我突然半晌无语!我想我大概被问傻了吧。沉默好久之后,我竟回答她,从现在起,我不再是作家,我只是一个认真思考和生活的小妇人!

是的,至少在这一刻,有一股清新的气息突然从我心的隧道中喷薄而出,我几乎有了要大声歌唱的冲动!作家不再是我的标签,我就是我故乡村落或街市上的一个小妇人。

在小雅背影没入夜色的那个刹那,我终于知道那被唤醒的东西叫什么了,那是每个人心中最容易被忽略同时又最坚守的一片柔软的领地——乡情!

谢谢你,不曾预约的家乡小妹!虽然我很想问一句,文学还是你的天空吗?但我坚定地把我的关切和好奇克制住了。我想,既然你已经知道,天空是用来仰望的,用来取暖的成本太高。何必再需要另一个答案呢?

被剽窃的浓情

这不是一个适合约会的日子,的确不是。

北京今冬的第一场雪,来得有几分夸张。从地铁口一出来,我就被冷风噎得不得不倒退着走路,夹杂着雪粒的雨一个劲地直往脖子里灌,快化成水的雪踩上去扑哧扑哧的。撑伞的手被冻得通红,我急急寻找回学院的公交车。

这样急切地返回学院,并不是说我对这场雪有了畏怯或情绪上的抵触,而是因为另一个措手不及,原定月底一周的远途社会实践因故提前。来京时只带了几件应付北京初冬的小棉袄,大衣和羽绒服都准备在这里买,两个措手不及让我不得不暂时放下通常面对寒意时的那份矜持,以及应付远旅时的那份从容。不过,想来也未必是件坏事,在北京街头踏雪寻温,当有几分诗意的吧!

可刚刚鼓舞起来的诗意就被亚萍的电话掠去了。

亚萍来电话说她在北京,和爱人、女儿来参加表弟的婚礼,晚上八点回咸阳,走之前想见见我。于是约定下午四点来鲁院看我。挂了电话,几乎喜出望外了。有人来看我,何况来自家乡,更何况还是文友。

亚萍曾写诗,早期以东方冰子的笔名发表过一些诗歌,后来基本上不写了，现在经营一家茶室。我想，与茗香作伴，的确是亚萍一个不错的选择，至少在我看来，她是个飘着清香的淡雅女子。她现在很少写，但想必对文学的那份热情并没有彻底冷却。听说我要来鲁院学习，比她自己去上学还要高兴。临行前，她和一帮文友为我饯行，叮嘱我到鲁院一定要写日记，说要跟着我的文字上鲁院。有了这份叮嘱，等她到来的这段时光变得有些别样。

　　什么时候我为一次寻常的会面这样用心、专注过？整理房间，备茶烧水，洗水果，给孩子准备零食，还给这些天备受冷落的窗台上的那盆绿萝也浇了水。课表、学员名单、鲁院生活剪影等她感兴趣的方方面面都准备好了，甚至连久未整理的衣柜也被我临幸了一回，因为小姐妹见面，通常连衣柜都会被检查的。角角落落都是等待检阅的表情。我设想了无数个走近的细节，展开了一幅关于乡音、乡情聚会的豪华想象。我甚至已经看到他们一家从鲁院大厅进来，微笑着向我走来。她的小女儿向我展开了双臂。电话仿佛窃听了我的心情，欢快地响了。我一边抓听筒一边穿外套，我想她已经到门口了，我要飞奔下楼接她。可是亚萍说，他们在鸟巢附近的科技馆，等了近半个小时，还没打上车。已经五点了，还得回表哥家拿东西，八点的火车。怕是过不来了。

　　我说，再等等吧，马上就会打上车。说这话时，我心里其实也没底，北京车难打众所周知，何况是这样的天气，鬼知道得等多久。

　　打不上啊，我和孩子站在厅里，他爸在路口等车，都要冻僵了。

　　再等等，没准几分钟就来了。你来之前咋不早早跟我联系，搞得这么紧张？话一出口我就知道，自己简直被这突如其来的变故击蒙了。

　　放下电话，我着急地百度从鸟巢到文学馆的具体路线，恨不得马上到哪里调一辆车去接她。二十多分钟过去后，亚萍又来电话说，他们上车了，不是来我这里。取了东西就去火车站。车难打，可能还要堵，不能错过火车，回咸阳再见。

　　回去见？握着听筒，我半天无言……

　　之后好一阵，我呆坐床沿，望着窗外的那棵老树，似乎想望出一个答案，谁剽窃了北京今冬这场初雪和亚萍联合为我制造的这份浓情？风雨的寒，还是满城车水马龙凝结的冷意？答案也许有，或者没有！我想已经不再重要！见是情，不见何尝不是情？一如亚萍，她曾经的句子是诗，她现在的茶香何尝不是诗?！

从床沿起身，我把窗口推开一道透风的缝隙，我要让这个随冷意徐徐降临的黄昏知道，这场初雪以及关于它的全部记忆都一并收留在了我岁月的卷宗。

其实我还想说，这是个适合约会的日子，至少我参与了一场心的约会！

学会给今天一个确认

不知道为什么,最近总是莫名其妙地早起。

散步时,不知不觉又来到鲁院附近的十字路口,那是我们曾约定见面的地点,可是,她爽约了。女孩叫刘宁,是我来鲁院时在火车上认识的老乡。那个傍晚,当我坐在驶向北京的列车上的下铺,专注地在看绿 A 螺旋藻的说明书时,卧铺对面的女孩打断了我。

你好,你知道三个儿子的子拼在一起怎么读?

好清秀的一张脸,眼睛很黑很亮,笑起来眼角弯弯的,好可爱。我在手机上百度,很快搜出了读音,念 zhuǎn,谨慎,懦弱的意思。

女孩 25 岁,在设计院工作,家住咸阳毛条路,来北京看望国防部工作,计划在明年春后结婚的男朋友。得知我在报社工作,写了部小说,去鲁迅文学院上学时,女孩兴奋得不得了,告诉我她也有文学梦,非常想当记者。话题由此深入,她谈兴很浓,有几次我想起身去洗手间都不忍心打断她。我们相谈甚欢,发型、服装、最近的网络事件等等无所不聊。她看着我手中的说明书,说保健品不能经常吃,还是得锻炼。她居然在卧铺上给我教起了瑜伽,热切地告诉我只要按她教的坚持三天,小肚子就会减下来。看着她眼中闪耀的光彩,我一下子喜欢上了这个大刘海女孩,她管自己和鲁豫一样的发型叫作大刘海。

爱人打来电话，得知我和女孩聊得热乎时说，千万提防和你套近乎的人，注意自己行李，别被人骗了。

怎么会?!

次日早下火车时，她一手帮我提着行李，一手拉着我出站，说男朋友来接她顺便把我一送。反正我也不知道路，本想出站后无论多贵都直接打车到文学院，这下有她带路，何乐而不为？出站时，我们自然地手拉着手，迎着北京初秋微凉的艳阳，谈笑风生地约定周末一起出去逛街购物。哈哈，到她男朋友把我送到时，我已经答应明年参加人家婚礼了。

实话说，我是一个不怎么容易和周边融合的人，即便在工作几年的单位，也找不到一个可以和自己一起逛街的人，更不要说亲密地手牵手了，我总是进入不了别人，别人也进入不了我。大多数时候，人人见面寒暄，内心里却很是隔膜。

一段时间后，晚上十一点多了，女孩在微信上说：姐，你在那边一切习惯吗？我这几天在学做菜，你明天有时间过来吃吗？这个周末我要去北戴河拍婚纱照了，呵呵，激动啊！你还好吗？

实话说，除了妹妹雅丽外，很少有人这么亲地叫过我，在北京这么一个举目无亲的地方，几站路之外火车上邂逅的家乡女孩居然这么亲切、这么自然地叫我，心里一热。当然很想去她那里看看，两个咸阳女子在北京一起做一顿地道的家乡菜，享受乡味、乡情，这的确是我这段时间以来最想实现的心愿，尤其是最近味蕾一直在拒绝餐厅的饭菜，执著地转遍了附近所有的大街小巷，还是没有找到一家陕西的饭馆。但是第二天我有别的事，想着时间长着呢，随便哪天都能见，就说改天。

又一个夜晚，女孩把她的婚纱照发给我欣赏，并约好周末来看我，接我去她那里，她说，让我周六上午十点钟在鲁院附近十字路口等她。谁知当天一大早，她突然来电话说，原计划元旦回咸阳，母亲生病了，得提前回去。

被一个孝顺的女子爽约了，心里隐隐残留几许遗憾，但丝毫没有怨尤。直觉告诉我，这很可能是个将要深切参与我生活的朋友。因为有了朋友的意念,这次爽约很快被转换成了自己的生命感悟,如果有下一次,我不再会轻易说改天!即使明天多么绚烂,即使时间真的还长着呢,属于你的还是确定的今天!

　　那就从此学会,在每一次早起的时候,给即将展开的今天一个内心的确认!

绕不过去的话题

中年妇人,孤身在外四个多月,别人的体验如何我不敢妄断,对我自己来说,几乎每天都在做同一件事,绕开爱人这个话题。为什么要绕开,却不是短短几句话,一篇短文,甚至洋洋数千言能说得清的。那索性就不说了吧。

可偏偏又不得不说,即使绕着也得说。因为同行三峡的几个女同学在上火车的伊始就把话题扯到了男人,还直指陕西男人,哪由得我这个唯一的老陕不参与呢?

那就说。

话题从陕西男人是不是大男子主义开始。我对大男子的定义本来就没有具体的概念,何况又上升到了主义,什么东西一旦被主义了,那势必复杂得让我这单纯头脑和心智难以承载,所以我赶紧声明自己结婚十八年来,还真的没有关于大男子主义的认知和体验。这随口一说,竟引来一个姐妹的尖叫,继而伤心哭泣。在接下来的时段,我们这个由女同学组合的流动空间里,展开了一场关于爱人的声讨会。从家务到工作,从生理到心理,从物质到精神,几乎无一不涉及。既然话题跳开了陕西二字,我也就有足够的理由做个纯粹的听众了。但我并没有闲着,事实上我也不可能闲着。同学们的话语像一面面小镜子,被我偷偷拿来照射我自己的情感和生活。

有同学说起她和她爱人相恋的浪漫,瑰丽得简直有点像春雨珠下的花蕾,我却忘了羡慕和赞叹,而只是记起我情窦少女岁月里那个正月初五,他十足一个不速之客,魁梧地立于我家小院。他的爱情宣言是那么的平淡无奇和捉襟见肘,我认识你好久了……这句话,半年之后推开了我的婚姻之门。

同学们交流最热烈的自然是她们各自爱人的打拼和事业有成,话语虽然披着埋怨的外衣,但那外衣下的自豪和得意就像犹抱琵琶半遮面中的俏丽,其实是可想而知的。可我并没有去猜度别人的自豪,因为十八年素朴又略带酸楚的点点滴滴,在这一刻,聚合成了一场我内心的洪荒席卷而来。偏僻小镇上的那间破陋小屋,漏雨的屋顶和根本无法抵御寒风的窗台和他一伴就是整整十年。这十年,我把我的文学梦滋养得豪壮而任性,他却把他的魁梧和爽朗压制成几分苦涩和无奈。乡村小镇那根用来牵住房门抵挡风雪的绳索,儿女学堂门前那条记录父爱的石凳,还有餐桌上常常热了又热固执地守候我共进晚餐的饭菜,更不要说几次病中相陪四处问医的苦旅,以及病床边那个把陪护当做神圣的疲倦的身影。

在同学们争相对男人做总结陈词的时候,我在内心对自己发出严厉的质问,为什么总是有意或无意间试图绕开爱人这个话题?

因为自卑?说实在的,我无法排除这个因素。我的老公头顶没有可以显耀的标签,一个不发达地区的基层公务员,用十八年也没有走完从县城到省辖市的那段命运长旅。我的老公也不是许多同龄女性赖以豪迈的取款机,一份聊以为生的薪水,支撑不起我任何的华贵。我不得不承认,在很多场合我选择无言,即使被强烈要求参与其中,我也只是几句套话应付而已,真正深层的心理动因是,爱人不是我足以亮给别人的名片。

而今天,我突然找到了一个新的动因,自责!自责一经跳进我的脑际,迅速参与了我内心的洪荒。许多个关于命运的如果像春风下的嫩芽肆意地长成我记忆里的叶片。这个奔赴三峡的旅途之夜被一个个如果——说不定——挤得满满的。直到列车通知要熄灯,先前因为我随口而出的那位同学惊叫一声,韩,你怎么了?我才猛地发现自己泪流满面。我告诉她,刚才我给爱人发短信了,我说他是我一生最正确的选择。把恋爱故事讲得最浪漫的那位迫不及待地追问,那你爱人怎么说?我抹抹眼角的泪痕,把手机里爱人的那四个字的回复亮给她们看:这就对了。

约会自己

两个月前，我带着亲友的祝福和期望来到鲁院。在这里，我期待摄取什么，是温度还是滋养的力量？抑或是坐标，坐标最能点亮心的方向。

寻觅，在北京，在街市。

我是一个带着心事行走的孤独者，冷寂是我此刻的表情和外套，即使置身同学之中，我的目光也无法链接一个精神的支点，更不要说那情怀的笔尖，在空蒙的探望里偶遇一次深长的打量，在久久的堵塞中完成一次彻底的解冻。

夜晚的北京流光溢彩，缤纷无限，我心茫然。

晚上，老家的朋友打来电话，问我，鲁院怎么样？我一时语塞，不知从何说起。面对听筒那边的热切，我的嘴巴却像冻住了一样，不想打开。

来鲁院两个月了，同学之间虽不十分熟悉，但显然已不再陌生。但我却是一个带着心事行走的孤独者，不愿打开自己，不愿链接别人，不愿呼唤，也不愿被呼唤。心里特别堵，特别闷。

因长篇小说《都市挣扎》在陕西获得的关注，使我有幸领到了这张进入鲁院的门票，参加这场为期四个月的文学盛宴。最初的新鲜感之后，我陷入了一场巨大的困顿之中，这几天眼皮跳得就像一场战争，睡不着觉，吃不好饭。很迷茫,也很困惑。总是在不断地问自己,我是谁? 我在做什么? 我为了什么? 在鲁院的这四个月,我要为生命留下什么? 要为文学留下什么?

来鲁院之前,我只顾着接纳赞美和羡慕,像今夜的寒风一样,这个时候的思考让我永远记住了临行前那顿晚餐,那些送别的亲友的祝福和期望。

一个人到院子散步,坐在树下,坐在巴金的雕像前,我感觉自己和自己约会,和文学约会,以前总是和别人约会,今天,在北京,我完成了自己和自己的约会。

文学世界是安宁幸福的世界,这个世界的幸福甚至要超越任何信仰的幸福。文学本身就是一种信仰,每一个生灵都有权享有这信仰的光芒。这意思并非我说的,而是顾坚。他说,你真想写作吗? 多看看今天的文学杂志吧,他们都写那么差,立刻就能促使你进入写作状态。你想休息,也好,多读经典和古典,读着读着,你自然就会停止写作计划,你会自己觉得自己在制造垃圾,非常无聊,这时,你的懊恼证明着你的高度。最近,我也是这样,别说是经典,就是看同学们的文字,我觉得别人都写得那么好了,我又能写出什么呢? 人家的那种语言那种构思你怎么才能学会呢,那么多的经典作品没有看,我该怎样才能补上这一课? 总是有一种来不及的感觉。在深深的沮丧中,鲁院,让我完成了一次对自己的检阅。

在鲁院,出版一部长篇小说根本不算啥,哪怕你是什么重点扶持项目也不行,甚至都羞于拿出手,真正牛的是那些在各大主流刊物上频频发稿的、进入选刊或被选入年选的作家。再牛一点的就是获得各种大奖的。我想,这里的每一个人都比我强,我该怎样努力才能赶上啊? 越是着急越是什么都写不出来。在来鲁院之前,我看到上一届的朋友在博客中写道:在鲁院,越听越不会写,越是看人家的越不敢动笔写。鲁院,是一次清空之后的再注入。

鲁院,是一场无声的战争,文字是最会欺负人的,在第一次学员作品研讨会上,邱华栋老师说,大家都是木匠,你打一把椅子拿出来看看,你在什么段位一目了然。除了上课和集体活动之外,大家都是关起房门各自用功,看看同学们的文字,再看看自己的文字,语言干巴巴的,没有张力,一点也不灵动,大多数都属于无效语言或低效语言。这样再写下去,意义何在?不是在制造垃圾嘛。我不知道他们都读了哪些书,怎么会这么厉害,我该怎样才能补上这一课?后边这两个月该如何坚持下去?

自从长篇小说《都市挣扎》出版后,我基本上处于一个停滞的状态,那种急于表达的强烈愿望消失殆尽,很长一段,我觉得自己枯竭了,脑子空空如也,我总是渴望着哪一天被突然触动,灵感就像关不住龙头的自来水一样哗哗流淌。写不下去的时候,我会试着在键盘上敲击心里的一些想法,期待能够找到语感和书写的速度。

我想,不要着急,也不要对自己期望太大,自己只不过就是一个平凡的小作者,一不小心来到了鲁院。在这里,我只需要用谦卑的心、感恩的心对待这次学习的机会。好好努力,不辜负这次机会就行。

在鲁院,收集眼里的风景,沉淀人生的感怀。

在北京,要寻觅、要感怀,更要珍惜。

鲁院,让我完成了一次对自己的检阅。期待自己创作新境界真正的开闸来临,希望我在敲击键盘时,跳出的字句是和我的灵魂相匹配的精神符号,而不是文字垃圾。

感恩·感念·感激

在坚持文学创作十余年后的 2011 年春天,我以城市文化打工者为对象的长篇小说《都市挣扎》终于杀青,我无法预知这部小说的命运,更无法预知我的未来。但是现实给我预约的惊喜接踵而至,小说得到文学评论家李星老师的肯定,他在《一代文化打工者的命运和心灵映照》的序言中写道:"韩晓英以自己的血泪文字,不仅勾勒出了这个时代的大轮廓,而且留下了关于这个时代的许多生动的细节。《都市挣扎》是心血浇灌的扎根在丰厚的时代土壤之中的生命之树,它的美在于朴素、真诚、自然。"

我深知这是文学前辈的热情鼓励,正在书稿规划出版时,始料未及的是获得陕西省委宣传部重点文艺作品资助并纳入百名陕西作家集体出征"西风烈"丛书,成为咸阳唯一获得此项资助的作家,被列入咸阳市 2010 年度十大文化大事之内。这无疑是对我多年来文学梦想最强有力的鼓励。小说出版后,来自各方的赞扬、鼓励包括批评,我都万分感动。更让我没想到的是在小说出版一年之后,去年 9 月,我接到陕西省作协通知,获得批准到北京鲁迅文学院参加为期四个半月的高研班学习。

也许是每一次幸运都来得特别突然,总会让我在欣喜之中泪水满面,这是一种前所未有的幸福感,无限的感恩像是从我心中流淌的暖流,感恩命运,感恩时代,感恩我们这样一个文学大省对于一个普通写作者的关怀,更感恩各级领导、老师、同事、亲友及方方面面的支持和鼓励。正是带着这种感恩与幸福,2012年9月初,我告别古都咸阳,踏上赴京的旅程,当我和来自全国各地的48名学员走进中国现代文学馆、置身鲁迅文学院时,我的内心充满对文学前辈的敬重和仰望。

四个多月的鲁院学习生活紧张而又丰富,每周一三五上午是上课时间,文学、科学、心理学、政治、舞蹈、音乐、电影等课程,可谓知识密集,堂堂精彩。此外大量的课余时间,研讨会、座谈会、各种沙龙、在京参加各种文学典礼和到河北、湖北等地的社会实践,我们不仅置身鲁院的小课堂,更置身于社会大课堂。此间最重要的两件大事鼓舞了所有的学员,一是党的十八大在京召开,一是莫言(也曾是鲁院学员)获得诺奖,前者让我们通过对会议精神的学习,强烈感受到文化强国时代的到来,一个作家所应肩负的时代使命,后者让我们信心满怀,中国文学已经受到世界的关注。鲁院为此举办的祝贺莫言获得诺贝尔奖的书法展收到来自全国各地著名作家的贺词,我省著名作家贾平凹先生的贺词是:神龙垂云海水立,天马行空尘沙开。是的,这一年,正是我们中国的龙年,我们应该从心里焕发一种龙马精神才对啊。

此届高研班的学员可谓实力不俗,四个月间发表小说、推出新书、获得各类文学奖的消息不断,以及为学员召开的诗歌、散文、小说研讨会。更值得高兴的是,2012年11月23日,《文艺报》刊发了李星老师对我小说的评论《一代文化打工者的精神画像》。12月11日,《陕西日报》刊发了记者对我的专访《韩晓英:把文学使劲爱》。2013年1月5日,鲁迅文学院为我的长篇小说《都市挣扎》召开了研讨会,小说得到了评论家和鲁院师生的肯定和鼓励。2013年1月11日,《文艺报》刊发了鲁院老师张俊平为该小说写的评论《别样的都市题材小说》。1月23日,《文艺报》重要位置刊发了此次研讨会的综述。我知道这是在我文学道路上最关键的时刻,我正在内心孕育着一部重要的作品。

这是一次心灵之旅,这是一段师生情,师恩难忘——陈涛老师看了我发给他的文章后,第一时间约我谈存在的问题;班主任严迎春老师在开学第一天叫我时直接去掉姓,亲切得像认识很久的样子;本是老乡的白描院长说,有什么困难你就找我;成院长、李院长等领导都是那么的和蔼亲切;图书馆的井瑞老师看了我的长篇小说后,提出中肯的意见;每次社会实践时,温华老师和孙吉民老师总是走在最后,怕谁掉队……

这是一次灵感邀约,这是一段同窗情,同学难忘——第一次社会实践夜晚在北戴河沙滩上玩老鹰抓小鸡时的忘情;第二次去三峡,夜色下轮船甲板上冷风中戴着帽子围成圈一首接一首拉歌的豪迈;诗歌朗诵时刘莉的《一串珍珠项链》惹得女生个个泪流满面时的真挚……

从三秦大地丰收的九月到京城深冬元月,四个多月的时间飞快流逝,告别鲁院后的日子,感恩、感念、感激常常充盈我的内心。当我回到我亲爱的三秦大地,回到我的咸阳、我的老家的时候,我在想我拿什么来回报这一切的所思所感? 我想只有我未来的文字,才是最好的答案。

不惑之年再读琼瑶

奋力地想,终是记不起什么原因,促使我在网上买了一本琼瑶的成名作《窗外》来读。第一次接触琼瑶的小说是《梦的衣裳》,那时,大概十四岁,那年冬天的那个傍晚,不知从哪借来这本书,一个通宵,坐着、躺着、趴着、跪着,不时调整压麻的胳膊和腿,我愣是赶天亮一口气读完了这部长篇小说,同时也完成了我爱情的启蒙。此后,无数的日子,我整个人傻愣愣地沉浸在"梦的衣裳"中。并且将那首著名的《梦的衣裳》的词及精彩片段摘抄在日记本上。从此,懵懂的心里也有了一件"梦的衣裳",幻想着有朝一日,我会将这件"衣裳"披在"他"的肩上。

少女时期,只要是能逮着的所有的琼瑶小说,我都要一睹为快,唯独《窗外》这部琼瑶自传体的成名作,一直没有看到。琼瑶的先生、皇冠文化集团创办人平鑫涛先生说,这个故事烙在了她的生命里,是她心中的"最痛",只有如此真实的感情,才能让这本书引起读者的共鸣,造成那么大的轰动影响。《窗外》在当年《皇冠》杂志上一次刊出,激起了读者空前的反应,单行本发行后,更一发不可收,出版的第一年就再版65次,超过百万本,尽管当年的读书气氛不太蓬勃,但《窗外》引起了狂飙。

写《窗外》时,琼瑶只有二十五岁,已经结婚,有个才两岁的孩子,丈夫的公务员薪水微薄,她的生活非常艰苦,她是抱着孩子完成这部小说的。琼瑶说,她再晚十年来写《窗外》,一定不是这样的版本,因为当时她还年轻,那份初恋带来的伤痛依然强烈,她才会写得那样真情流露。

琼瑶的初恋是十九岁,六年后据此写了《窗外》,那么,假如以琼瑶自己的说法,再晚十年再写,又是个什么版本呢? 不惑之年,以我对爱情、对人情世态的理解和参透,常常竟无以言表。当年自己曾经伤筋动骨、死去活来的初恋在现在看来,已是过眼云烟,甚至不值一提。即便是《窗外》中的江雁容,五年之后再次见到日夜思念的心上人康南时:"头发花白,杂乱地竖在头上,一脸的胡子,步履蹒跚,手指枯瘦如柴。经过江雁容面前时,他不在意地看了她一眼,她的心狂跳着,竟十分害怕他会认出她来,但是,他没有认出来。"那个诗一般的康南,深邃的、脉脉含情的眼睛,似笑非笑的嘴角,那潇洒的风度和那旷世的才华都到哪里去了? 难道都是她的幻想吗? 她但愿自己没有来,没有见到这个康南。

至此,江雁容朝思暮想的那个康南已经没有了,或许,她会慢慢重新回到丈夫李立维身边,他粗心,嫉妒,但还是爱她的。最终,现实中的江雁容离婚了,遇上了那个最懂她,最适合她的平鑫涛,那得是几世修来的姻缘。今夜,四十岁的我,以一个写作者的眼光、以一个过来人、一个母亲的心情以及自己几十年来也算经风历雨的心态和对爱情、对人情、对世界的认知,再读琼瑶,依然读得眼泪稀里哗啦。

江雁容因为喜欢文学,其他功课一团糟,因此得不到一心想让她上大学的父母的欢心,这个缺少爱的孩子爱上了能做自己父亲的老师,同学父母亲友没有一个人赞成,假如她当时考上了大学,距离造成的疏离以及新的环境下遇到新的人可能会慢慢使江雁容忘记康南,开始新的生活。不幸的是,她落榜了,除了康南她心无所系,没有目标没有方向。假如江雁容的妈妈不是那么苦苦相逼,而是任其自然,或许,他们会结婚,当一切激情趋于平淡,在柴米油盐的婚后世俗生活中,江雁容和康南的爱情又会维系多久呢?

想当年,刚刚参加工作那会,我亦如江雁容一样爱上了同单位一个已经订婚的比我大八岁的男人,只因为那个高个子男人眼中闪耀的光彩,忧郁的眼神,幽默的话语,会吹口哨,会一口标准的普通话,以及那句带我去西藏度蜜月的许诺,我献上了我那件梦的衣裳。放下书,起身就去找十四岁时写的那本日记,那是一个带扣的蓝色笔记本,记录着一个初三女生情窦初开的点滴心事。我把它保存至今,想等女儿能看懂的时候送给她。10 年后,订婚时,在送给老公的定情物上,我郑重其事地写上了这些刻在我心里的话:"我有一件梦的衣裳/用青春欢笑编织的衣裳/柔情为它加上点缀/仰慕为它加上装潢/我再用那无尽无尽的思量/把它仔仔细细地刺绣和精镶/那一天我遇到了你/我献上了我梦的衣裳/你把衣裳披在肩上/那一瞬间那一瞬间/日月星辰都变得黯然无光/我请你请你请你/把这件衣裳好好珍藏。"

现在重看这些东西,矫情得令自己脸红,所幸的是,我这件梦的衣裳,终于披在了我爱的人的肩上,我们用欢笑、柔情、责任还有无数的眼泪把这件衣裳精镶得虽不金碧辉煌,但确实挺舒适温暖。

琼瑶二十五岁时,以一部《窗外》跃居文坛,迄今已创作六十五部长篇小说,打动了整整三代人,所有的作品几乎都被改编成电影、电视剧,赚尽了海内外华人的爱与泪:"有华人的地方就有琼瑶。"一个特殊的景色,触发灵感,对琼瑶而言,是常有的事,二十多年前去中国大陆旅游,在北京听到传说,说"公主坟"这地方葬了乾隆的一个义女,这居然激起了她的文思,因此写下了百万字的《还珠格格》,后又拍成了电视连续剧。

琼瑶说,尽管在生命里,遇到无数坎坷,也受过许多挫折,我依然相信"爱",相信"善",述说人类的"真情",一直是她写作的主题。

不惑之年,我相信"爱",但质疑"情"。

广播情结

在北京上鲁院期间,我接到了陕西广播电台《文化三秦》栏目主持人的电话,说她在《陕西日报》上看到我的长篇小说《都市挣扎》在北京开研讨会的消息,对这个题材很感兴趣,想采访我。于是约定回陕后见面。回来后诸事繁杂,此事一拖再拖,直到年前都约好了周一做节目,可是那天报社开会,又取消了。一直耽搁到了年后,三八前夕才做了节目。

采访中看得出,主持人张莹为这次专访做足了功课,她的干练和敬业给我留下很深的印象,不愧是省台的节目主持人。那天录制完后,总是担心自己发挥得不好。节目播出后,好些朋友打电话、发短信说这是一期很有品质的专访。我听了也感觉很不错,没想到效果那么好,男主持人我没见过,他的声音也很好听。两期节目,一个小时,配音、剪辑都非常棒!可以说,把我小说中的闪光点全挖掘出来了,有些配音内容竟然是我第一本散文集《襟袖微风》里面的片段,不知他们是从哪搜集到的,这要费多少精力和心思啊,这种专业和敬业真值得我学习。

干家务活或是开车上路,我都会打开专访录音再次聆听,有时晚上也会听。每当此时,我用心感受主持人的每句话、每一个发音,甚至能够想象得到他们播音时的神态和表情,相比主持人的专业,我的语速还是有点快,显得不够从容,这一点,要向张莹学习。

我从小就喜欢听广播,参加工作后,有次曾听一位朋友说他在广播上听过我写的散文播音,我还不相信,直到他说出文章的题目《收啤酒瓶的人》时,这才信以为真。心里一直在揣摸,那听起来是什么滋味?

有次,无意中听到咸阳广播电台《文化七彩风》,在文学精品栏目,突然听到散文播音《一碗牛肉面》,漫不经心的我一下子竖起了耳朵,是不是我写的?当播音员潘岚用无比清晰悦耳的声音读出我的名字时,微笑便不可抑制地一层层荡漾在我的脸上。自己的文章被播音员感情充沛地朗读出来,通过电台,穿透无边无际的夜,似水一样向我漫卷而来,一层层把我包围,周围的万事万物都仿佛在屏息谛听,我沉浸在这美妙动听的音律当中。那一刻,夜好静,只有播音员那极富磁性的声音在我的耳畔回响,通过电波,仿佛听到自己的心声一样,那感觉,真的好美妙。

上世纪八十年代初,电视在农村还没有普及,那时几乎家家都有一台收音机,当时我家也有一台砖头大小的宝石花牌收音机,我非常喜欢。那时电台的节目很丰富,早上是《名曲欣赏》、《文化七彩风》,十二点是小说连播,两点是广播剧,下午四点半是《小喇叭》,六点四十是《每周一歌》,还有当时的名牌栏目《每晚八点半》。

小小的广播,带给我多少童年、少年的欢乐,我总是喜欢干家务时把收音机放在身旁,一边干活一边收听,即使跟爸爸去地里劳动,我也要带上收音机,把它放在田间地头,随着播音员游览祖国的名山大川,跟着《每周一歌》边抄歌词边学唱,跟着广播剧里的人物同哭同笑,听小说连播听得如痴如醉,不知不觉那枯燥乏味的家务活,都在收听广播时变成了一种享受。直至今日,我依然喜欢干家务时听广播。

印象最深的是那时小说连播,路遥《平凡的世界》,霍达《穆斯林的葬礼》,还有琼瑶《梦的衣裳》,时至今日,我依然十分清晰地能记起主持人那抑扬顿挫、美妙动听的声音,某些片段仍然能脱口而出。

从少女时期的喜欢听广播,到青年时期自己的文章上广播,再到中年时自己被广播专访,成为座上嘉宾,几十年来,广播和我息息相关、如影随形。

感谢广播,感谢它的陪伴和美好。

现在电视、网络、各种现代化的娱乐方式层出不穷,人们似乎更热衷于参与,谁还会静下心来收听广播?朋友,当你拿着遥控器不停地选台时;当你看书看得眼睛酸涩、乏困不已时;当你为每日枯燥的家务而烦恼时;当你心情烦躁、百无聊赖时;当你开车上路寂寞孤独时……你不妨打开广播,听听那来自天籁的声音,听听鸟的啾鸣,泉的叮咚,甚至新生婴儿稚嫩的啼哭声,相信你一定会春风拂面。那悠扬动听的播音,会像涓涓细流一样滋润你的心田,使你从中感悟天高雁小,云淡风轻,在优美婉转的旋律中陶冶你的性情。

我的坡我的塬我的家

1

我有两个家,一个在城市,一个在乡村。

城市的家安身立命,乡村的家修复心灵。

在城市,我最幸福最安逸的时刻,就是每天把爱人和孩子都送出家门后,把家里打扫得干干净净,窝在沙发上看书,偶尔抬头环视这个住了十几年的、我燕子衔泥般一点一滴建立起来的家,心里满溢着宁静的喜悦。然后,安静地沉静在文字中。

在乡村,我最舒服最惬意的时刻,就是午后或傍晚,搬个小凳坐在蓝天白云下的老家的院子,膝头放本书,有一句没一句地看看,抬头望望远处的群山,身旁的花草,看鸡在地里觅食,狗在院里撒欢,肩头什么负担也没有,心里什么责任也没有,那一刻的安宁静好真是无以言表。

从青春期开始,我对自然就有着远亲般的亲切感。童年在田野留过足迹的人大多有类似心结吧。20多岁时,每次回家都很积极,我会时常坐在田埂或树荫下发呆,什么也不想,只是很享受那种眼中有绿野、鼻中有花香、耳中有鸟鸣的自得。

我的老家在彬县韩家坡村,村子依山但不傍水,整个村庄呈半凹形,总共不足百户人家,家家在层层梯田挖出一孔孔窑洞居住。记忆中,乡亲们吃饭时端着碗蹲在自家的场院边,边吃饭边和坡底下另一户人家谝闲传,村里的人都住在坡里,二十世纪八十年代初,我家第一个在塬边上盖房搬离。老家围绕坡头的地分上塬、下塬和四十亩地,这都是好地,比半坡上和坡底那小片小片自留地平整、好耕种,产量高。这些好地每家每户都会分一些。2000年后,村民陆续都在塬上自家自留地里盖起了新房,谈不上什么规划,一户一户连成一片,也就是现在所谓的新农村。

我一直认为,爸当年给我家选的这个庄基地是全村地理位置最好的。离公路几十米远,凹在最朝阳的一个坡头,院子有两亩见方,房前开阔处是用篱笆隔开的菜地,菜地边就是沟边,一眼望去,视野十分开阔,坡里树木掩映、梯田层层。倘若正值春天,大块大块绿油油的麦田和金黄的油菜花交相辉映,美不胜收。远处沟对岸的群山连绵起伏,半山坡上隐约有几孔窑洞,住着三五户人家,站在沟边,那真是面朝山谷,春暖花开。

这是我对老家一直魂牵梦绕总想回去的最根本原因,要是搬离到现在所谓的新农村,离开我魂牵梦绕的沟边的家,那的确一点感觉都没有了。

每天,当我在城里家中厨房做饭的时候,我都会望着窗外老家的方向。晴天,我想念老家干爽的空气和辽远的天空;雨天,我想念院子树叶上滚动的雨滴,想念那湿润清冽的空气和蒙蒙烟雨下的田野村庄;春天,我惦记着院子里的果树是否发芽开花;夏天,我盼望着带孩子们回家采摘爸妈种的蔬菜瓜果;秋天,我在几百里之外的咸阳也闻得到柿子、枣、梨、核桃的香甜;冬天,老家静谧的村庄和热炕更是令我无比神往。

老家,在距咸阳一百多公里的彬县,在一个可以栖息眼睛和心灵的地方,在一个可以安置梦的地方。这些年,无论在哪里,我睁眼闭眼都看得到我的韩家坡,每当想到老家,我的记忆之门就"吱呀"一声缓缓开启,那些景象总是固执而清晰地刻在我的记忆里。老家左边的邻居秋霞住在十米开外,丈夫常年在外打工,只留妻子种地看娃。记忆中,秋霞提着草笼从我家门前走过,眉头苦恼地拧成一疙瘩,说:"好姑呢,龟儿子羊又把碎贫家麦吃了……"黑黑红红的脸膛看起来健康又淳朴。我家右边大槐树后是一条羊肠小道,曲里拐弯走约四五分钟就到引娣家,她男人宝斌也是常年在外打工,家里只有媳妇带着一双不满十岁的儿女生活。农忙的时候,宝斌回来收麦,无风,场里的麦子扬不出去,宝斌撂下锨把就去村里打牌了,晚上月黑风高,宝斌从村里回来,路过我家,崖畔上一路高歌:"星星点灯,照亮我的家门……"来来回回老是这一句。爸说,你听,宝斌打牌回来了,不管输赢,每次都唱着回来。家门前坡底下住着勤才哥一家,我时常站在院边看他家崖背上长得红红的野酸枣,有时还会踮起脚尖勾过树枝摘几个含在嘴里,酸得一挤眼睛就成了双眼皮。勤才哥家的果树和菜地也是我目光常常流连的地方。当然,我更喜欢闻傍晚他家烧炕时炊烟的味道,那淡蓝色的缕缕青烟从他家窑洞的烟囱散发出来,顿时,沟边飘荡着一股只有乡村才能闻到的那种家常的香喷喷的烟味。勤才哥不时扛着锄头吧嗒吧嗒抽着旱烟笑嘻嘻从我家院子走过,他媳妇银花头戴帕帕挎着草笼紧跟其后。

最享受的是夏天的傍晚,夕阳西下,微风拂面,我端个凳子坐在院里大槐树下,手里拿本书,随便翻着,书看累了,只需抬眼一望,山峦就映入眼帘。都说青山悦目,其实蓝天白云更悦目。爸此时一般都是坐在小凳上抽着旱烟,看他作务的果蔬,惬意地算计着一年的收成。妈不是纳鞋垫就是拣豆子,间或拉呱着村里的家长里短。暮色渐浓时,偶尔有村里下地的人从院子经过,爸递根烟,妈端杯水,招呼坐下歇歇,不论是叫婶的还是叫哥的,都卸下担子,掬一把刚从地里采摘的鲜菜鲜果让我们品尝。歇歇脚、谝谝闲传,那地道的方言听起来如此亲切生动。

每当回到老家,我就觉得自己进入了另一个天地,漂亮的水泥路在乡间的田野里蜿蜒,有露珠的春天早晨,弥漫着青草和牛粪混合的味道,人的内心温暖安宁,静若止水。麦苗在风中起伏,不时有燕子掠过开花的桃树,褐色的烟筒里冒出蔚蓝的炊烟,我的心就像放弃了所有警惕和抵抗的绒毛动物。翻过山腰,回到村里,看到熟悉的景物,心就会感到无比的妥帖。

记得那年清明带女儿回家,天空飘着小雨,当走到"细腰渠"时,看到小时候曾跟着老爸收割麦子的那块地,我指给同行的人看,我说,你看,这个地方就是我奶奶经常说的"细腰渠",这块地就是我家的麦地。小时候,奶奶怕我们胡乱跑,总是拿"细腰渠"来吓唬我们。她说,那"细腰渠"就是个玄玄子,只能容一个人走过,两边都是深沟,一个人走上去摇摇晃晃,走不好就掉深沟里了。在她的"恐吓"下,我和哥哥彻底断了偷偷往城里跑的念头。多年前,奶奶口中的那个"细腰渠"阻断了我和哥哥偷偷去县城的想法,却阻挡不了我们走出山村的梦想。当年那个懵懂的孩子最终还是逃离故土,走向外面更为精彩和广阔的世界,后来总算在城市站住了脚,学会了说流利的普通话,学会了在城市生存,看起来似乎比城市人更像城市人。

回到老家,我站在沟边眺望,满眼的绿,绿得那么气势磅礴。在纷纷细雨中,我眯着眼睛凝望着多少次梦里才能回到的故园,贪婪地呼吸着甜润芬芳的空气,顿觉神清气爽,积压在胸中的郁闷顷刻间一扫而光。我久久站在村口,看着沟边这个古旧的农家小院,几间没有院墙的老屋支起的简陋的家。从院边远眺,过去的村庄被四周的山峦包围,有些荒蛮和空蒙,枝叶婆娑,老屋安详。我默默地像凝视亲人一样凝视着老家的土地、道路、房屋、树木,深深地呼吸着老家初春清冽的空气,连嗓子眼都是甜的。走到院子,见老屋门前的桃树长胖了,枝头尽是待放的花蕾。杏树更甚,满树亢奋,一团团的密叶绿云似的死命逗引过路的风。梨树倒矜持,顶着含苞待放的花骨朵静静地候着自己的花期。

有时会碰见村上几个熟人,笑嘻嘻地打着招呼说:"晓英回来了。"是啊,晓英回来了,晓英回家了。事实上,当我一踏进这个小山村,我就得到了滋养和抚慰。但是我不可能经常回去,我只好在城市的喧嚣中找到内心暂时的安宁。

回到老家,女儿毛豆豆就像飞出笼子的小鸟一样,撒腿就往爷爷奶奶身边跑去,小小的身影在院子欢呼雀跃:"妈妈,我高兴得把地都能踩一个洞。"这是我听到的孩子最形象的表述!毛豆兴奋得直叫,乌黑的眼珠闪闪发亮,顾不上喝口水就掀开栅栏冲进爷爷的菜园,"小心踩坏了辣子。"奶奶急忙追过去,毛豆豆蹦蹦跳跳避开果树菜苗已跑到沟边去了,正拢起双手冲着山沟大喊:"我回来了,我回来了……"清脆的童声撞得满山沟都是回音。

在老家,我换上最为家常的衣服和老妈做的布鞋,踏踏实实地踩在黄土地上,浑身就像卸掉了枷锁一样轻松。我总是喜欢搬个小凳,长时间坐在院子里,望山望树望斜阳。那时候的心情是那么的平静和安逸。这种状态实在是在体悟了人生的很多况味后,达到的一种充满活力的平静。

老家屋子里的家具、电器、铺盖、床单等大小零碎几乎全是我从城市退回来的东西。在咸阳,我总是把用不上又舍不得扔的大件小件整理好,等回老家时带回去。过时的衣物,孩子们的玩具,更新的家具等,回到老家,那些旧家具在老家又焕发了新的光彩,就连那在城市不再穿的旧衣服也有了新的味道和感觉,你沉浸在老家的气味里,沉浸在旧家具旧衣物里,就像是沉浸在往事中。那件衣服、那件家具总会唤起你对往昔的追忆,情不自禁地把自己陷进去,沉迷。

在乡村世界,简单的物质就能保障生活,只要有一块地,种几样时令蔬菜,任由瓜果飘香,那完全是自给自足的生活,纯粹是自然的馈赠。你在菜地撒下一把菠菜籽,一场透雨后,就绿油油一片,土地真的是非常神奇,非常慷慨。在老家生活,你会摒弃很多不必要的物质追求,在最简单质朴的生活中,得到平实的人生快乐和内心的宁静喜悦。我的父母在那里默默无闻、与世无争地用辛劳和坚韧在这绿浪如波的田野,安详地守候着他们命运的尾声。

老家的朴素和宁静是最吸引我的,我在老家感受到别的地方感受不到的东西,我特别感谢上苍把我降生在这个地方,使我有"家"可回。只要回到老家,我的目光和心灵就有可栖息的地方,我的笔也有最动情的触点。我对于老家的怀念,达到痴迷的程度,前些年一年回去三四次,现在频繁得无法统计,有时一两个月去一次,有时一个月去好几次。希望退休以后,可以自由支配时间,像爸妈那样,尽享"两栖"之福(由于老家冬天太冷,哥哥就给爸妈在咸阳买了房子,每年一开春,我的父母就会回到老家,天冷就回咸阳过冬)。

对老家,我从当初的亲切"升级"到现在的迷恋,还是经历了十多年的时间。人在二十来岁时,爱的更多的还是理想的东西——理想的工作、理想的城市、理想的爱人、理想的自己。到四十岁后,当这些"理想"实现或者幻灭后,人才会把目光投向生命的本源,这个本源除了人最初的家园田野,还有乡情、亲情以及更重要的精神信仰。这些年,我之所以一次次地回到老家,走向田野,其实想找的也就是还乡的慰藉。

这些年，我曾不止一次想到：在那个狂妄的年龄，在我刚刚认识这个世界的时刻，我的内心其实还沉睡在一个迷蒙的遐想中。当年，我要离开我的故乡时，心情多么急切。"跳出农门"的魔咒笼罩了我的童年。我逃离故土，奔赴城市，我要离开它，永远离开！我不稀罕那样粗糙、落后的拥抱，那样的饮食，那样的人生，那样细小的河流与苦涩的空气对我是不可容忍、不可原谅的。最终，我被自己的狂妄深深伤害。

总有一天，我要回到那片土地，我请求她原谅我当年急切的逃离，我要把我的头颅深埋在她的后花园里，把束缚我的绳索和盔甲统统解除，我要在故乡的土地上做一个朴实的农妇。我要回到生命的最初，重温生我养我的源头。

2

记得那年，省作协党组书记雷涛去彬县参加读书笔会开幕式，其间，去苻坚墓时路过我家，晚上，在县文联一帮朋友的陪同下坐在院子吃了一顿我妈擀的煎汤面，打着手电在菜地摘青辣子、绿西红柿。雷书记站在我家院子，在朦胧的月色下，面向沟边，临风而立，说，此刻，要是有个躺椅静静地在这躺半个小时多好，再带上箫，吹一曲那就更好了。当时已经晚上九点多了，雷书记执意要下到沟里我家的老庄子看看。老庄子在坡底下的半山腰，我已经十几年没去过了，自村上人都搬到塬上后，原来的窑洞都废弃了，蜿蜒崎岖的山路也因人迹渐少荒草丛生，天黑道窄，真的很不安全。见父母极力阻拦，雷书记还是下到坡里勤才哥家废弃的院里，县文联几个朋友急忙跟着，在微弱的手电光下，他们居然在崖背上一棵李子树上发现几串熟透的李子，摘来手里一搓，咬一口，甜脆爽口，他们一边吃意外收获的李子，一边看那废弃的三孔窑洞，月色下，站在沟边纷纷抒怀，感慨不已。

有次，西安一帮文友去过我老家后，其中一个发来如此短信："感谢你的故乡彬县之行，因为时间仓促，行程较紧，许多想要看的都未细览，因此感受粗疏，我至今未着一字，不过给我心头重重一击的是那日中午，在你娘家的短暂停留。我看到年届古稀的一双父母，特别是令尊大人衾榻旁侧的两口雕龙附凤的棺木,再看到屋前小院中,数畦鲜绿,桃杏虽青却显蓬勃之势,果蔬欣然性状,经由你的盛情引见可期硕果时节的美不胜收。站在院边伫望,滔天的苍茫,千沟万壑、绵延起伏,令人俯仰之间情不自禁顿生'抱风而眠''揽日月在怀'之心境。这是上苍神奇的赐予,我想此番感受相比'侍郎湖'有过之而无不及。"

《延河》杂志编辑一行从侍郎湖观光路过我家,进去转了一圈,热情厚道的父母,蔬果飘香的菜园,干净温馨的小院,令他们感慨多多。主编阎安说:晓英,你真的让我感到惭愧,这几年,好多次,我随省作协领导去老家陕北参观,路过家门口,我都没有请他们去家里坐坐,我想,家里就那个样子,没啥看的,父母年纪又大,说不了啥……

人若向朋友介绍他的故土和故人时,往往是有点羞涩和话痨的,羞涩意味着精神的坦诚,话痨意味着很容易触发真情,坦诚和动感情之后,交流就不再流于表面和客套了。对于真正走进我心里的朋友,我最热切最隆重最豪华的心思就是希望有机会能带他去我的老家看看,后来发现国家元首之间的交往竟然也是如此,进入蜜月期,就会把会晤地点从总统府改为总统老家的农场,服装也改为便装,交谈由交锋演变为密谈,密谋由此产生。后来,的确有过一些朋友,从文字里洞悉了我对老家的缠绵,来彬县后先不去看那些山水湖泊,一见面就表达想去我的老家看看。不管最后是否成行,这样的请求总是让我忍不住有点感动,他至少懂得我的软肋在哪里,而且还表现得爱屋及乌。

实际上,现实中老家那个名叫韩家坡的村落是普通而乏味的。离县城还有十里路,我心心念念记挂的那座老房子,已经破败不堪。每次回去,不过是在院子转转,在沟边看看,在村上遛遛。这对于我,每次都能触发不同的回想,每次都有暗流在眼底波动。对于客人,难免有些走马观花,除了沟边的滔天苍茫很难捕捉到更多东西。幸而,坡上塬下总开着各色各样的花,花瓣里总嗡鸣着各式各样的昆虫,竹篱后的树干上,总有松鼠探头探脑表示欢迎,我只好抱歉地自嘲:只是空气还可以哈。

去过我老家,那些发现风景确实不错而步履留恋的人,我视之为知己。那些呼应了我并给我规划建议的被我视之为挚友。那些见了我老爸老妈,意识到这是我血脉的源头,情不自禁表示还要跟我再去的人,我此生再不会忘记他。

说实话,我的老家可以说是家徒四壁、墙壁斑驳、桌椅简陋,甚至连屋檐都是那么的低矮,除了得天独厚的地理环境、父母精心作务的菜园、整洁的小院、简朴的几间老屋外,其他的,实在难以成为我亮给别人的名片,与邻村有庄园式别墅的下长禄村根本没法比,可我却是那么热诚又隆重地把我的那些朋友带去,丝毫不觉得寒酸羞愧。那是因为,这个地方有爱作为支点,有血脉作为牵引,再朴素的怀念都足以成就生命传承的经典;那是因为,在心里,这是我的精神家园,是我灵魂的栖息地,这里迟早会被我建成庄园。是的,那是我的庄园,我梦中的园子。

我总是在心里计划着,要在老家建一座房舍,不求豪华,只需舒适,我会在合适的时候丢下一切——愿望、期待、网络、应酬、机会和声名,静静地在老家住下来,种一畦瓜果蔬菜,养几只小猫小狗,写写心里的句子,晒晒往后的光阴。总有一天,我要像海子诗里写的那样,回到我的那所房子。

面朝山谷

春暖花开

从那天起

做一个幸福的人

回到老家

喂鸡、劈柴

从那天起,关心粮食和蔬菜

从那天起,和每一个亲人朋友通话

告诉他们

我的幸福

给每一段坡每一座山取一个温暖的名字

我只愿面朝山谷,春暖花开。

我要在院子靠近沟边的地方建一座茅草亭,烟雨蒙蒙或者阳光灿烂时,坐在亭下读书、品茗或眺望。我也会在果熟菜丰的季节,邀请三五知己,来老家度假消夏。那时,我会系上围裙,像个好客的主妇一样,为我的朋友们做一顿地道的农家美味。

去年,我和爱人商量,下决心回家收拾这座老房子,收拾院落,只为回去休闲度假,门前菜地边装上栅栏,沟边建个观景亭,闲来坐下喝茶聊天,读书写作。父母年纪大了,现在每到冬天就来咸阳居住,看现在的身体情况,回老家避暑的日子怕是没几年了,因此,房屋重建设计就按爸妈不回去住解决好安全问题。我想把它打造成一个供文人墨客休身怡情的绝佳创作基地,文友知己任何时候带上钥匙即可入住休闲创作,房前屋后沟里崖畔油菜金黄,麦田碧绿,有米有菜有风有月……翻新、重盖的方案我和爱人反复论证,并和朋友去户县迎洞山中考察了旅游接待别墅式的设计结构,又找人做出方案和预算,做成一个大客厅和五个套间带卧室,厨房、卫生间一应俱全。这样,每年暑假,我和哥哥两家就可以带孩子回去度假,住得舒舒服服。哥哥能干心细,点子多,请他花几天时间帮我设计,出主意完善方案就行。

我给哥哥发了一千多字的"短信",陈述我要重建老屋的理由、必要和具体方案,他本来对老家兴趣不大,在我的极力煽动下连夜赶来和我商量,半夜一点钟,我们兄妹俩还坐在书房画图纸搞预算。

我提出要在院子端眼前的沟边建一座亭子,台阶式的,稍微高一些,便于观景。哥哥说,建亭子就把回廊带上,周边栽植藤蔓、竹子,修个鱼池,用石头砌起来,庭院深深,回廊藤蔓、曲径流觞……想想多美呀!侄子天天说,干脆盖成两层,你家一层,我家一层。到时,爸爸在楼上练书法,姑姑在楼下写作,多好。哥哥的硬笔书法在同行眼里,已到了出字帖的水准。儿子文文说,一定得有车库,车停在院子不安全。到时,想买啥,车一开十多分钟就到县城了,在家待闷了,咱就晚上开车去城里 K 歌。

那年董信义老师母亲去世,一帮文友前去吊唁,在悲悲戚戚的哀乐声中,我忽然发现他家院子的竹子少见的青翠、挺拔,有小孩胳膊那么粗,蓬蓬勃勃,高过院墙。这是我在北方见过的最好的竹子,那种旺盛的生命力叫人感慨。宁可食无肉,不可居无竹。从此,就惦记上他家的竹子了,强烈要求董老师给我家移植几棵,据说,这东西印得很快,今年栽几棵,明年就可能生成一片,董老师说得到春天才能移植。于是,回老家规划出栽植地点,眼巴巴地盼着春天动工。

彬县一同学美化他家院子,说还剩一些牡丹和杜鹃花没栽完,知道我恋家,问我要不?我自己回不去,给在县城的堂妹打电话让她带我同学回塬上给我栽到院子,让先长着,随后再统一规划移植造型。栽花要用镢头、铁锹,还要浇水,于是还得连累七娘帮忙。七爸是我爸的亲弟,他家是我在老家最亲近的人。费尽周折,花总算是栽上了,可七爸说:"栽那干啥呀!人家都往城里走,你成天想回来!"

记得那年去永寿采风,一村民拿出他家新鲜的核桃请我们品尝,说这是从石家庄他儿子家带回的新品种,个大,皮薄,种在地里,第二年就挂果,于是就想给家里也种几棵核桃树,好客的主人就给了十几个核桃做种子。老家的核桃树是老品种,树冠很大,结的果小,我们那里叫格格核桃,皮多肉少,急忙吃不出果肉。彬县人形容十分难缠的人时就说,那是格格核桃,要砸着吃呢。有次回县上开会,尽管爸妈不在老家,我还是一个人回到家里,选了合适的地方,在院子种下了核桃,虽然谈不上总体规划设计,但种上了,来年就会发芽,开花,结果,长大。

有次去厦门,道旁四处盛开的紫花优雅得如同展翅飞舞的凤蝶围绕枝头,非常显眼,幽柔华丽,极为壮观,颇有樱花的风姿,让人惊艳不已。导游说,这花叫大叶紫薇,耐热、耐旱、大树较难移植。对土壤选择不严,抗风,耐干旱和耐瘠薄。于是,就想把这花引进到陕西老家,不知能成活吗?到了鼓浪屿,那些岛上的二层民居,家家户户围墙屋顶鲜花盛开,美不胜收,我想,我终究是要在老家建这样一栋房屋的,不求豪华,但求舒适。导游见我对这花如此感兴趣,吃饭时,选的海鲜大排档隔壁就是花木培植区。想想,这花不耐寒,即便是我现在费尽周折把它弄回老家,家里没人,一个冬天,怕也是冻死了,遂死了心。还是等合适的时机再做打算吧。

我像个勤劳恋窝的燕子,经年累月永不厌倦地将一枝一叶衔回老家给自己筑巢。一切准备停当,我给在张家堡当村官的表哥打电话,请他给我们找工匠,表哥却说:"(头)得是失塌咧,往冗盖房呢!人家都往城里走,你还往回走!再说,村上年轻人都出去打工了,盖房连个小工都不好找,盖那干啥呀!"

我不死心,几百里路一趟又一趟跑回去考察、设计、论证、丈量,毫不死心继续做着我的度假山庄梦。

舅爷得知我想翻修房屋，很支持。他老人家前些年承包煤矿，有胆有识有魄力，如今退休后，只比父亲小一岁的他身体很好，经常开车带舅奶出去逛，前几年在老家祁家崖村盖了一院地方，每年夏天和舅奶住在农村老家避暑，在县城工作的儿孙每到周末就开车回家采摘、打牌度周末。

有次，舅爷去我家看比他仅小一岁却因脑梗行动不便的老外甥，见我家房子地面潮湿，转到后院一看，原来是屋后的泥土塌陷，堆在房根，日积月累，造成房间潮湿。七十多岁的舅爷自己开车拉上笼担，带着舅奶去给他外甥家担土。后来，舅奶说："那天你舅爷一口气挑了十几担土，他一辈子都没干过这么重的体力活。"老舅给老外甥家成十几担地担土，在我们村传为佳话。

找匠人的事，我看搬不动表哥，就请舅爷给我找匠人，舅爷很热心，到老家和我一起丈量，规划。舅爷说，我要是你们村村长，当初就把村民的房屋都规划在沟边，一字排开，连成一片，这样，家家户户都能享受到沟边的风景，还能把上塬的四十亩好地全腾出来，用来耕种，产量高，村民住得也舒服。哪像现在这样，盖的房屋乱七八糟，村道窄得没法会车。

按照地形，我和舅爷反复商量、讨论，结果还是安全问题没法解决。最后，舅爷提出，如果和我家崖背上那家人把地一对换，把通往我家的这条路跟村上的路连在一起，这样就和通村路打通了，路通了，村里人来回就必须经过我家，住在那里就不孤单不害怕了。我家在上塬全村最好最肥沃的地段还有两亩地，用那好地对换他家的地应该没问题。我打电话请七爸去和那家人谈。没想到，七爸一点也不支持，过来过去就一句话："在那盖房干啥呀！"我一再坚持，传来的话是"不对，多好的地都不对。"嘿！这就奇了怪了，当我准备回家找他们谈时，人家说，你是女子，嫁出去的女子，泼出去的水，你不能在娘家盖房！

我彻底蒙了，我只不过是想翻修老家的房子，趁父母健在，还能住一住，以后父母不在了，我每年回去休几天假而已，怎么会弄得如此复杂？

3

正当我陷入困境不知如何是好时,妈打来电话,说她最近感到气短,手肿,去医院检查,冠心病又犯了,心动过缓,心率每分钟只有44次,而正常人每分钟心率在60左右,看来得住院。妈说:"我自己能吃能睡,问题不大,不想惊动你兄妹俩,准备自己去县城住院,让你表姐家的闺女捎带着照顾我。"我问爸咋办? 她说,给蒸一锅馍,他自己能做简单饭,隔三天她再上塬回去看一下。我说,不行,你先别急,等我周六回来,送你去医院。实在不行,你先去住院,我爸在家一个人不行,最起码在村里找个人,让每天去家里看一下爸,不然,万一跌倒了起不来咋办? 妈说,村里找不下人,邻居都搬走了,村上年轻人都去外地打工了,家门中你几个哥白天在县城干活,晚上回家很晚,指望不上……

我准备回去,接妈去县城住院,可我回去了,女儿没人照顾,再说,我在城里陪妈住院,爸一个人在家还是不行,于是就叫上哥哥,说服妈接他们俩来咸阳住院。可是,爸妈不想来咸阳,哥哥说,让妈把东西一收拾,这次接来,就别再回去了,可爸妈都不同意,想十天半月把病看好就回去。怕我们不送他俩回老家,爸妈只带了换洗的衣服,其他啥都没带。

在咸阳中心医院一检查,妈心率每分钟只有41次,已很危险,大夫建议装起搏器,我和哥哥站在楼道里,给妈做工作说,这次把病看好,再不敢回老家了,不然,你这院就白住了,回去又闲不住,一劳累一感冒病就又犯了。妈说,我一定要回去,柿子、枣、核桃都没收,咱屋里美很,一早上起来,只要天晴着,把院扫得白白光光的,站在沟边,太美么,我一点都不想到咸阳来。妈说的画面,就是我心里想的画面,哥看劝不下妈,气得蹲在医院楼道半天不吭声。妈看实在不行,只好妥协,说,病看好了,我回去把柿子、枣一收,就来。

柿子、枣红了,那是多美的景象! 那时,整个韩家坡,不,整个回韩家坡道路两边的柿树叶子全掉光了,只剩下红红的柿子像一盏盏红灯笼一样挂在枝头,满山遍野,蔚为壮观。我在医院楼道似乎都能闻到满山坡柿子的香甜,还有九月干爽清甜的空气。

哥哥说,柿子、枣总共卖不了 300 元钱,回去一趟,来回过路费加上油费和花费,1000 元都挡不住。妈说,那不能这样算。我们回去,心情就好,心情好了,病就轻了。看他们僵持不下,我对哥哥说,孝顺孝顺,不光要孝,还要顺,就顺着他们心思吧。

因此,每到过年或重大节日,老家牵系着血脉相同的我们兄妹两家相约急不可耐地从不同的地方奔赴,风雨无阻。

记得以前每次回家,父亲脸上总是乐呵呵的,把儿孙跟前撵后,不停地给我们往出拿各种美味。那种纯净的带着内心光亮的笑容永远留在我的记忆中,他穿着白色的汗衫,手上甚至还沾着泥巴,但他的笑容是欢喜的,发自内心的。

父亲身体好时,把自行车骑得滴溜转,妈想去哪,他就飞身上车送到哪。跟一趟集,妈要的针头线脑、瓜果时蔬、日常家用,他不到半天,全部采买回来。经常是,妈刚把饭做好,爸就把车子骑到了房门口,饭后,抽一袋旱烟,美美地睡个午觉,勤快的总也闲不住的老爸就开始给自己找活干了。那些年,我家麦子、油菜、蔬菜都是村里长势最好的,通往家的那条路总是修得平整光洁。爸不仅是种庄稼的好手,前些年还是村里的会计,打的一手好算盘,毛笔字写得也是顶呱呱,村上的红白喜事,老爸当仁不让不用说都是礼簿桌子上"上礼的",谁家有纠纷或者分家,老爸就是"说事"的能行人,每年春节来我家写对联的都排队呢。

近几年回老家,爸经常一个人孤零零地坐在一边,脸上再也看不见那种闪着亮光的笑容,爸老了,脑梗使他的神志不是很清醒,爸掌心里的老茧越来越厚实;爸走路的步子越来越迟缓;爸脸上的笑容越来越稀少。有几次,我发现以往总是乐呵呵跟着儿孙忙前忙后的老爸竟然一个人悄悄地坐在隔壁房间,满怀心事。看到我时,他居然像受到了惊吓似的,有些呆滞的眼神里深藏着焦灼和慌乱。我知道,爸在竭力掩饰自己的病痛,当他无力再参与儿孙的欢宴时,他只好选择默默地躲避。

记得那年给爸妈做寿材,交木那天,我们在县城酒店待客,亲戚朋友都来了,舅舅问爸打棺材的费用,爸一会说五千八,一会说三千二,反正问一遍是一个数字。哥哥说，你看，爸已经糊涂了，当了一辈子会计连这都记不住了。我按乡俗遵嘱给匠人买了一套衣服、鞋，兄弟姐妹们在司仪的主持下跪拜叩谢时，看到老爸佝偻着背、神情恍惚、眼神呆滞，我的泪水夺眶而出。强忍着，礼毕，我奔到酒店门口，站在台阶上，面向墙壁狠狠地释放了憋得眼睛生疼的泪水和无法言说的难过。

有次和同事聊天，提到放假，同办公室的佳欣说，中秋节三天小假，她回婆家。佳欣婆家在户县，用她的话说，下午六七点开车，一个多小时就到家了，家里所在的村子是刚建好不久的新农村，家家户户都是小二层，房前的水泥路直通向村口，屋后是她公公种的西红柿、黄瓜等蔬菜，离家十几分钟路程就是太平森林公园，溪水清澈见底，可以摸鱼、捞泥鳅。闫莉羡慕地说，你也太会嫁了，回一趟婆家等于去旅游一次，离得这么近，每周都可以回去。说起国庆长假，佳欣说，她要回韩城娘家。我问，你娘家是新盖的房子吗？是，盖好的一院新地方，院墙、门楼、客厅、卧室、厨房、洗澡间一应俱全。我又问，你们家和村子其他人家是连在一起住吗？佳欣说，是，一家挨着一家。我只能望洋兴叹，幽然神往了！

现实中，令我魂牵梦绕的老家离咸阳有几百里路，开车最快也得两个小时，二十世纪八十年代盖的三间房子，在风雨的侵蚀下早已残破不堪，没有院墙、门楼，甚至没有邻居。空旷、辽远、苍茫的几间老房子孤零零地矗立在沟边。这几年，父母每年国庆后就来咸阳，老家冬天太冷，没有暖气，老人住着很不方便，每年一开春，清明节刚过，他们就要回家，掐指算来，每年在老家待的日子不到半年。前些年，父母年富力强，两人把家打理得井井有条。这两年，二老身体一年不如一年，眼看着路荒成那样，自己却没力气再修。两边邻居都搬走了，就剩我们一家人住在那里，离村子还有十几分钟的路程。现在，即便是我能排除一切障碍和阻力，在老家翻修房屋，重建装修，那么，邻居的问题怎么解决？没有邻居，你一家孤零零地住在那个山头怎么行？安全就是最大的问题，既然安全都成了大问题了，其余一切免谈。

半个月后，妈出院了，我们决定送爸妈回家。我和哥哥商量，趁孩子们还没收假带回去好好陪爸妈待几天，明年说不定就回不去了。我们就像被迫将要上岸的鱼留恋大海一样带着无限缅怀的心情再次回到老家。

一上塬,路过朱家山,庙汉,新修的柏油路宽敞平坦,一路上,红墙绿树,瓜果飘香,村庄安详。风吹草动的树林,可爱、亲切的山坡,都是招展在眼前的倾诉。

回到故乡,我又看到了老家真切的样貌,心旌摇荡,喜不自胜。在村庄行走,是颐养身心的一服良药。草木上轻轻掠过的微风,是柔和宁静的心事。我喜欢那些散养在院子咕咕叫着乱跑的母鸡,它们用肥大有力的两只脚刨食、挠土的样子,让我想起奶奶说的话。她说:"人这一生,就像一只土堆里刨食的鸡,啥时候刨不动了,啥时候也就把自己交待了。"

车到村口,回家的那条小路荒草丛生,转弯处已经塌陷,车开不下去。前些年每次回来,这条路平平坦坦,父亲总是在农闲时提着一把铁锨在这修路,这儿铲铲,那儿垫垫,抽着旱烟,见公路上汽车驶过就停下来张望,看是不是自己的儿女回来了。现在,父亲年迈体弱,再也修不动路了。表哥说,他每次路过我家,看到那条荒草丛生的路,想起我爸现在的身体,心里就很难过。车开不下去,我们只好把车停在公路边,大包小包一件件蚂蚁搬家似的往回搬东西。

到了院子,隔壁秋霞家搬到新农村大儿子家去了,屋前荒草长得比人都高。右边引娣家也搬走了,住到村子中间盖的新房去了。勤才哥家也搬到塬上新房了,只留下我们孤零零的一家,以往光光堂堂的院子干得起了一层层皮,像鱼鳞一样,房沿上砖缝里生命力极强的杂草探头探脑,朱红的房门长期风吹雨淋已经油漆斑驳,塬下不见炊烟,左右不见邻居,连个打招呼的人都没有。我看着高远的蓝天和终日魂牵梦绕的院落,开始在心里规划我新家的模样,我是一定要把老家的房子建好的,我是一定要每年都回老家住一段时间的。不管别人是怎么想的,我就是爱这个地方,只有回到这个地方,我的心才会感到真正的安宁。

东西卸完后,开屋门时,却见窗上几块玻璃被打碎了,打开房门,房子落满了灰尘,我头上顶了一块手帕,挽起袖子下势收拾,哥哥和老爸拿出水管,打开院子的水龙头给瓮里接水,女儿和侄子满院子疯跑,新奇地这儿看看,那儿瞅瞅,居然在隔壁秋霞家屋门口废弃的水瓮里发现了一条蜕下来的蛇皮。老妈急着给我们翻晒被褥,揭起床单却发现炕上铺的电褥子不见了,一看连炕的窗子上被打碎的玻璃,分明是把玻璃打了,从窗子把电褥子扯出去了。爸妈走时考虑到老家无人看门,就给家里装了防盗门,这下可好,门打不开,就打玻璃偷东西。妈说,肯定是村上那几个坏怂娃干的,他们有次把宝斌家门锁扭开,在人家屋子中间点火烧玉米吃。爸打开厨房门,准备烧水泡茶,一看,电磁炉又不见了,原来厨房窗子也被撬开了。老爸气愤地说,这几个坏怂简直把人能气死,不好好上学,成天在村子偷鸡摸狗。我说,那电褥子和电磁炉就算是他们偷走,拿回家,那他家里人咋就不管呢?妈说,管,谁管?他爸他妈都去外地打工了,几年都不回来,他爷他奶给吃饱穿暖就不错了,还管这个?恨不得给他们多偷一些回去!在农村,这种小偷小摸根本不算啥,没人重视。我说,这也太过分了,东西偷回去,家里大人不管,一天拧门撬锁,还在人家家里点火烧玉米吃,万一把房点着可怎么办?这也太没法制观念了!现在整天讲送文化下乡,我看最应该送法律下乡。

擦洗整理完房间,我开始扫地,谁知,铺着砖块的地面却被老鼠打了许多洞,土一锹一锹端不完。我换上平底鞋、家常衣裤,挽起袖子,起劲地和妈收拾,跑着往沟边倒土,一想到我们马上就可以把家里打扫得干净舒适,我浑身是劲,擦桌子,铺炕,扫地,端着土一趟又一趟往沟边跑。爸说,你歇会,慢慢干。不累,我抹一把额头的汗珠,感觉浑身有使不完的劲,不明白,在城里一天懒洋洋的,浑身没劲,回来身上咋这么大劲呢?

在咸阳,爸妈住在哥哥给他们买的房子里,整天待在楼上,很少下楼,即便是下楼也很少和人交流,一天眉头紧锁,妈让爸拖个地,爸说受不了,可是一回家,回到爸的天地,爸却可以抡起镢头挖地,眉头也舒展了。你说怪不怪?

哥哥已在院子撑起大大的天蓝色太阳伞,搬出经营酒水饮料生意朋友送我的白色休闲座椅,洗干净我们在县城买的葡萄、苹果、梨等水果,泡上一杯绿茶,坐下享受呢,侄子天天和女儿毛豆豆在院子中间搭起帐篷,两个人钻在里面乐得直打滚,妈在厨房案板上切菜,爸给灶里添柴。我和哥哥坐在太阳伞下歇息,头顶天空瓦蓝瓦蓝,白云飘荡,风吹得梨树叶子唰唰作响,青烟袅袅,山村安详。

这一刻的安宁惬意我向往了多久啊!

　　这些年,我之所以这么喜欢回老家,就是因为,在老家,我的眼睛、心灵与双足都有理想的漫步之处。从我家院子去塬上最美的地方散步,只需三五分钟。我通常选择黄昏的时候带女儿和老妈一起顺着村道去塬上散步,夕阳西下,晚霞满天,母女三代一起,总会叫人觉得异常甜美并感慨生命的神奇。近些年,每次回家,我总是执意把女儿带上,想把眼下还算自然的一些自然作为礼物储存在她的记忆里。等她长大之后,这个地方或将被"开发",变成另外的样子。

　　我家房子后边这条路因通向侍郎湖,近几年,县上在路两旁都栽上了花,也拓宽了许多。顺着家门口的那条小路往前走,看晚霞在路面铺下一层橘红的霞光,西边,残阳如血,太阳一点一点从天空向山峦靠近,由圆形变为半圆,变为一瓣,变为一点,然后完全消失。老妈抬头看天,说,瓦渣云晒死人。女儿蹦蹦跳跳在阳沟边揪狗尾巴草,夕阳给她稚嫩的脸上镀上一道温暖的弧线,霞光从西天一路流溢,柔柔地铺满整个山坡,人置身其中,心情也变得柔和饱满。我静静地看着毛茸茸的像百合花一样芬芳的女儿,和老妈一起感受着这一刻的安宁静好。当徐徐的风拂过我的脸孔,妈妈的唠叨变得那么珍贵,看着满头花白皱纹丛生的老妈,我多么希望她能健健康康、精精神神地多活几年,一旦老妈身体不好,在老家就住不成了。妈不在的家,哪里还是家?

　　我喜欢黄昏时的漫步,喜欢看塬上的落日,喜欢看风中的落叶。行走在故乡蜿蜒的土马路上,我能时时感觉到,我在呼吸,我在咀嚼,我在含纳和吐出,这是一种久违的感觉! 回到老家,我回复并成为一个真正意义上的人,在这里,我可以什么都不做,只是睁开眼去"看",这看到的景象令我满足。我发现自己根本没有那么贪婪,也不像原本设想的那样矫情,我发现我还可以赤裸着面对这个世界。这个发现令我激动。我在自然万物面前还葆有一丝童真趣味,心还没有锈蚀,它还能够坦然地打开,并且供我观察到自己灵魂深处的东西——那些流动的暗夜间才会运行的泉水并未干涸。我发现我还有力量,爱的力量。而原来,我一直以为我已经丧失了那种本源的事物。我在故乡这片广袤的大地上不仅打开了自己,也打开了我灵魂的渴求。

　　朋友,说真的,倘若你也有过这样的经历,你就会了解我说的意思,我是说,我们是可以这样活着的——真诚的,一贯的,不自欺欺人地活下去。做一个像孩子一样的成人,感受到爱,感受到大地深处母性的召唤。

暮色下,回到院子,哥哥已在屋前菜地边架起烧烤炉,从车子后备厢拿出他自制的小冰箱,取出鸡翅、羊肉、烤肠、面筋等开始烧烤,田埂里,青蛙和不知名的虫子在合奏着永不厌倦的歌。

天彻底黑了,哥哥想给院子挂上灯,妈说,灯泡闪了。哥哥要到十里外的水口镇买灯泡,我说,都快十点了,镇上商店早就关门了。哥哥说,我就不信,还买不来个灯泡!开了车,十来分钟就买回了十个灯泡,递给妈说:"闪,你叫它闪,十个,看它闪得完。"挂上灯,黑乎乎的院子瞬间灯火通明。想起那次省作协雷书记在我家院子点着蜡烛吃饭的情景,我想,难怪农村人都要生男娃,这男娃还是管用。

哥哥从柴垛上抱来一捆硬柴,在院边点起篝火,火苗噼里啪啦欢快地燃烧,车载音乐里,侃侃的《老家》在晚风中缓缓流淌……

那年我离开老家/天空中有雨在下/肩上的背包沉沉的啊/装满妈妈的牵挂/我看到她眼中有泪花/风中飞舞着她的白发/拉着我的手啊紧紧的/还有说不完的话/小鸟儿在叽叽又喳喳/催我出发/田间的小路坑坑洼洼/我走走又停下/老家/老家/脚步踏遍海角天涯/心儿却系着她

与其说侃侃在唱歌,倒不如说她是在用心抚慰你的灵魂。她用每一个词儿、每一个音符,勾起你的回忆,探触你的心底。于是,回味、忧伤、心碎,接踵而至,这歌词仿佛从我心里流淌出来一般,轻松地将人内心深处埋藏已久的真实情感与自己的真实经历翻搅出来,大白于心。那些由于生存的压力与快节奏的生活已经无暇顾及的青春剪影一幕幕再次放映。侃侃用最朴实简单的音符轻吟低唱着自己对生命的感悟。听着这样的歌,我会突然想流泪,只为那份坦然,那份亲近,那份推心置腹。听侃侃唱歌,在脑海的褶皱间,在心的尘埃里,很容易被她沉郁芬芳的声音唤醒。其实,我们更需要把心的回忆或者未来都珍藏好,在月夜、在雨天,或者在白发苍苍时,将眼睛的潮湿再次在欢笑里磨砺。

晚上,月色撩人,我将窗帘拉开,躺在炕上赏月。明亮的不可思议的月亮爬过山坡,翻过屋檐,吊在窗外的树梢上。此时,一家人都已进入梦乡,只有我一人眼睛睁得大大的,靠窗躺着,望着窗外明晃晃的月光,毫无睡意。只有在乡村,才看得见真正的月光,能感觉到有月光的日子并不多,渴望把心灵一角翻出来熨晾的动机和冲动也不多。

给女儿盖好她蹬掉的被子,联想起最近新闻上不断播放农村偏远地区的凶杀案,想着这一个坡,如今只剩下我们一家人住,心里不禁害怕起来,看看身边这一大家子遂放下心来。但想想平时,这里只有爸妈两人,晚上万一来个不速之客,吓都吓个半死,出个啥事,可能几天村里人都不知道。

第二天早上,起床洒扫庭院后,一如往常踩着菜地边的露珠来到沟边,像《人生》里的刘巧珍一样站在崖畔上一边刷牙一边看沟里烟雾缭绕,真是如临仙境,站在沟边,可吸尽天地之精华,看红日从东方冉冉升起,浓雾紧锁的村庄随着太阳缓缓升起渐渐变得清晰起来。记得哥哥每次和嫂子回老家,每天早上起床,嫂子梳洗打扮好,就端一杯茶站沟边看雾去了,一看就是好半天。

摘些鲜菜,熬好稀饭,切好菜,等哥哥散步回来就炒菜开饭。趁老妈在厨房忙活时,我和毛豆豆已经溜到村里逛了一圈,回来时,满心喜悦的娘俩抄近路从宝斌家麦地的崖背上跳下来,差点崴了脚,站在地上快乐地疼了一阵子,撒腿就往回跑。

哥哥散步回来后,没想到馏馍时,昨天回来时在县城买的一大包馒头却不翼而飞,死活找不到了。

妈说,天太热,怕放坏,就在厨房窗外晾着,晚上睡觉时忘了收,可能被谁顺手拿走了……这真叫人哭笑不得。没办法,哥哥只好开车去镇上买馍。唉……

妈说,农村这小偷小摸太气人了,现在左右邻居都搬走了,以前,秋霞家没搬走时,鸡下个蛋,经常是你还没来得及收就不见了;院子树上的桃杏等,他们去一趟城里就少一些;人跟一趟集回来,韭菜不是被割了,就是麦草被撕了……我无奈地说,这些都是小事,只要他家还住这,人还能串个门,就当给咱家做伴。

妈说,村里动不动就是把谁家核桃打了,把谁家玉米掰了,你爱群嫂子种的豆豆被摘了,她站在沟边扯着嗓子跳着脚能从下午骂到天黑,那种连娘带老子问候祖宗十八代的阵势我不是没有见过。我的父母住在这里,远离村上的是是非非、纷纷扰扰,倒也平静安宁。

妈说,你不知道,咱屋里到底美很,我一天坐到炕上,想吃果子了,自己下去到门前树上一折,啥都有,又新鲜又没农药,太美么……

妈说,五月,你七娘领着两个孙子下来,她急着又是给摘桃又是给折杏。妈对七娘说,你看我钢蛋晓英老是叫我俩住到咸阳去,再不要回来了,你看,咱屋美的,我咋撂得下这个摊摊么……没想到,七娘没好气地说,那死了哩……一句话,噎得我妈没说出话,心口疼得几个晚上没睡着。我知道,妈当时说这话时,一定是热切地满含深情望着她苦心经营的院落给她的妯娌说她的心里话,没想到七娘生硬又呛人地端直给她来了这么一句。半年后,妈给我说这话时,还难过地又哭了一鼻子。妈说,我对你七娘一家多好,她咋能说这么气人的话?妈一边给我哭诉,一边又找出塑料袋,像以往那样把我拿回家的糕点、水果、吃食、菜等东西各样给七娘家又分了一半。我看着老实又善良的妈,真不知道该怎么安慰她。我知道,我那已经七十多岁风烛残年拖着满身疾病仍在地里刨食、伺候生病的七爸一辈子、很可能刚受了七爸气的、拉扯着儿子儿媳外出打工留下的两个没上小学的孙子,已被命运压垮的七娘可能当时也并无恶意。我知道,妈丢不下她所谓的这个"摊摊",指的并不单单是院子几间旧房子,几棵果树。妈和我一样,丢不下的是韩家坡的沟,韩家坡的塬,韩家坡的风,韩家坡的月……

妈说,你要修房子,就赶紧,趁妈还精神,还能住几年,再享受几年。一旦稍有点什么事,妈就无奈地说,这地方,确实住不成了,村上青壮年男女都出去打工了,只剩下老年人照看孙子,娃他爸妈常年不回家,他爷他奶只要给吃饱穿暖就不错了,教育根本谈不上。现在,偷鸡摸狗的事在村里很普遍,时常丢东西,家里情况好一点的都在县城买了房,住在城里,经管娃上学。村上没人了,家里有个事,想去村里找个人帮忙都找不到。

妈说,村上没商店、没药店,想买个啥很不方便。有次,你爸头疼病又犯了,下雨天路滑,买药得走几里路到邻村去,把人急得没办法。妈说,有次天快黑时,爸突然在门坎上摔倒了,挣扎了半天起不来,她去扶,爸身子重,自己又使不上劲,折腾了大半个小时,怎么也扶不起来,想找人搭把手,可院子没人经过,想去村上叫人帮忙扶,可是天已黑了,她眼睛不好,又怕再跌跌绊绊,即便是打电话,一时半会也难以找到人帮忙,万般无奈,爸说,实在不行,你给我在地上铺上被褥,我晚上就睡这,等天亮了叫人……你爸原来身体多好……妈说这话时,难过得泣不成声。

哥哥说,你看,这情况,家里还敢再待吗?爸已经半痴呆了,妈一个人,有急事着急连个人都叫不到。看来,明年他们是不敢再回去了,在咸阳,要是病了,咱俩都离得近,照顾起来也方便。爸妈明年不能再回去了,他们不在的家那还是家吗?就算咱们把老家的房屋装修好,爸妈不在,回去也没意思。如果仅仅每年只为度几天假翻修房屋,那代价未免太大了。就算是修建好了,每年全家人能有几天假去住?太远,回去单趟得两三个小时,每个周末回去也不现实。再说,回去一家人住在那里,车停在院里,安全就是最大的问题。你没看新闻,最近经常播农村偏远地方接连发生的灭门凶杀案。

这就是残酷的现实。前些年,父母年富力强时,我们兄妹正在城市打拼,那时没有多余的闲钱重建装修老家的房屋,也没有多余的时间回去休闲度假。现在,当我们在城里站稳脚跟,略有积蓄,可以拿出一部分资金投入,并且有闲暇时间度假时,父母却老了,老得那么的令人无可奈何。这才深切地体会到树欲静而风不止,子欲养而亲不待是何等的悲凉。

今年随市政协回彬县调研农村文化建设,县上推荐看全国道德模范提名奖获得者卢效平所在的下长禄村。下长禄村是我们韩家坡村的邻村,相隔仅五里地,这几年被划归为一个村,但仍然是两个天地,下长禄村村委会、广场建得十分漂亮气派,有一个道德大讲堂,有舞台,灯光、音响,里面可办三十桌酒席,村上有红白喜事,就在这里待客,经济实惠,村民也很省事。村子所有住户由卢效平出资,集体设计规划建成门楼风格统一的民居,干净,整齐。卢效平家就在村委会斜对面,一栋欧式别墅,装修豪华大气。早就知道,他们村实行交钥匙工程,卢效平盖了六套房屋给村里的困难户,一分钱不要,直接领钥匙住,村上今年还给七十岁以上的老人发就餐券,持餐券在村委会灶上一日三餐全年免费就餐。不得不让人感慨卢效平的乐善好施,的确感动中国。

去侍郎湖时,路过下长禄村,经常能碰上水口镇王书记带着省上市上县

221

上的领导参观调研,而与之相邻的仅仅五里地相隔的韩家坡村这些年来没有丝毫变化,就像后妈养的被忽略的苦孩子,虽天生丽质,但缺衣少穿,只能眼巴巴地望着人家的风光热闹。

爸妈在老家住时,每次我给打电话,妈都说,一天忙得很。我问都忙啥?妈说,忙饭不得熟,炕不得热。的确,农村晴天还好,干硬柴往锅底一塞,锅里的水一会就煎了。要是遇上雨天,柴垛湿哒哒的,烟熏火燎,好半天生不着火。再遇上西北风,逆风,炕老半天烧不热。后来,给妈买了电磁炉、电褥子,总算是解决了这个问题。每年,还没到天大冷,我和哥哥早已经把爸妈接到咸阳暖气充足的房间。春暖花开时,再把二老送回家。候鸟一样享受退休生活自由、每年都能回老家避暑的爸妈令我十分羡慕。妈常说:"我和你爸是韩家坡福最大的人,有你兄妹俩,一天给妈把啥都弄好了。"妈说,你不知道,村上人太可怜么,冬天,干冷干冷的,农村人烧不起煤,舍不得搭炉子,硬冻。厨房水瓮、油、醋冻得实实的,好半天化不开。冷,把炕烧得把人能烙熟,身子烫得睡不着,露在被子外的头冻得冰冷发疼。你七娘七爸冬天可受罪了,七十多岁的人,每天饭不得熟,炕不得热。还要送伟伟两个娃去下长禄村上学,天天早上天不亮就得去送,中午还得再给送一趟饭,五里路呢,晚上接回来,一天来回得跑六趟。伟伟是七娘唯一的儿子,两口子都在外地打工,一年回来一次,两个孩子都由七娘照看。因小学合并,我们村的娃只好去邻村下长禄上学。

我的家乡彬县今年已位列陕西十强县第六名,我们县上的孩子现在上学从小学到高中全部免费,几乎所有的学校都有暖气,泾河长堤、新区体育中心、豳风风情园、县城每一个广场都那么漂亮……县城哪怕是修鞋的、收破烂的都能享受上城市基础设施大发展带来的便利。彬县有全咸阳市最好的敬老院,彬县有韩家的"幸福苑",彬县县城基础设施和城镇化建设早都发生了翻天覆地的变化,几乎村村都有漂亮的水泥路、村委会、活动健身广场、超市、药店等基础设施。彬县农村几乎家家都安装了太阳能热水器、使用上了沼气……哦,彬县的好,我一时半会说不完。

有次,随省作协去县上采访,得知让彬县发生翻天覆地变化的我们县的父母官李建民书记经常去农村偏远小镇,揭开农民的锅盖看看吃的是啥?

揭开农民的被子摸摸看炕热不热,问农民低保能不能按时领到手……那时,我就在想,如果李书记和县上镇上的领导,从万众瞩目的下长禄村经过时,能顺路看看与之相邻的我那除了古朴秀丽的自然风光、几十年来没有一丁点变化和发展的、离县城仅仅十里路的韩家坡,看看祖祖辈辈生活在那里的村民的生存现状。

我们村村民缺乏引导和管理,在自家田地随意自建房屋,没有整体规划,有的过于零散,有的过于集中,村上的路又窄又烂,村上的人又穷又封建。每次去七娘家,进村路窄得倒不开车。我不知道我们韩家坡的村委会在哪里,广场在哪里,农家书屋在哪里,农村文化站在哪里,更别提什么超市、药店等基础设施了。这与我们美丽的彬县、与我们漂亮的下长禄村极不协调,我们韩家坡村拖了幸福彬县、花园彬县的后腿,我为我们村感到非常不好意思。

乡村有疾,贫穷导致的节衣缩食,落后的生活环境,频发的偷盗事件,简陋的医疗卫生……韩家坡——这个和父母一样孤独、古老的村庄,想起来就令我心里隐隐作痛。我是多么渴望,我美丽却有疾的乡村,能够早早盼来救治的佳音。

4

清晨,被同学一条短信叫醒。

懒虫,快起床,下雪啦。

拉开窗帘一看,大雪纷飞,外面成了银白色的世界。鲁院 408 窗外的那棵巨树在寒风中瑟缩着,不同的是,院子其他小树的叶子都已发黄,纷纷坠落,只有这棵巨树上的叶子在风雪的侵袭下依然顽强地坚守着甚至还翠绿着。

下雪了,爸妈还在老家吗? 他们来咸阳没有? 我顾不上梳洗,急切地拨打老妈的电话,无人接听,我的心顿时揪紧了。

记得那年冬天,回到老家的我被一场罕见的大雪挽留,意外地在家陪父母住了一个星期。水管冻住了,妈戴着头巾拿着脸盆在门前空地上的干净

223

处挖雪,化了用来洗衣,这情景多年后的今天依然历历在目。

现在,我坐在北京鲁迅文学院的学员宿舍里,可是我的心却在千里之外的老家。此时此刻,我的父母肯定正在吃饭,饭桌上,有老妈种的在锅里焙干用石窝窝砸的辣子面,再用自家榨的菜籽油一泼,那个香啊离好远都能闻得到。每顿饭只需一碗油泼辣子,一把韭菜,一些蔬菜,就会做出无数花样,吃得很香。有时,妈妈会到地里拔几个白菜,蒸一锅菜疙瘩,用辣子面、蒜、油一泼,非常好吃。逢集时,爸骑着自行车去镇上称两斤豆腐,回来在门前割些韭菜,蒸一锅包子,想想都能馋得直流口水。我每次回家,爸往灶膛里添柴,我和妈在案板上忙活,两个小时后,土豆包子、葫芦包子、茄子包子、韭菜花卷就上桌了,再从后锅舀一碗豆豆米汤,地里拔一个萝卜,几根葱,摘几个青辣子,切一盘"三代王",这一顿饭吃得浑身每个毛孔都无比妥帖。

人最难打发、最难对付的是自己的胃,尤其是来到一个陌生的与以往饮食大不相同的地方,胃不舒服,或者说把自己没喂饱,那的确是干什么事都没心思。刚到鲁院时,餐厅的饭菜还带着几分新鲜感,一个多月后,面对餐台那著名的北京炸酱面、鸭腿、清蒸鱼,我怎么努力都无法调动起自己的胃口,每天去只喝碗粥,馒头夹点"老干妈"勉强对付一下,一个多月来,我执着地走遍了鲁院周围的每一条街,都没有找到一家陕西的面馆。胃是有记忆功能的,越是喂不饱,越是找不到就越想,后来在对外经贸大学附近找到一家马师傅拉面馆,我对他家的爆炒面一见钟情,刚出锅的棍棍面用韭菜辣子角鸡蛋爆炒,非常对我胃口。店主兼服务员的两个女人是伊斯兰人,每天戴着头巾,长得都很漂亮,看起来好像是姑嫂关系。来这里吃饭的大都是对外经贸大学的学生,大部分是外国的漂亮女生,我每天只要有一盘爆炒面就 ok了,真是养胃又养眼!后来的三个月,我就指望这家爆炒面活着。

不知你是否有这样的感触,当你从小村镇走向大城市,想着有一天会回老家,却发现再也回不去,因为小村的人事和环境,和你想要的有落差。当你身处城市多年,一个被你忽视或头痛的问题——始终没有解决好"吃",在异乡,即便是吃同样的食物,感觉味道变了,思乡之情隐隐发作。因此,也有说,思乡是味蕾作怪,阿城曾说:"海外华侨叶落归根哪里是爱国,不过是被胃里什么分泌物操控,到了老了,只认小时候习惯的吃食,熬不住,只好回国来了。"看来,我太受局限的胃注定这辈子见不了大世面,不会有大出息。

老家离咸阳只需两个多小时的路程,我却因各种原因经常回不去,有时候回去也是走马观花,匆匆半天就打道回府,平常周末,即便是我有时间,因女儿要上兴趣课也是回不了家。今年暑假,我早早就计划好,等孩子补完课临开学前,我一定要带女儿回老家住三五天,并且下定决心,今年国庆节七天假一定好好在老家待个够,没想到8月份时接到了鲁院的录取通知,回家的愿望只好再次寄存。

生活中,我们在为远处的风景支付生命的激情,却在风雨兼程的某个路口,在不经意的蓦然回首中,看见了我们灵魂深处的珍贵原来只是被蒙尘了的朴素和简单,一个简单而有温度的家,是一生的所有。我们总是渴望着远方的城市,真正抵达之后,才发现,故乡辽阔的平原、纵横的沟壑、静静的村落才是我永恒的家园。

如果说,我们都渴望逃离故乡,我的意思是说我们渴望逃脱自古就有的压抑感。故乡不在他处,故乡是在我们的内心一点一点构建出来,故乡在我们茫然若失的咏叹中一程一程回来。我们早已丧失了完整的故乡,我们只是在丧失故乡的时候才意识到:我们渴望逃离的、我们曾经逃离的,都是我们心造的幻影。我们是通过逃离来亲近我们的故乡。

一个人最壮烈的心事,只是属于远方吗? 最终,我们回到了黄土装饰着的故乡,在老家的日子里,我看见了大地亲切的样貌,深感欣慰,回归故土。我爱这片古老的土地,我愿在此寄存终生。

一个人的心,不管如何坚硬,也无法真正漠视自己的老家。老家,有父亲佝偻的背影,有母亲一针一线编织的亲情。老家,是我痴心想念中永远都抹不去的记忆。回家,踩在松软的泥土上,心就会感到无端的安宁,这大约就是所谓的接地气吧。因为,站在村口等待我的父亲,早已教会了我关于山那边,关于更辽阔的远方的想象。

在城市浮躁的生活中,每个人都极易为物欲所推动,终日狂奔在名利的跑道上,很容易就迷失了心的方向,而回家就是通往安详的那条路。

我沉默着,沉默地等待心里那句思量已久的话冲口而出——我的乡村啊,其实,我从未走远。

　　因为,我的根还在故乡,在那片热土上,我的精神从那里生长出来,我最终还要回到那里去,这是一个心里有爱的人的必然宿命。就像某位作家所说:"做起了城里人,我才发现,我的本性依旧是农民,如乌鸡一样,那是乌在了骨头里。"在这样一个精神被拔根,心灵被挂空的时代,人活着都是游离的,受伤的,任何想回到故土记忆,回到精神本根的努力,都显得异常艰难而渺茫。回乡,也不一定能找到家乡,从精神意义上说,寻根的背后,人很可能面对更大的漂泊和游离。

　　现在,大多数人的生存被连根拔起,生存状态几乎是挂空的,故乡是回不去了,城市又缺乏扎根的地方。哲学家牟宗三在《说"怀乡"》一文中说,自己已无乡可怀,现在的人太苦了,人人都拔了根,挂了空,个个农不农,工不工,乡不乡,城不城,一生没根没底,像池塘里的浮萍,一片茫然。

　　我清楚,故乡将出现另一种形状,我有责任和感情写下它,为了忘却的回忆。

鲁院研讨

在长篇小说《都市挣扎》研讨会上的发言

白　描　（鲁迅文学院原院长）

　　《都市挣扎》这本书,韩晓英在上鲁十八之前,就寄给了我。拿到书后,我粗略翻了一下,当时把我的老朋友李星给她写的序言和她自己写的后记,认认真真、字斟句酌地看了。因小说比较厚,就想有时间了再慢慢看。这次要开研讨会,我就很认真地读,一口气读完,看到晚上两点多。要说的很多,首先从两个层面上来谈谈,一个小层面一个大层面。小层面是陕西范围内的青年作家写作,大层面是全国大背景下的都市小说青春写作。

　　陕西文学我很关注,我在陕西作协工作了九年,做刊物主编,对陕西文学、陕西作家的感情是很深的。记得在五六年前,我回陕西探亲,朋友住院,在医院楼道里,西安晚报记者采访我,要我谈对陕西文学的看法。我谈了陕西文学的优势,同时也表达了我的一些担忧。西安晚报发出来后做了一个耸人听闻的标题:陕西文学这口油井面临断喷的危险。全国很多报纸转载。我觉得他们要这样说也可以,大家知道,陕西向来被视为文学大省,文学强省,陕西作家在中国当代文坛占据重要地位,国家性的大的奖项,茅奖,鲁奖,都拿过。大家看陕西作家的眼光,总是带着羡慕和尊敬。的确,陕西作家在中国文坛非常引人瞩目,1985 年,中国作协召开“文革”后第一次青创会,平凹和我是陕西团团长,当时统计,陕西在全国公开报纸刊物上发表过文学作品、35 岁以下的青年作家有 1500 人,这个数字我报给中国作协,他们根本不相信,我就把所有原始的统计表,作者姓名,出生年月、职业、工作单位、家庭地址,及发表作品的目录全部拿给他们,中国作协看呆了,说陕西不得了。在这条路子上,有些人走下来了,有些人没有走下来,陕西作家现在挑大梁的,多是 40 年代、50 年代生人,如陈忠实、贾平凹、叶广芩、吴克敬等。60 年代的有一些,如红柯、朱鸿等,到了 70 年代以后,突然下滑,涌现出的作家很少,优秀的只有周瑄璞等少数几个人,从发展势头看,也没有了那种大气象。这一现象非常让人担忧,我曾经多次呼吁,陕西要重视青年文学人才的成长,我甚至说咱们陕西对青年作家培养是不是有问题,这么大的断代现象出现,到现在没有多大改变,是该寻找一下原因。

正是在这种背景下,韩晓英走到了我们面前,还有一些 80 后,比如说杨则纬,也在鲁院上过学,但她是典型的 80 后写作,走的是青春文学写作的路子。杨小云回到陕西,带来一些生气,辛娟需要坚持,杜文娟的成果不断出现,她去西藏,写西藏。我说陕西这片沃土你不好好挖掘,跑西藏去了,她说写陕西我永远写不过我前面的那些大树,她只有另辟蹊径到别的地方去了。我说你这样不对,你逃避了你最熟悉的、逃避了与你血脉相连的、与你生命脐带相连的这块土地,到一个陌生的土地上去耕耘。我说你写西藏你能超过同样是陕西作家的王宗仁、党益民吗?她的这个路子,有点剑走偏锋的味道。正是在这种背景下,韩晓英出现了,拿出来了她的这部长篇,还有一些其它的作品,我觉得《都市挣扎》看完以后,可能我们陕西看韩晓英的眼光,应该有所变化,应该对她抱有更高的期望。从这部作品,我能看得出来,她还没有完全动用她的生活积累,这是她步入城市以后对人生的一些感悟,对她二十多岁、三十多岁生活的一些体悟,她的仓库里可能还积放着好多好多散发着岁月芳香的一些东西,她没有动用。为什么这样说呢?她的家乡在陕西彬县,我要告诉大家的是,彬县是一个非常有文化底蕴的地方。介绍两点,第一个是我们读《诗经》,十五国风里有豳风,这个豳,就是她的家乡。豳地先民在《诗经》时代就留下了永垂青史的歌唱,他们的诗歌到现在常常令我们回味。第二点是她的家乡与周王朝的渊源关系,周王室的前辈早先是一个并不起眼的部落,从甘肃那一带繁衍生息,慢慢发展,力量稍强后开始东进,东进的第一站就在彬县,落脚点、根据地选择了彬县。经历了几代人的发展以后再南迁,南迁到岐山、凤翔一带的周原。仅从以上两点,我们就可看出,韩晓英家乡地域文化非常深厚、强大。还有在革命战争时期,他们家乡这个地方是红区和白区交界的地方,两方面都在争取,各种势力犬牙交错,非常复杂,出土匪,也出英雄豪杰;这里还是陕西咸阳的西北大门,这里直通甘肃的平凉,直通宁夏,要写的东西非常多,非常好,可挖掘的东西非常多。从陕西彬县地域文化积淀来看,我觉得从这片土地走出的韩晓英,有着丰厚的传统文化的滋养,她可能会写出更好的作品,这部书不是我对她的最终期待,她可能还有更大的发展余地。

第二个从全国大层面来讲,这是一部都市小说,而就中国当代文学的经验背景而言,都市小说一直是我们的一个软肋,它有好多方面的原因。第一个原因,早先的中国作家,大部分出身乡村,他们熟悉要写的生活,熟悉要写的对象,写起来相对得心应手,经过数十年积累,好多成熟的作品摆在那里,好多经验可供我们借鉴,所以乡村题材文学在中国当代文学中一直居于强势地位。第二个原因是我们过去的文艺政策问题,作家要写工农兵,城里都是小资,小资是改造的对象,不是我们文艺服务的主体,所以城市文学一直没有发展起来。到改革开放以后,一批受过现代教育,教育背景比较良好的作家、一些城市闯荡者,突然写起了城市,给人一种新鲜的感觉,特别是八零后写作,他们带着一种叛逆的色彩,怀着质疑的目光看待一切,他们怀拥的是一种全新的精神坐标,秉持的是现代、后现代的文化理念,这些东西,开始对我们的阅读感受构成一种冲击力,可是时间一长,新意不多,便滑入既定的套路上去了。更有一些人把都市写作变成了私人化写作的代名词,这样让都市文学的发展突然变得迷茫起来了,怎么发展?写什么呀?怎么来突破?怎么来提高?在这个层面上,大家都感到比较困惑。

读了《都市挣扎》以后,我认为,这部小说在都市文学,在都市写作上为我们提供了一种新鲜的经验。它写得很入世,很世俗,没有虚无缥缈的东西,没有稀奇古怪的猎奇,不是光靠灵感的火花和小才情来取胜,是以厚重的思想内容来展示作家写作的才华,在这一点上,我觉得这是这部小说给我们都市文学带来了一个新的、可供解剖的标本。

《都市挣扎》书名,实际上为我们解读这本书提供了两个关键词,一个是"都市",一个是"挣扎"。我的老朋友李星,《小说评论》杂志原主编,在这本书的序言里,重点从文化打工者角度来论述小说的价值,把它划入打工文学这一类,从这个视角看也对。但是我觉得他这个概念定得有点小了。打工文学指漂泊在都市里的、以打工人的生活为主要描写对象的那类作家的那类作品,现在打工文学的好多作家,比如说王十月、郑小琼等,他们有稳定的工作,和过去那种打工、和旭日阳刚那些打工族根本不一样,另一方面,从更宽泛的角度讲,除了自己当老板的人以外,都市里谁不是打工者?所以打工文学这个概念有值得推敲的地方。《都市挣扎》实际上写现在都市人的生存际遇,生存样态,他们的追求、梦想、挣扎和迷惘,他们的快乐、痛苦、纠结和希冀。韩晓英小说里的都市人,和世代生于斯、长于斯的纯粹都市人不一样,他们是一群闯入者,从乡村,从小镇,从小城,从别的地方,心甘情愿地或者被迫无奈地、自觉清醒地或者盲目冲动地闯入到现代都市里,在这里创造和上演他们的人生戏剧,剧情有大有小,有悲有欢,有分有合,有起有落。这么一群闯入者,应和着大变革时代的旋律,在以城市为背景的舞台上舞动他们的青春和生命,发出他们的欢呼和呐喊,唱出他们的梦想和追求,这一切都映衬着时代的光影,不是城市这棵大树上的偏枝旁桠,而是树干本身,是主流潮涌里腾起的浪花,所以,我觉得这部小说表现的内容,它的内涵,要比打工文学的概念大一点。

《都市挣扎》写得很朴素。有些作者写都市,是抱着质疑的态度写的,都市的伦理道德,都市的文化观念,他压根排斥,压根反对,作者明确地带着这种意识来进行文学创作。他可能有思想锋芒,有他的价值支撑,有他的批判立场,甚至会给我们带来振聋发聩的感觉,但是我认为,一部长篇还是混沌一些比较好,理念不要太外露太清晰,作者只要能够深入细致地把内心里点点滴滴的感受发掘出来,让人去体味那种五味杂陈的人生况味,用生活形态来把这些东西展露出来,你想表现什么大家自会得知。这部书没有受某一种既定的、或者说受一种强大的理念的支配，它只是写不同的人，写他们闯入城市以后，经历的各种各样的事情，遭遇到的各种各样的人生际遇，而我们读过之后获得的感觉也很复杂，我们不知不觉会站到一种跨文化跨价值立场，审视这个被叫做"都市"的精灵或者怪物。如果城市已经被你批判得一塌糊涂了，你为什么还要来？人流为什么还要源源不断地涌入城市？它一定有值得我们向往的理由。小说《都市挣扎》的混沌感，带来的是一种厚重大气的感觉。

作品里的人物，首先是女主人林夕写得非常好，非常真实。一个从农村走出来的孩子，不甘心平庸，不甘心重复父辈的生活和命运，毅然决然地走出家乡皂角树的庇荫和涝池映照，在城市里，她忘情地投入到生活的潮流当中，她遭遇到了家庭的幸福和不幸，遇到了真挚的爱情，也遇到了情感的背叛，收获了真诚的友谊，也收获了婚外的激情。她参悟到了很多东西，她也失去了很多东西。这个人物我觉得写得很真实，没有任何理念的拔高，本本分分，朴朴素素。还有汪然这个人物，那么一个才子，那么的一种味道，那么一种个性，他的追求、他的梦想，怎么破灭了，又怎么重建，曲折中喜剧悲剧味道杂陈。路子帆这个人物很有色彩，那么平庸，那么胆小，那么谨慎，却又时时那么不安分。小说人物写得都很传神，这部书提供给我们思考的余地很大，人物命运的走向完全顺着生活流往前演进，但是每个人物的命运归宿，都有一种思考指向，而且，这种思考在我们心里会放大，比如，小说不言说都市生活是与非，好与坏，不作价值评判，但是我们读完了以后，反倒要在心里对其做出价值判断，究竟这样做值不值得？他们是为了什么？哪些是我们都市里的精华素？哪些是我们人体里多余的自由基？这正是小说的艺术魅力，我们不光会产生感情共鸣，而且会产生理性诘问。

《都市挣扎》这部作品，也有不到位的地方。小说里面每个人都是有根的，他们从原有的生活位置走来，带着既定的生活经验、人生智慧，以及伦理价值观念，这是他们的根，但是作者在写这个的时候，没有意识到这种根对一个人在新的生活位置上、在他所作出选择、在他朝前走出每一步当中是多么重要，这个东西是人物的灵魂，他们须臾不会丢弃。小说开头从主人公林夕在故乡的生活写起,我还以为后来她身上所发生的一切,要和老家那些东西勾连起来,这种勾连不在于你笔墨拉回去再写老家,而在于人物做出某种选择时,这些东西一定会给主人公行为带来显性的或隐性的影响,会在看见或看不见的地方发生作用。比如说林夕和老公好了坏了,坏了好了,忠诚了又背叛了,写那种感情时,强大的乡村文化基因留给她的胎记一定会显现出来,会让她在乡村文明和都市文明的夹缝里左顾右盼。当林夕和高晋走在一块,忘情的时候,它不可能是那么一种纯粹肉体狂欢的陶醉状态,一定还会有其它的色彩,我不是说有意要把人物弄复杂,要给人物增加一些什么东西,我觉得要写出人物的复杂性,写出灵魂深处隐微的东西,写出这个作品它应该具有的深度来。《都市挣扎》实际上是一个人和一个城市作战;一个人和一大群、几百万人作战:一个人和一个单位三四十个人作战,你和三四十个人作战;同时还有一个看不见的战场:一个人时时刻刻和自己内心另一个"我"在作战,自己和自己交锋,这一点,我现在从这本书里,没看出作者意识到这个东西。如果写出传统的东西和现代的东西、乡村文明和都市文明的冲突,写出乡村的东西怎样走向消亡,而在这一过程中又怎样像影子一样时时相随,又怎么样淡化,又怎么样被踩碎,新的文明怎么样一点点建立起来,在心里怎么样一点点滋长——如果这样来写,这部作品无疑更有分量。比如林夕遇见高晋,一个女人碰到心仪的男子,她没想出轨,但最后,因情而产生的一种势场推着她走出了改变性质的一步。书里面写到,高晋给她肉体带来巨大的愉悦和快感,是她此前从未体会过的,这里面没有精神因素,她和她丈夫疲惫了,她和丈夫在床上做那些事情时感到没有丝毫的意思,她甚至可以在那看书,他丈夫好像在那干一件不相干的活一样。但是在高晋这个男人身上,她体验到了一种她没有体验过的感受,她完全脱胎成为另外一个女人,他唤醒了作为一个女人的、女性的那种东西,激活了那一些东西,这是生命的一种感觉,不能说低俗。但是终归,她是从土窑里走出来的女子,传统观念不会丝毫不见踪迹,如果能够发掘出其中更深层的东西,我估计人物更真实,形象更丰满,意象更丰沛。

我发现晓英的叙述功力还比较弱。长篇拼什么?不是拼描写,而是拼叙述,叙述的功力才见功力,写什么,不写什么,什么地方戛然而止,什么地方得一刀一刀地精雕细刻,不厌其烦,不厌其详,拼的是这个东西,是概括的能力,语言的张力及包容量,一句话包含多少意思和信息,包含了多少美学意念,甚至一句话可能决定了小说的风格,小说中风格都是从叙述语言说起,不是从描写看小说的风格,描写的短句式,对话,不要人物,不要引号,不要标点符号,别以为那是小说的风格,那不是。《都市挣扎》里有些琐碎细致的描写,太浪费笔墨。写人物有时显得尚欠力道。

以上是我的读后感。

（根据录音整理　已经本人修改审定）

挣扎的人群也有梦想和尊严

——在长篇小说《都市挣扎》研讨会上的发言

韩晓英

尊敬的各位院长、老师,亲爱的同学们:

今天我的心情非常激动,能在北京、在鲁院召开我长篇小说的作品研讨会,对于我来讲像是生命中的一场盛宴,我在倍感幸运的同时无限感恩,感谢鲁迅文学院的三位院长、老师和同学们给我提供聆听教诲的机会,同时让平时一直不善言辞的我说点儿心里话。

十年前的元月,我在我的故乡陕西咸阳的彬县,也就是诗经《豳风》所描写的地方,签售我的散文集《襟袖微风》,那本书得到了著名作家陈忠实老师题写书名和热情鼓励,那是一本凝聚了青春年少所有关于文学梦想的书,现在回过头去看,觉得很幼稚。但是没有当时藏在心中延续至今的文学火焰,也许就不会有后来的《都市挣扎》,更无法幻想有一天能够走进梦寐以求的鲁院。

我来自陕西这个文学大省,也是包括白院长在内的、在京众多文学评论家的故乡,从柳青开始到后来的路遥、陈忠实、贾平凹都是中国当代文学的大家,三秦大地那片热土上有着太多像我一样的文学爱好者。在坚持文学创作十余年后的 2011 年春天,我以城市文化打工者为对象的长篇小说《都市挣扎》终于杀青,我无法预知这部小说的命运,更无法预知我的未来。但是现实给我预约的惊喜接踵而至,小说得到文学评论家李星老师的高度肯定。我深知这是文学前辈的热情鼓励,正在书稿规划出版时,始料未及的是获得陕西省委宣传部重点文艺作品资助并纳入百名陕西作家集体出征"西风烈"丛书,成为咸阳唯一获得此项资助的作家,此事也被列入咸阳市 2010年度十大文化事件。这无疑是对我多年文学梦想最强有力的震撼。小说出版后,来自各方的赞扬、鼓励包括批评,我都万分感动。更让我没想到在2012 年 8 月,我接到陕西省作协通知,获得来鲁院学习的机会。

这四个月的时间,注定使我终生难忘,今天的研讨会对我的意义非同寻常,我会万般珍惜,尽管《都市挣扎》调动了我将近十年的生活经验,历时三年最终完成,出版后在陕西引起了一定的反响,但是,我还是想知道,在北京、在鲁院、在全国范围内,这本书到底处于什么位置。

今天,老师和同学们的真知灼见,将对我后续的写作构成重要的反省。下面,我把这部小说的构思、创作情况给大家做简要的汇报。

2007 年,构思这个作品时到了物我两忘的地步,很长时间我的脑子没有别的。醒着如此,梦里亦如此。整个人就像是在燃烧一样,每天都处于无以名状的亢奋状态中。当我写到五万多字的时候,六年未见的闺蜜梅(小说中燕儿原型)的出现,使我开始重新思考小说的定位,她向我讲述了她灿烂得令我睁不开眼睛的生活。在她形象生动的讲述中,我看到了中国当代一个农村少女走进城市、融入城市、成就梦想的传奇人生。

我想,燕儿和林夕她们生活的群体,或许从她们的生存状态和精神状态里,能触摸出这个时代城市的不轻易能触摸到的脉搏。像她俩本来在小县城都有工作并能安逸生活,但她们并不满足,自己折腾来到省城,开辟出另一番天地。来到城市,她们没有资金,没有背景,没有技术。所有的局面都是靠着勤奋吃苦和天生的悟性、聪颖,加上乖巧的性格,以及对城市生活超乎常人的适应能力打开的。她们随潮起舞,在城市这个人生的大舞台上挣扎着、奋斗着、郁闷着、痛并快乐着!我想,无论到什么时候,唯有苦难挣扎的生命和粘血带泪的生活,才是发生文学的第一源头。文学最终的目的,就是教会人怎样找到尊严以及怎样去爱。

以我的生存环境和学识才情的局限,我就写自己能写的我觉得应该写的东西。我要通过林夕、燕儿、高晋和路子帆的爱情、婚姻,家庭,事业和困惑,展现从农村来到城市的青年男女的命运以及他们的奋斗历程和生存状态。他们如何走进城市? 如何通过自己的努力融入城市? 他们如何感受城市、认知城市? 这个时代赋予他们怎样的命运? 写出来引起更多人的关注和了解。因为他们可能就是你的同事、朋友、亲戚、姐妹或情人。他们无处不在……我觉得我熟悉他们生活的整个群体,我走进了他们的生活。

经过这十年点灯熬油的刻苦写作和思考,阅读了我所能找到的中外名著以及文人笔记,借鉴了外国文学里对社会和人生的批判方法以及它们开放的审美态度,这种借鉴使我对小说人物的塑造已不再是简单的真实,我将小说中的主人公既看作是生活中的真人,同时也注意他性格所能涵盖的诸多方面,在写作中,我力求做到柔软和温暖,使故事更生活化,细节化,情节和人物极其简单。其实说到底,还是生活在教我怎样写作,教我怎样爱和怎样恨,教我如何拥有和怎样超越。

决定写长篇时,我在博客贴了一张和同事们的合影,留下一句准备重新规划自己余生的话,就毅然从博客消失了。

长篇的写作很折磨人,我经常会陷进主人公命运的泥沼中,举步维艰。在我因自身基础及才情的限制,难以企及自己定下的高度,艰涩得无法继续、苦闷徘徊时,家人的鼓励和支持使我一次次地战胜了自己。写不下去的时候,看到文友们乃至著名的作家们一个个为文学废寝忘食。就想,文学到底是什么? 如此折磨人? 一如沈从文先生在写《边城》时说:"写作者,就是自己造囚笼,自己往里钻;自己做上帝,自己来崇拜。"

我一直在想,我写作的意义到底是什么? 我想探寻人类内心深处最复杂、最玄妙、最曲折、最不可思议的东西。

我是从 2007 年春开始动笔的,那时上白班做编辑工作,每天下班后根本就没有精力再写。就跟同事换成了夜班。上夜班时间上比较宽松一点。

238

但是到 9 月份,婆婆住院,出院后公婆都住在我家,一忙再加上诸事的耽搁,放下后几个月进入不了状态。直到 2008 年 4 月份的时候,还停留在五万字的进度上。那时,我就想出去走走,重新激活自己。因小说的故事发生地是一个以蝴蝶为产业的私企,所以一直想去云南大理的蝴蝶泉看看,就趁清明假期再请了几天假,只身前往云南寻韵。回来后,思路打开,我欣喜地发现我又能写作了。那种可以操纵语言的无形的魔力重新回到了我的身上。到国庆节时,已经突破了十五万字。猛一回头,我不知道这半年时间,这十万字是怎么一个个敲出来的! 其间,三伏天气再热我一天都没间断过。

每周一,报社十点开例会,这一惯例几年来雷打不动,因此我就把这一周必须要干的事情都攒在这一天干完,然后除了晚上七点半出去上夜班,其余时间不出门,都在家写。对于自己及家人要买的衣服等日用品,也是利用这一整天的时间一次搞定,尽量不占用其他时间。

我对咖啡特别敏感,以前,不上夜班时晚上喝一杯咖啡,彻夜毫无睡意,能从前一天夜里直写至第二天早晨,眼看着太阳升起了,把孩子送上学后才开始睡觉。但现在,年龄大一点时,我不敢再熬夜,怕长皱纹、怕变老、怕长胖、怕穿不成漂亮的衣服。所以通常情况下,我都是晚上十二点左右下班回家后赶紧睡觉,早上七点起床,把孩子送走后,房子收拾干净就开始写作。家里乱的时候我一个字也敲不出来。从八点到十二点,四个小时一般能写三千字,只要把每天上午这四个小时抓住就行了。

这几年来,为了这个所谓的梦想,怕耽搁时间,我每天不敢睡懒觉,不敢看电视,不敢跟朋友聊天,不敢逛大街,更不敢走亲访友,游山玩水。有时候对亲戚朋友甚至吝啬到连一个问候的电话都不敢打,因为我怕引起自己情绪的波动;怕节外生枝的小事把我的创作思路冲击得七零八落;更怕来自方方面面的诱惑和影响而无法进入到写作状态——无法进入写作状态,那实在是很痛苦的一件事。有时候,工作、孩子、家庭等诸多方面的干扰,致使我整整一个礼拜什么都写不出来,心里非常着急,非常空虚。

老妈来后,见我如此辛苦,时常说:"写这干啥呀! 把自己弄得这么累。"是呀! 经常,我也会这么问自己:写这干啥呀? 到底为什么要写? 我想,对我来说,写作是与生俱来的一种本能,是一种自我宣泄,是通往逃离凡俗居所的唯一通道,某种意义上就是生命的另一种存在方式。

人生的种种味道,常常需要记忆的捕捉和沉淀。在《都市挣扎》中,我写踏踏实实生着和活着、挣挣扎扎搏着和斗着、辛辛苦苦梦着和想着的男女生命皱褶里头的苦涩和光芒。

好的小说并不在于作家自己所声称的社会意义,也并非日后社会对于该小说的意义性评价,而在于作品本身:熟悉生活并且能洞察生活,用自己独特的文字功夫将自己独特的生活理解和生命体验表达出来。一部小说,阅读者无法舍弃每一行文字、能诱惑得人彻夜无眠的小说就是好小说。它能诱惑读者,刺激读者,使读者在小说的暗示下,体味他自己的生命体验,发挥他自己超常的想象力,从而愉悦他、成熟他、丰富他、提高他。好的小说当然是有思想的,这思想是一种神秘的无声的传达,有时候会令读者除了叫好之外,无话可说,酷似接受一种神秘的暗示。如果我的这部小说,能给读者带来这种阅读体验、带来一些些唤醒与感动,那就是我最大的满足。

今天在座的老师和同学们,每一个都是虔诚的写作者,有着长期的文学创作经验,我将自己的创作过程和所思所想和盘托出,我深知,长篇小说的创作是一个艰难而又复杂的过程,不是说下了功夫吃了苦头就一定能够吸引读者、引发反响,我也深知基于原始的创作冲动,驾驭这样的长篇小说,我还有着太多的遗憾和不足,这些天来,我收到了同学们在读完小说后的评论文章,深受教益、启发和鼓舞,当然,我还希望大家今天能够放开说、尽管说,因为你们今天的话,注定是我今后创作中宝贵的财富。

最后,我代表我自己和我远在家乡的亲友对大家表示诚挚的祝福和衷心的感谢!祝福各位院长、老师身体健康,心想事成!祝愿各位同学取得更加丰硕的创作成果。你们的支持和鼓励会永远留在我记忆的最深处!

谢谢大家!

2013 年 1 月 5 日

从孙少平到林夕

——读韩晓英长篇小说《都市挣扎》

黑　妹　（全国第七届青创会代表，中国电力行业作家）

将韩晓英小说《都市挣扎》中的主人公林夕，与孙少平——路遥小说《平凡的世界》中的主人公，已经成为激励中国几代青年和无数奋斗者的一个典型人物相提并论，可能有点高攀，但是，同样作为陕西作家，同样作为陕西作家塑造的文学人物，从两者身上，还是能找到许多共同之处。

一、陕西作家的使命感和责任感

突出"陕西作家"这个概念，可能有不同意见。不是说其他地域的作家缺少使命感和责任感，也不是说陕西作家就一定有使命感和责任感，我想要表达的真正意思是：新时期文学以来，陕西集中地、突出地涌现出一批有影响的作家和有影响的作品，以大家都熟悉的几个例子：柳青的《创业史》，路遥的《人生》和《平凡的世界》，陈忠实的《白鹿原》，贾平凹的《废都》《秦腔》《古炉》，高建群的《最后一个匈奴》《大平原》，白描的《苍凉青春》，等等，都在文本中体现了非常显著的担当和责任意识。

大家都知道，文学创作其实是一个极其个性化的行为，陕西处于不同时代的这些作家不可能在创作之初有这么一个讨论和共识，但是当各具特色的私人化写作之后,作品共同指向现实生活之后的历史和时代记忆,我们就可以给陕西作家定性了。诚如路遥所讲:作家的劳动绝不仅是为了取悦于当代,而更重要的是给历史一个深厚的交代。

孙少平是上世纪五十年代的农村青年,面对重重苦难和挫折,奋斗不息,坚忍不拔,谱写了一曲自强不息的平凡人的赞歌。同是出身农村的女性林夕,比孙少平小了差不多二十岁,但同样经历了这么一个奋斗的过程,背井离乡,到大都市去追梦,去拼搏,两人的共同之处都是在生活中不断发掘自己的价值,寻找自己心灵的归宿。通过他们不同的人生历程,深刻地展示了普通人在时代历史进程中所走过的艰难曲折的道路,刻画了两代农村青年不安于现状的理想抱负和高贵的精神追求。并以此,表现了中国当代广阔的、复杂的城乡社会生活。

二、陕西作家创作中的现实主义传统

还以前面提到的作品为例,我所了解的陕西作家,在创作中比较好地坚持了现实主义的创作手法。相对来讲,柳青和路遥更加传统,到了陈忠实和贾平凹,他们自觉地在突破,有意识地吸收、运用了某些现代派的技巧,但从本质上来讲,还是现实主义的成分居多。

其实好的文学作品,不在于你用哪种手法来表现,而在于作家如何克服思想和艺术的平庸。中国当代作家言必谈的马尔科斯,《百年孤独》是魔幻现实主义,但《霍乱时期的爱情》就是一部非常传统的现实主义作品。

通过莫言的这次获奖,我们更应该认识到,只有在中国历史文化的土壤上产生出的真正具有民族文化基因的作品,才可能得到全世界的认可。莫言是一位善于学习、借鉴的伟大作家,但他消化吸收之后,立足于自己的本土,立足于高密东北乡,而不是一味单纯地模仿和崇尚,不是生吞活剥的引进。

当代作家中有为数不少的一批人,轻视甚至蔑视自己民族伟大深厚的历史文化,有的甚至说:从来不看中国当代文学。偶尔吹吹牛,吓唬吓唬圈外人,可以,真正这样做了,注定没有前途。

在现实主义的传统下,一个孙少平成了平凡世界的精神斗士。一个林夕,也鲜活地站起来了,她朴素、真诚、自然,既有中国传统女性的美德,也有现代女性的时尚,是一个丰满的、生动的 70 年代文化女性形象。

三、直面生活、直面苦难的人生态度

前段时间在鲁院召开的路遥先生二十年追思会上,来自陕西师范大学的厚夫先生说,中国只要存在城乡差别,只要还存在着阶级分层,只要还存在着奋斗者,那么,就永远会有路遥小说的市场。

这个评价是非常高的,也是非常准确的。可能有一天,在中国,消除了城乡差别,淡化了阶级分层,但是,不论到什么时候,奋斗者是不会消失的,比如我们鲁十八的大多数兄弟姐妹,许多人已经有了非常优越的生活条件,还要执迷不悟地热爱、沉迷于文学事业,比起专业作家,比起科班出身的作家,我们存在许多先天不足的短板,但大家都在执着地奋斗着。

从这个角度讲,孙少平必将超越时代,成为中国文学史上永远的经典人物。分析起来,就在于他直面生活、直面苦难的信心和勇气。林夕也是如此,一个来自农村的文化打工者,没有任何家庭和金钱背景的支撑,使得他们从一开始就处于都市生活的底层,需要付出更多的代价,经受更多的苦难。

其实,联想到两位作者的背景,也有诸多相似之处。路遥不用说了,是个"以命换字"的人。韩晓英呢,是个"把文学往死里爱的人",为了坚持梦想,15 年前,她放弃了闲适的县城生活进入大城市;为了文学,她放弃了自己小有成就的餐饮事业;为了文学,她先后辗转多家报刊从事文化打工,终于,通过自己的不懈努力成为一家报社的编辑。

我在欣赏《都市挣扎》的同时,也惊讶于韩晓英同学的坚持。白描院长给我们讲课时说:陕西作家写作不轻松,有一股狠劲。同样,作为一个来自陕西的文学青年,我是很惭愧的,我想我所缺少的,就是这一股狠劲。

爱做梦的女人

——读韩晓英长篇小说《都市挣扎》

阎强国　（《飞天》期刊副总编）

　　读着韩晓英的长篇小说《都市挣扎》，渐行渐远里，就有心仪的会意了，读一篇小说，有了这样的会意，就更多一份情趣和理解了。

　　这是一本写爱做梦的女人的书，疑似更适合那些爱做梦的女人安静起来阅读的书，也呈现着一个爱做梦的女人的种种情致。当然，这个女人正如作品的主人公林夕那样，生活于某个不大不小的城市，有个乡村的老家。设若不如意时，回到老家，看看涝池边有着寄托的皂荚树。春风洋溢时，就去更大的城市，获猎梦想中的意境。看上去很真诚，也不掩饰内心的狂野。看上去有点小资，又在生活的庸常中挣扎着。看上去要不停地追求完美，又不得不有点随波而去。看上去全力摆脱这生活的种种羁绊，又仿佛是这美好时代的歌颂者。

　　在书中，也许还在书外，这个爱做梦的女人，首先有个梦中情人——比平常人更应该也必须有的梦中情人，乃作者着墨极多的汪然。汪然必须桀骜不驯、风流倜傥、唯我独尊。汪然必须玉树临风、才华出众、特立独行。汪然有令人不可企及的文学创造力。作者又必须让他隐于市，这正符合梦里的女人梦中的景象，不可捉摸的虚幻。汪然又在眼前，在当下的生活里，精神的偶像不能有物质的忧患。这样汪然的身后就必须有一个貌似志同道合，又能给汪然一切物质所需的老板。这样一个梦中情人，其实更像一个符号，那是爱做梦女人的毕生心仪的文学，文学是这样美轮美奂超越一切。在眼前，又在梦中。是精神的、是高贵的、是崇拜的、又是虚幻的，那么——其实你不看也会明白，他无法与世俗的、肉体的甚或是爱情的东西有结合。在这一点上，爱做梦的女人显得多么贞节。汪然，枉然也。

很自然，少不了真正的情人。那个叫高晋的电台主持人，高大英俊理想，事业有成、责任有加、道德无疑。虽着墨不多，呼之即来，挥之即去，在需要的时候，真实地走进来。从不背叛地抚慰、拥抱、温暖着情人。显示着爱做梦的女人不可或缺，但又无法掌控其真实的某种心态。或者，在这部小说中，有这一个指出就足够了。至于向着远方的指引，就有些为难了，而更多一点的着墨和对比人物是路子帆。更在生活状态中的路子帆，相对于林夕的挣扎，抛开高贵与低俗，站在路子帆的角度，那种挣扎感更强烈，更悲凉了些。林夕之所以是爱做梦的女人，更入俗的路子帆就是垫脚石。路子帆不论做什么，都不能让他要爱的女人完全满意，爱做梦的女人无论怎样认可路子帆为她所做的一切，都没有一点哪怕是垂爱的感觉，这才是不可捉摸的爱情中最用力又最无力的挣扎，就小说人物而言，以为路子帆是爱做梦女人最好的映衬、支点、界限甚至是某种升华。如果可能，是小说往深处去的路径。一篇小说中，最成功的人物，显然不是作者让其高昂头颅的那个人。应该是走入读者内心最真实的这个人。纵观作品中林夕与路子帆的几个节点，路子帆是人物林夕的重要的支撑点。对情感里的林夕，路子帆又仿佛只是她的过场戏。当我们有心去梳理路子帆的行动、心理路程，获得的是一点不少于林夕给人的感触。路子帆给予林夕足够的好处。可是，给林夕找了工作，自己被边缘化了。写情书被轻描成练笔。示爱，竟认为你怎么能这样。无路可逃时，就想抓他回来。路子帆最大的错误是，他不知道他身边的这个女人是个爱做梦的女人。路子帆最大的成功在于，他成就了一个爱做梦的女人、并一直追着梦的女人的小说人物。后来，还有值得回味的两个节点。一个是路子帆拒绝了林夕的召唤,一个是路子帆在搬砖。没有参加那个小说中已经有太多笔墨的饭局,以为是路子帆最后的尊严和路径,但爱做梦的女人敷衍了这一点。

又自然地,作为对爱做梦的女人的映衬,燕儿、谭丽丽的形象与之形成鲜明的对比。行动有异样,个性有反差,没有任何梦的缠绕,睁着眼大步开来,说走就走,说爽就爽,说俗就俗,这何尝不是爱做梦的女人的有意设置,并因毫不迟疑而显得鲜活有力。

至此,我们真切地认识了这样一个女人,一个有梦的女人,她在那个地方,她在追求着时尚的当下,她在你眼前走过去,在月挂高天的深秋夜晚或者大雪飞舞的暖冬,她有梦,她是这样梦着的。

读一读这个梦,你知道的。

《都市挣扎》语言和人物的一点体会

穹　宇　(《黄河文学》编辑)

人物

《都市挣扎》中的林夕这个人物,书的第三页写道:

小时候,林夕时常望着院子这棵大的皂角树发呆,心想,为啥别人摘掉你的果实用来洗衣,你却毫不介意? 为啥其他大树遮住了你的阳光,你却一动不动? 皂角树总是静静的没有回音,唯有年复一年的春华秋实陪伴着她的童年。

这段话,其实是林夕这个人物底色,无论她在都市如何挣扎,这个底色一直在,在整部书当中,它其实都没有失效,如果说要找一把开启这部书的钥匙的话,这就是。

林夕是中心人物,我发现,林夕这个人物相比其他人物来说,在场感最强,无论在心理描写还是外貌描写上,她其实是最准确的,从作者有意无意地对她偏重第一人称和一个人的视角来写方面,可以说增加了这个人物的主观色彩和感染力,她的塑造是向内的,因为她可能承担着叙述者和主人公的双重任务。那这个叫林夕的女主人公同时也映照了作者本人的一种审美趋向。因此,作为一部被冠以都市励志作品的长篇来讲,这个人物相当于《杜拉拉升职记》里的杜拉拉,给人以向上的力量。

相对于林夕这个人物,其他人物,虽然性格特征是出来了,但深入不够,或者换句话来讲,林夕这人物在场的情况下,我们读到了诗,她不在场,那些场景明显偏于戏剧化。

语言

小英的语言朴实真诚,娓娓道来,条理脉络清晰,特别是追蝴蝶的感受,年轻的爸爸妈和怀在肚子里小孩的调皮,让我读到了自己的相同体验,况且小英的语气十分得体,可以感受到她对文字的天然的敬畏,也让我从作品中读到了这么多年来她一贯的对文字表达的依恋和执著的爱。

像书的开头,有一些方言的运用特别好,比如说,本书开头第二段:

正往出端饭的妈说:不是说要停三个月吗,怎么这就要走?

"正往出端饭的妈",是典型的陕西方言习惯,这个句子符合人物所在的老家的场景,具有家的感觉。

还有:

她生怕吵醒了父母,悄悄打开了房门,披了件藕色的睡衣来到院子。

"生怕"也是陕西方言,写人物与父母的关联,也是非常熨帖的,这词很好地传达出了女儿与生俱来的一种对父母的姿态和他们间的骨肉亲情。

但令人遗憾的是,当林夕回到城里以后,小英的这种方言感和语言自带的拙朴的命运感显得稀薄了,语言逐渐变得辞藻多了起来,世俗化了起来,但也还不是小资。有些句式成语化严重,所谓成语化,就是用惯常的一个华丽的词来表达叙述,这其实反而降低了作品的文学质地,虽然小英文心纯善,但这种叙述反而是一种繁琐的遮蔽,或者说,去成语化是一个作家语言成功所必备,叙述只有达到陌生化,去虚妄化,才能更让我们阅读有不断的期待,随手翻开一段就能发觉这个问题的普遍存在。

(举例略)

而一些小问题也不容忽视,比如有些词用大了,像写枉然这个人:"他身边一直不乏优秀、生动的女人,这也许得益于他那虽已年逾不惑,但还有点魅力的气质,也许得益于他那旷世的才华。"先不说这句刚才提到的用了好

248

多形容词这样的"成语",那之中的"旷世的才华"这样说就有点过了,因为后文所介绍的这个人的才华,不足以达到"旷世";再如,写林夕看清来人是燕儿时:"笑容顿时凝固在了她刚刚还激情满怀的脸上。"其实脸部无法承载"激情满怀"这个人物的那种神态的。类似的还有"沧桑的阅历的脸"词语明显重复;写人物心理活动时,是感觉不到自己"脸色苍白"的等等。

我惊异地发现,这么厚一部书,基本没有错别字,这在当今出版界是罕见的,一方面可能是小英是文字工作者的一种敬业的习惯流露,我不知道校对者是谁,这种严谨是值得敬礼的。同时我也要批评校对者和编辑以及先期读到小说书稿的专家,一块玉,有瑕疵,应该指出来或者精心雕琢,它的艺术价值将会提升更多,而不是匆匆成型。这个意义上说,它文字确实有动手修改的必要。

这部书或是有意无意地,它没有标示为长篇小说,而是说是"都市励志情感作品",因而从作家同学和小说编辑的角度,我对小英作品说点也许有用的话,最后以卡尔维诺的话与小英共勉:"我对于文学的前途是有信心的,因为我知道世界上存在着只有文学才能以其特殊的手段给予我们的感受。"

新进城者

——评韩晓英长篇小说《都市挣扎》

刘　涛　（中国艺术研究院文学博士）

韩晓英成长于陕西彬县，现就职于《咸阳日报》，从农村到城市，一路走来，颇为艰辛。她开过服装店、饺子馆，在报社等媒体工作过，出版过散文集《襟袖微风》，长篇小说《都市挣扎》2011 年由太白文艺出版社出版。

《都市挣扎》是韩晓英第一部长篇小说，皇皇近四十万字，四易其稿，写作历时三年。据说该小说曾几易其名，最终确定为《都市挣扎》，可以准确传达作者的志向、心思，"潮"、"火蝴蝶"云云则不甚确切。《都市挣扎》有两个关键词：都市与挣扎，都市云云暗含了都市与农村的对立，进城这一主题从 70 年代末至今长盛不衰，盖因此社会问题从未得到解决；以挣扎二字描写进城者的状态，可谓确矣，进城者与天斗，与地斗，与人斗，大都有不同寻常的故事。《都市挣扎》较之进城小说提供了新鲜的经验，韩晓英写了文化产业从业者在都市中的经历，此其功也。李星老师对该书有颇恰当的定位："一代文化打工者的命运和心灵映照"，林夕、燕子等皆是文化打工者。

因为"底层文学"的倡导，2004 年之后描写农民工或下岗工人在城市中的挣扎已蔚为成风。但部分有知识的文化者，从农村进入城市，就是李星老师所谓"文化打工者",他们在都市中的处境如何,心态怎样,这一题材似乎尚未得到开发。近年文化产业云云呼声颇高,但文化产业内部生态如何,如何运作,从业者处境怎样等等,外人所知甚少。晓英因其经历,对此领域颇为熟悉,故一旦写作,自然会写此。《都市挣扎》有韩晓英的生活经验,但更写出了部分文化产业从业者在都市中的苦苦挣扎。

《都市挣扎》重在写情感生活挣扎与生存状态挣扎,以此两方面来诠释挣扎之内涵。小说前半部侧重于情感生活,林夕与丈夫之间分分合合,最终离婚;后半部分侧重于经济生活,林夕离婚,单身女子带着一个女儿,其所就职的《中国商潮》破产,故她陷入经济窘境。

韩晓英是陕西的作家,故她或受贾平凹等人影响较大。《都市挣扎》若以贾平凹之象而言,可谓《废都》、《秦腔》、《高兴》之集合,韩晓英写林夕等人情感经历可当《废都》之象,故性爱描写亦颇大胆;写进城者,可当《高兴》之象;写农村之凋敝,则当《秦腔》之象。韩晓英女士目前对时代的理解,大概不出此局。学习写作,往往会从学习时人始,但这一过程不宜太长,积累深厚之际,应从这一局中跳出。

在《都市挣扎》中,作者流露出对理想文学的理解或可商榷。若欲上出,可从此等处入手,所写之女性可以变化掉林夕、燕儿等人,对文学之品味与理解亦可再深再广。贾平凹年轻时之作亦显稚嫩,但因坚持不懈,能量日积月累,故气象大变,韩晓英女士尚年轻,希望她能持之以恒,不断进步,《都市挣扎》是一个良好的开端。

别样的都市题材小说

——读韩晓英长篇小说《都市挣扎》

张俊平 （鲁院老师）

陕西作家韩晓英的小说《都市挣扎》是早在一年多以前就出版了的，我却是不久前才读到，同时也知道了这部长篇小说自出版以来引起了不俗的反响。不过小说读完后，我觉得仍然有些话要说，因为正如李星在小说的序言中所说的，"它的价值在于可以生成多种阐释的空间"，希望下面的这些话能够丰富小说的内涵。

《都市挣扎》之所以引起强烈的反响固然由于它扑面而来的厚重气息，但我以为小说努力贴近生活的真实性和把握时代脉搏的前瞻性则是更加重要的原因。小说几易其名，初名《潮》，后名《火蝴蝶》，终名《都市挣扎》，一步一步贴近作者的生命体验和读者的心灵诉求，让人一看之下即产生强烈的阅读渴望与情感共鸣。小说的笔触延伸至当下最真实的社会生活，为身边人塑像，把身边事记录下来，融入个体真实的生活经历和生命体验，却有着普世的意义。

然而，这又不是一部一般意义上的都市题材小说。陈忠实评价说，"从《都市挣扎》中，我看到了一代文化青年的成长、奋斗、挣扎和蜕变。"这里的

"文化青年"与李星所提炼的"文化打工者"异曲而同工,提纲挈领地指出了这部小说的独异之处。以林夕为代表的几个青年男女不再是我们所熟悉的传统意义上的打工者,对于后者的大多数来说,城乡两栖的候鸟式的生存状态在未来的一个时期内基本不会改变,城市的繁华在他们固然是一种期羡,却不具备直达心灵深处的吸引力,他们天然地期盼物质生活的渐进式改变,而不是幻想脱胎换骨的奇迹。相反,林夕们几乎自出生之日起就嗅到了现代化的气息,城市化的浪潮先声夺人,吸引着他们翘首企盼,"山那头是什么"?当他们积累起相当的力量之后,压抑不住的融入现代都市文明的热望终于引领他们冲出旧生活的藩篱,他们走得那样决绝,虽时时回顾,到底是一往无前。

米兰·昆德拉说过这样的话:"一个渴望离开热土旧地的人一定是一个不幸的人。"这群背井离乡、在都市中苦苦追寻生命价值与心灵归属的年轻人注定是一个特殊的群体,也注定要经受生命蜕变的痛苦历程。他们怀揣梦想也不乏激情,却不得不付出加倍的努力,他们自视甚高却常常要向现实妥协,他们有时失败却心有不甘,他们怀恋故乡的温情却终于抵不住都市的诱惑。他们有坚守,有放弃,有随波逐流,却不过是以各自的方式参与着都市的运转。他们不是真正意义上的都市人,"挣扎"是他们这一代人的生存方式。《都市挣扎》里没有工地上的尘土飞扬和寻常打工者的蓬头垢面,有的是静谧舒适的茶餐厅和人才济济的文学沙龙;有柴米油盐的烟火气,也有家庭舞会的衣鬓飘香;有浪漫的邂逅,也有无情的背叛;有收获的喜悦,也有失去的无奈——喜乐哀愁、潮起潮落、反抗的坚忍与成长的决绝是"挣扎"的真正含义。

值得注意的是,小说在沿着林夕生活的起起落落建构"挣扎"这一主线时,格外凸显了文学在林夕生活中的意义,使得林夕和汪然对于真正文学艺术的坚守几乎成为小说的另一条线索,小说结尾处汪然那句意味深长、带有总结意味的话,"这个时代惟一缺少的就是艺术——真正的艺术",显然是作者的有意安排。我认为,林夕对于都市生活的坚守与对真正艺术的执著在小说里形成了一种同构关系。《都市挣扎》结尾之时,主人公林夕的小说创作也接近尾声,林夕对于小说结尾的完美设计与林夕实际生活中与同事们的大团圆结局给人以恍惚的双关之感。这当然不是巧合:当人与人前嫌尽释,宽容地回归人性的本真,艺术也将不再蒙受人性的灰尘。这一同构关系的设立实际传达了作者深刻的人生体验,透露出"豪华落尽见真淳"的释然。

另一方面,荷尔德林在《人,诗意地栖居》中写道:"人生充满劳绩,但人仍诗意地栖居在大地上。"文学对于林夕来说,并不是生活的点缀,而是一种习惯、一种生活方式,她对文学的执著其实是对理想生活的守护。总之,文学这一主题的介入使得《都市挣扎》的意义得到升华,内涵得以丰富,也使它成为特殊意义上的都市题材小说。

《都市挣扎》并不以跌宕起伏的情节取胜,小说洋洋洒洒近 40 万字,绵亘十几年的光阴,描绘十余人的生命轨迹,娓娓道来,绝少旁逸斜出,却具有诱人的力量,这得益于小说细致诗化的语言和真实细腻的心理描写。小说借鉴了散文写景状物细致周密的长处,对乡村风物和自然景观常有细致独到的描摹,其中小说开篇对故乡林家湾风致的描写最为引人入胜,对于有乡村生活经验的读者来说有深切的似曾相识之感。小说还有为数不少的诗歌点缀其间,最能显示作者的语言功底与思考的深刻。阅读中每当此时,读者会不由自主地放慢速度,细加咀嚼,在情感放松的同时获得思考的乐趣。小说的心理描写则随处可见,充分发挥了女性特有的细腻别致的长处,常常在不经意的一念之间彰显人物最主要的性格特点。另外,如作者所说,这部小说融入了自己真实的生命体验,这使得小说在叙述的过程中始终饱含着激情。但是作者并不是一任情感自由宣泄,而是在情感的节制中让小说呈现出内敛的叙事风格。结果是,小说虽然名曰"挣扎"却没有惊心动魄的惨烈,没有痛不欲生的哭号,这也算是这部小说的特色之一吧。

永恒纠结：都市与乡村

——评韩晓英长篇小说《都市挣扎》

郭美艺　（福建省文学院签约作家）

阅读一部小说，就是在窃取别人宝贵的人生经验，从这个意义上来说，读者占了很大的便宜。韩晓英是一个诚实的写作者，她擅长抒情。小说最让我感动的部分是林夕回城的那一段："大雪下了整整一夜，到处白茫茫一片，根本看不清路在哪里，这不食人间烟火的美把林夕压抑已久的痛苦都稀释了。林夕故意抢在了爸爸的前头，快乐而顽皮地踩出一个个歪歪扭扭深深浅浅的雪窝子。这里本没有路，是林夕给自己踩出了这条路。"我是一个缺乏行动能力的人，我要向林夕这样为了生存得更有尊严而不断奋斗的人表示敬意。在《都市挣扎》本真的抒写当中，袒露了都市女性在奋斗挣扎过程中的心声，体现了三组矛盾的纠葛。

一、城市与乡村的矛盾。

以林夕为代表出身于乡村的文化打工者向往着城市，但城市五颜六色的霓虹灯下潜藏着各式各样阴暗的霉菌。城市像极了一个大磁场，大街上时尚的人多了，高尚的人少了。水泥森林要让人变得郁闷、污浊、怨恨、计较、狂躁，我们在眩目发慌的同时不免要问：哪里可以安放我们向善、崇美的心灵?我一个朋友的朋友,曾经在骑自行车上班的路上被三次叫声打断去路,分别称他为"先生"、"朋友",最奇的是第三次,叫他"老师"。前两次是乞讨和推销"西藏的秘药",叫他"老师"的第三次竟是"绝对一流、有故事的、X 色的碟片"。这位朋友的路遇让他深入了这座城市的内脏。我的朋友一心想逃离这座城市,有趣的是,有无数人挤破了脑袋想攻打进这座城市。他们摇旗呐喊,连骨头都在呐喊,为自己攻打城市鼓劲加油,我并不反对想攻打进城市的人,因为城市意味着富饶的物质生活,所以农村出身的人对城市有着本能的向往,别小看了物质生活,丰饶的物质生活可以给人带来尊严。林夕婚变后逃回故乡,但她清楚地知道:"回故乡只不过是见一些故人,聊一些往事,沉淀思想、确定计划罢了,她真正的舞台还是城市。"我想起著名评论家朱大可曾经说过:"故乡是时间的母亲,她在想象中包容了我的行走困倦的身体。她以过去时态的方式,收容了人的软弱;故乡是背弃者最后的信念,让他知道自己可以在任何时间任何地点,投奔这早已冷却的子宫。"这是都市与乡村的永恒纠结。

二、淡泊名利与追名逐利的矛盾。

汪然这个人物,对现有文化持批判态度,他不发表作品,他没有利益诉求,不过,一个文人可以不发表作品,但他不可以不吃饭。因此,他也要办杂志,也要写剧本,为了有一口饭吃,而且这口饭要尽量可口。因此,他也有折腰的时候,人活在这个世上,没有人一辈子不折腰。汪然也有自己的弱点,他喜欢四处流浪,这就注定他要伤害一个又一个女性。"在林夕眼里,汪然是一个自由灵魂和细腻多情的生活者,他游离在自己的躯壳之外,更游离在大众的世俗生活之外,这样的人,仅适合做老师和朋友,根本就不适合在一起过日子。"但他是林夕的精神寄托,生活总是这样,在绝望当中又给你一丝丝希望。"遇到一个能读懂自己的人不容易,而这个人又是自己乐于读并读懂了的,那几乎有理由欢呼了。汪然说,林夕在他的焦土上种植了一片春色。"但我觉得,这片春色仍然是名利场中的春色。

三、男性与女性的矛盾。

小说中林夕对丈夫秦文斌是失望的,不满意的,丈夫没有很高的官职使她荣耀,反映了女性对男性的普遍失望。在我的生活中,我经常看到对丈夫不满意的妻子。动画片《喜羊羊和灰太狼》中,灰太狼的老婆红太狼一点抓羊的本事都没有,当灰太狼抓不到羊两手空空回家时,她就痛骂老公无能。红太狼和灰太狼去羊村抓羊,打不开大门,红太狼就拿一条绳子一头系住老公的身体,一头系在大门栅栏上,然后用火点燃了灰太狼的尾巴,灰太狼果然马上把大门拽开了。红太狼是天底下典型的女性形象,从这一点来说,我觉得女性的贪婪远远超过男性。林夕一方面隐忍,一方面恨铁不成钢,承受着内心情感的煎熬:"失望在长时间内不被体察就变成了绝望。夫妻俩闹矛盾,他们在抱头痛哭中相互宣泄了彼此那难以言说的痛苦和哀伤,弥补了他们之间那从来就没有办法理论清楚的是非。"林夕长时间地在失望和隐忍的跷跷板当中摇摆,时常妥协。"一个找不到坚持的人就像一条没有流向的小河,渐渐被沙石淤塞了。于是爱情之河是不可能造就了,连条小溪也形成不了,渐渐成了沙砾、荒野。林夕就在这样的荒野里委屈着,疼痛着,也万般无奈着。"

韩晓英在小说中写出了女性的美丽与平凡、聪慧与愚蠢,照亮女性灵魂的深沉悲悯以及肤浅虚荣,用女性情怀去感受都市中的躁动与悲凉,有成功的欢笑,也有失败的泪水。我建议韩晓英可以走都市情感作家六六的路子。同时我觉得人物性格还可以鲜明一些,有时读着读着,觉得林夕和燕儿有一些地方的性格是重叠的。也许是性格相近的人才能成为闺蜜,它是女性通过同类反观自我、求证自我的手段之一。秦文斌身上没有一处正面着墨,他与谭丽丽的感情纠葛没有任何描写,因此当林夕发现秦文斌的背叛导致离婚时,这里的情节让人觉得有些突兀。前几页还在写林夕的感受:"此时此刻,宇宙天地如此郑重,男女也不再存在,夫妻就是骨肉至亲,看不厌的爱人就是山,是石头,是石头缝里生长的大树。"在这里情节和人物性格走向都产生了断裂层。还有一点就是,小说除了抒情外,应该多一些描写及强有力的动作性才能完成小说的任务。

总体说来,文化打工者在物质追求方面并没有比普通打工者高尚,但他们能用手中的生花妙笔来表达自己内心的感受,让许多奋斗者得以"借别人的坟头哭自己的泪水",这是《都市挣扎》这部小说最大的贡献。小说主人公左手鲜花,右手荆棘,正如冰心所说:"随时播种,随时开花,将这一径长途点缀得花香弥漫,使穿花拂月之人,踏着荆棘,不觉痛苦,有泪可挥,不觉悲凉。"

挣扎的魅力

——读韩晓英长篇小说《都市挣扎》

张功林 （河南省文学院签约作家）

这部小说尽管38万字,但读起来很顺,障碍很少,能够一口气读完。作者取材当下现实,由乡村写到都市,由平原写到高原,铺得很开,人物很多,场面宏大。它主要围绕着一群精力旺盛,大胆创业的年轻人浓墨重彩,洋洋洒洒,尽现人情冷暖世相百态,让人不光看到了光怪陆离,也受到灵魂的震颤。

一部作品能写出形象丰满的主人公是非常不容易的事。但这部书做到了。

主人公林夕算得上是个漂亮的有文化的知性女人,她要强,又柔软,她追求生活的完美,但她自己在感情上又是不理智的。她与秦文斌、路子帆、高晋和汪然的感情交流中,充满了矛盾。她的人生,她在都市里的这场挣扎虽然酣畅淋漓,煞费心机,有时左右逢源,有时危机四伏,仍然没有换来梦想的成功,她仍然不能过上自己梦想的生活。她没有成为少数的幸运者,她在与命运的抗争中败下阵来。她当然没有燕儿活得更充实。燕儿至少是找到了方向的人,她却没有。这是为什么呢? 我认为,她不光没有丰厚的物质作为根基,同时也缺少人生的哲学支撑。她几乎不做自我审判。她可以不服输,但她的输是注定的。因为她还不明白,真正打败她的不是她认为的那些人,那些事,而是在她的眼前,甚至在她的梦里,不断晃动的那个欲望的金苹果。

我们可以同情她的付出没有得到回报,也可以谴责她在生活上的不严肃,对老公,对孩子的不负责任……但是,她又是成功的。是她这个活生生的人物将这部小说支撑了下来。在整部书中,我们几乎总是看到她在行动,除了忙着挣钱、写作,她还偶尔回到故乡反思一会儿——当然,她的反思很肤浅,远远没有抵达生活和生命的本质区域。接着,她又回到都市,开始她"无效"的挣扎了。她虽聪明,可总是轻信人。特别是她跟几个男人的交往上,总是处于下风。当她离婚之后,想了几天,决定嫁给路子帆时,却遭到了拒绝,让她觉得受了骗,她的反击也显得苍白无力。但正是在这种情况下,人物才显出了真实可信的魅力。真正写出了人物的复杂性。对她的入木三分的刻画,显示了作家深厚的艺术功力。这也是本书成功的根基。

另外,我觉得这部书写得很大胆,很放得开。语言犀利,自由奔放,有种一泻千里的感觉,有极强的感染力。也许是作品与现实生活是同步的吧,读起来有种亲切感。作品也大气。不光显示了作家初生牛犊不怕虎的气势,还显示了作家直面纷繁的现实生活的艺术掌控能力。在我们沾沾自喜的生活背后,作家发现了它的崩塌和危机。在现实面前,作家的立场是鲜明的,主人公表现出的与那些龌龊的灵魂分道扬镳的努力也是可以期待的。因此,这种挣扎还是蕴含着正能量的。在主题的开掘上,还是比较深刻的。

很多情况下,我们不能光做生活的旁观者,还要做个提问者,发出作家真实的声音来,哪怕声音非常低沉。这也是本书难能可贵的地方。对于一个作家,现实对他的考验,其本质就是,他也没有能力在现实的具体议程中提出更为超越而持久的人生问题。作家的高下,往往在这里就一目了然了。因此,只沉溺于表象的写作是无效的写作。作家应该对普通人有所提醒,人不光要敢于独自面对苍茫的星空,还要敢于面对自己心中的道德律——揉搓自己的灵魂。这部作品中的大才子汪然一开始曾经让我振奋,但后来让我失望了。他太把自己当回事了。他忘记了人类一思考,上帝就发笑的基本定理。他只能停留在生活的说教层面上。当然,他也可以一直装下去,一直扮演着大师的模样,将他的一生轻飘飘地挂上空无的艺术飞毯,飞入虚无缥缈之中。如果说每个人都在挣扎,那么,林夕的挣扎是实实在在的,她在最困难的时候还想着自己的父母和女儿,背负责任。而汪然呢,只能是无力的,矫情的。在女人需要他时,他只会说:"宝贝,来,我陪你上床散散心。"看看,他一不小心,就把日子过成了段子。

总之,这部书打动了我。至于它能不能擦亮人们的眼睛,"挣扎"的魅力到底能释放多久,那还要接受时间的考验。

折射人性深处的精神世界

——读韩晓英长篇小说《都市挣扎》

海　莲　〔河北张家口市作协主席〕

　　也许,同性之间本能的就有种潜意识的沟通,特别是女性,尽管各自的成长环境、生活阅历、精神世界等存在着差别,或者说是距离,但是对美的追求和内心世界的探索,从某种意义上存在着共性。韩晓英的身上散发出一种清新气质,如一幅雅致的写意画,美丽的颜色遮掩于意境的港湾,因此这幅画有了耐读的意境。韩晓英的美与她的清新气质有关,与她对文学的认知有关;韩晓英凭借对生命的感悟、心灵的体验,结合多年来的创作经验,创作了这部引起关注的小说,作为她的同学,我很为她高兴,这高兴是发自内心的。我的心悬挂着春天的月光。

　　这部小说,是"当代女性心潭的现实映照、当代男性生存的艰辛无奈、职场男女情爱的经典描绘、文化青年处境的尴尬际遇",简约的四句基本概括了这部作品的价值,是一部"都市励志情感作品"。

　　我读后的第一感受是,小说中所发生的一切似乎存在于现实,却又高于现实。这里,我裁剪出作品的一部分进行剖析,林夕和秦文斌的情感分裂映现出当下婚姻的一种状况,那种疲惫、无奈,如同摆不脱的影子,深扎于日子的缝隙,左右自己的思维。林夕与高晋之间的感情,看似浪漫、剔透,但是在社会现实庞大的空间中,成为隐形的眼镜,镜片的反光处,被愧疚、良知、责任笼罩,"她看着他,看他离自己那样近,却又是那样的远,看着他那冷漠的神情她不能动。"高晋徘徊于自责和内疚的边缘,陷入婚姻和情爱的挣扎之中。作品中,韩晓英用旁观者的心态自然地叙述了林夕、秦文斌、高晋之间的微妙、困惑、纠结的心理,笔触婉转流畅、精致深刻,通过人物的心理活动和行为折射出人性深处的精神世界。

韩晓英睿智,巧妙地建构故事之外的因素,进行文本的探索,尽管表面看上去有些不确定性,但是多种艺术形式的尝试,正是抵达高处的路径。比如作品中,穿插着不少诗歌,这些诗歌并没有与故事人物脱节,所以感觉别有一番韵味,好像飘动着青草的气息,有放眼牧歌的视线广度。另外,作品中,诗意的渲染,增强了语言的质感,绵密的意象,渗透着人类固有的文化情怀。因此,形成了这部作品的独具韵味。从片段中看出,作家对文化人怀着深深的理解和包容,透过故事的脉络和人物内心的挣扎,呈现出他们处境的无奈,还有奋斗的经历,以及那种对文学的执着。

在人物的塑造方面,韩晓英是用心的,林夕、燕儿、汪然、高晋等,随着故事的走向,蜿蜒于细节起伏地带,展示出不同的个性和思维方式。不同的人物性格承载着不同的命运,充分体现出不同人物的人生价值观。她冷峻的目光穿透故事人物的内心,把生活的碎片粘贴起来,融入到人物的精神层面,凸显出异彩纷呈的现代生活。用女性细腻的叙述,敏锐的视角梳理出人心的矛盾、人性的复杂、良知的觉醒、肉体的挣扎、情感的落寞等,如一块多棱镜折射出人间百态,栩栩如生,令人掩卷深思……

韩晓英是个有发展潜力的作家,她勤奋好学、善于思考,能从普通的生活中挖掘出新意,构建自己独特的精神家园,探究人类深层次的哲学思考,充分显示出她创作空间的宽度、维度、深度和高度,"思想有多远,路就能走多远。"我坚信,聪慧的晓英,她的文学之路,会走得越来越远。我真诚地祝福她。

2012 年 12 月 31 日于鲁院

都市舞台的悲欢苦乐

——读韩晓英长篇小说《都市挣扎》

嘉　男　（中国作协会员、威海市作家）

　　韩晓英的《都市挣扎》，洋洋 38 万字，跟砖块一样厚，比砖块还宽，拿在手里沉甸甸的，要读的话，不愁不怕才怪，但你静下心来读下去，竟也很快就读完了。轻松好读，是因为它关涉都市情感，关涉女性青年励志，正如封面语所说，这是一本都市励志情感作品。在这一界定中来谈论这本书，还是让人颇有感触的，书中两位女性的命运引人思绪难平。

　　先说林夕，这是韩晓英着力塑造的一个人物，她出生在农村，却身怀抱负，不甘平庸，只身来到城市，自学成才，先在药厂工作，后进入杂志社，成为一个文化打工者，又因种种机缘，与几个文人才俊相识，共同创办一份商界刊物，事业风生水起。但好景不长，打击接踵而至，刊物内部人心沟沟坎坎，相互倾轧，她意外地被排挤出局；与丈夫秦文斌的婚姻危机日益加重，反反复复，终至离婚；与情人高晋的关系远远近近，浓浓淡淡，终不能结合；最后，面临刊物倒闭，她毅然辞职，一个人带着孩子，找了很多工作，经受了诸多的周折和痛苦挣扎，终于在一家大公司找到了令自己舒心的位置，开启新的生活。

燕儿是林夕从小一起玩耍一起长大的朋友,来到城市后,两人关系好好坏坏,但毕竟有许多共同的农村生活经历和追忆,所以,她们时常还会相互帮助,相互倾诉宽解内心的苦闷。与林夕的隐忍不同,燕儿是敢作敢为不计后果的人,她与刊物主编汪然相好,爱得热烈,爱得锣鼓喧天,弄得满城风雨,结果失去了家庭,也失去了工作。但此时,汪然却爱上了林夕,对燕儿三心二意。紧接着,杂志因故停刊,喜欢自由漂泊的汪然与燕儿牵手去了拉萨,燕儿在那里终于找到了自我,两人准备经营一家客栈,但汪然突发心脏病,不能留在拉萨,回到了内地,燕儿留下来,又组建了新的家庭,快乐地生活着。

这让我们再次看到一个不争的事实,在这个男性主宰的世界上,一个胸怀大志追求生命价值的的女性,要在社会上立足生根开花结果,殊为不易。在家庭中,要经受丈夫的猜忌和感情内耗,在职场上同样不可避免地要去勾心斗角,还要与心怀鬼胎的异性周旋,可以说,女性的磨难和命运的沉浮,很多时候都是男人给的,就这本书中的几个主要男性而言,汪然才华横溢却没有责任感,路子帆善良却平庸猥琐,秦文斌性情不定,脾气暴躁,只有一个高晋看似可爱,但对生活也是束手无奈,只能有负于林夕的爱。他们的存在,就是用来为女性设障,磨砺其性情的。然而正是这些障碍,令不屈的女性蜕变成长,也正是这些男女在不同场域的缠磨纠结,构成了生活的悲欢苦乐。尤其是,这悲欢,这苦乐,发生在都市里,就更多一分复杂,多一分残酷。

韩晓英在这本书中有一份大心,她为我们勾画了一张都市万象图,涉及了官场、私企、保险、城中村改造、文化、文学、报刊、出版、印刷等众多行业,使人物所处的环境复杂而真实,她于这纷繁的世象中,有洞察,有思考。谈到我们的时代和我们生命的价值,她借汪然的口提到"空前轻薄和没有价值",谈到文学现状,又借汪然说:"苍蝇是最大的受众,垃圾拥有最大的市场。"这些观点虽然说得有些极端,但也不无道理,道出了一部分严峻的现实。当然作为女性,她对情感问题思考得最到位,谈起夫妻,她的妙语是:"你必须懂得弄清楚自己在他的心里是盐还是味精,有的人她只能做味精,偶尔调剂一下生活可以。有的人却是你生命中的盐,是历经无数之后仍然

264

愿意与你相守一生的。"在这本书中,她对林夕与丈夫之间的关系写得最到位,争吵、忍耐、纠结、妥协、好好坏坏、反反复复,非常真实和牵动人心。

有意味的是,当林夕历经坎坷和精神折磨,回老家乡下散心疗伤时,她得出的结论竟然是,自己真正的舞台还是在城市,于是,又回到都市,投身到丰富而复杂的生活激流中。城市有很多危险的陷阱,但城市确实是一个施展雄才大略哪怕是自己个人愿望的大舞台,而且就像电视上那句广告语说的:心有多大,舞台就有多大。随着中国城市化的进程,会有更多的青年成为都市人,去为梦想奋斗,经受那些大同小异的悲欢。从这种意义上说,韩晓英《都市挣扎》的写作和出版,具有一定的前瞻性和现实意义。

别有一番滋味在心头

——读韩晓英长篇小说《都市挣扎》

韩丽敏 （中国作协会员、北京某杂志编辑）

　　拿到《都市挣扎》这部作品是距研讨会召开只有五天的时间了。一部近四十万字的作品,要在三四天内读完,对我这样一个阅读速度比较慢的人来说,确实感到力不从心,尤其还要说点什么,便更有压力。但得到晓英的邀请和信任,让我惊喜,也给了我动力。我从没有像读《都市挣扎》这部作品一样读过一本书:每晚读到凌晨四点;白天只要没有必须要做的事情,就是捧着书看。我读得非常认真,非常仔细,更是非常小心,我深怕辜负了送书人。好在在今天到来之前,我的目光终于落在整部作品的最后一个字上,并于昨晚写下自己的读书体会。

　　《都市挣扎》是一部挖掘一代文化青年打工者追求梦想、剖析现实,展示以林夕为代表的几个从农村走出的六七十年代的有知识青年,在城市苦苦挣扎、执着奋斗的作品,典型的一代人含泪带血的奋斗史。主人公林夕怀着对美好理想的憧憬,怀着要改变现有生活状况的良好愿望,走出乡村,来到城市。但是,来到城市的林夕们遇到的种种状况和矛盾,是他们始料不及的。这种始料不及,使他们无所适从。如家庭的、爱情的、工作中的、同事之间的、朋友之间的,等等。然而,作家的笔并没有停留在无所适从上,那不是她的本意。作家抽丝剥茧、层层剖析,通过人文伦理、职场伦理、家庭伦理、道德伦理的多重纠结,折射了从乡村走到城市这群人的灵魂处境和自强不息的时代精神风貌。故事很朴实,甚至可以说有些苍凉,读来很心酸,动情之处直想落泪。作品是对青春的祭奠,是对心中向往的那份美好的升华,它印证了托尔斯泰所说"我只爱凄楚、美好的东西"那句话。作品中,主人公林夕这个名字更是耐人寻味。林和夕,合起来是个"梦"字,作家韩晓英为自己笔下的主人公取这样一个名字,围绕着她讲述故事,在她身上浓墨重彩,我想应该包含了她自己人生构架的理想、梦想。读《都市挣扎》,我感到酣畅淋漓,别有一番滋味在心头。

　　一部成功的作品,在某种程度上,应该给受众以正面的、积极的、能够引起人们思考和共鸣的启迪。作家韩晓英的这部《都市挣扎》告诉人们:一个人,要想有所成就,须志远——不为琐事所羁,不为蝇利所惑,不为暗局所迷,不较锱铢得失,不计当下成败,眼观大视野,胸怀大气魄;须心高——不纠于情,不缠于人,能隐于市,可静于喧,神平气和,宁静致远;须能舍——树高去繁枝,欲立弃小我,放下什么,就能得到什么。

　　如果说《都市挣扎》这部作品还有什么遗憾的话,我觉得有这么两点:第一,小标题的写作手法,削弱了小说的力量。作品中的每一节都有一个小标题,给人以随笔之感,尤其是前两节,在阅读过程中,感到不是在读小说,而是在读随笔,直到五六节之后,才读到小说的元素,大大削弱了小说带来的阅读上的那种冲击力;第二,大量书信、诗歌、歌词、短信、电子邮件的引用和插入。信息技术的不断发展,使手机、网络越来越成为人们生活中不可或缺的一部分,人们的日常生活似乎已经离不开这些东西。但是,文学创作中,如果毫无节制地大量将它们纳入文本,其可读性、艺术性会大打折扣。起码,我阅读《都市挣扎》后有这种感觉。

　　期待晓英同学的下一步作品。愿她的文字之路通达顺畅!

2013.01.04 晚写于鲁迅文学院

韩晓英:真实描写"都市闯入者"

中国作家网 （晓 雯）

　　2013 年 1 月 5 日,陕西作家韩晓英长篇小说《都市挣扎》品读会在鲁院召开,白描、成曾樾、李一鸣等鲁院师生与会。

　　韩晓英历时 3 年创作的长篇小说《都市挣扎》,获得陕西省重点文艺扶持项目资助,并被太白文艺出版社列入陕西百名作家集体出征"西风烈"丛书。《都市挣扎》讲述了出生在上世纪六七十年代的几个青年男女不甘偏远小城镇的狭窄生活,到大城市打拼的奋斗史、追梦史、心灵史。

　　白描认为,《都市挣扎》是一部典型化的都市作品,写得非常鲜活。"我们曾有一个非常大的乡村文学阵营,但都市文学是我们的软肋",这部小说写了一群"都市闯入者"在一个大变革时代里真实的生存状况。女主人公林夕写得鲜活、真实、朴素,没有刻意拔高,给人思考的余地很大,能勾起读者心中复杂的感情和价值判断。这部小说为我们呈现了丰富的现实,为我们提供了解剖的标本。"看得出来,韩晓英还没有充分挖掘出她的全部资源,应该对韩晓英抱有更高的期待。"

　　成曾樾说,《都市挣扎》的重度与厚度令人震撼。特别是在人物描写方面,写出了人物内心的挣扎、灵魂的挣扎、精神的挣扎和感情的挣扎。他们徘徊在城市边缘,挣扎在情与爱、爱与性之间。对女性,描写很成功、很细腻;对男性,揭露得很大胆。不足之处是关于"爱与情"的分量有些过重。

李一鸣认为,《都市挣扎》描绘了一组时代转型中的都市闯入者的群像,一群平凡的小人物在都市中真实的生存状态,体现了他们物质和精神、生理和心理、灵与肉的奋斗与挣扎、探索和徘徊、迷惑和调适,折射了这个时代的精神特质以及人们在这个时代中的复杂精神状态。

韩晓英在发言时表示,创作长篇小说《都市挣扎》,调动了自己将近10年的生命体验,写作过程可以说历尽挣扎。她试图通过林夕、燕儿、高晋和路子帆等人物在爱情、婚姻、家庭、事业上的困惑,展现从农村来到城市的青年男女的命运以及他们的奋斗历程和生存状态,包括他们如何走进城市,如何通过自己的努力融入城市,他们如何感受城市、认知城市,以及这个时代赋予他们怎样的命运。

韩晓英希望通过这部小说引起更多人对这一群体的关注和了解。"写完作品后,我一直在想,如果我的这部小说能给读者带来这种阅读体验——带来一些唤醒与感动,那就是我最大的满足。我更想说的是,在这个时代,每个人的内心都是脆弱的,特别应该关注那些处在边缘和弱势的人群,应该给予他们应有的尊重和尊严。"

参加这次品读会的40余位作家、评论家主要来自鲁院第十八届高研班。叶子、周春生、海莲、张功林、韩丽敏、刘克中、阎强国、孙且、李向荣、刘紫剑、白杨、冯昱等从小说的思想、结构、人物、语言等方面对《都市挣扎》进行了广泛而深入的研讨,并对韩晓英的写作风格进行了总结。这是一场别具一格的长篇小说品读会,现场气氛异常活跃,鲁院的研讨会素以"不打麻药的手术"著称,大家畅所欲言。

《都市挣扎》出版后,得到了多位作家、评论家的肯定。陈忠实评价说,从《都市挣扎》中,可以看到一代文化青年的成长、奋斗、挣扎和蜕变,它以清新唯美、富有哲理的语言,描述现代都市文化人的困窘、无奈和普通人的生命挣扎、内心风暴,通过职场故事尽现人情冷暖、世态百相,引起人们内心的共鸣,甚至可以摇撼人们身上长眠未醒的"我自身的一部分"。小说在精神的废墟上聚拢零星的希望之光。

评论家李星在为该书作序时写道,《都市挣扎》在选材、主题上表现出对当代社会现实的敏感和前瞻,是一代文化打工者的心灵映照。小说让人见识到生命的美丽,体验着心灵的愉悦,而生存的挣扎、痛苦的体验、矢志不渝的奋斗则让读者在收获感动的同时受到激励。

太白文艺出版社副总编韩霁红说,《都市挣扎》中,小人物的喜怒哀乐、细碎生活仿佛电影镜头划过,韩晓英用绵密平和的文字从生活的表面写到人物的内心,让读者不自觉地接受甚至欣赏那些旁逸斜出于故事主线的叙述。在娓娓道来中,城市的气质渐渐充实升腾,成为小说的主导力量,韩晓英可以称为陕西文坛值得期待的一位年轻女作家。

2013 年 01 月 23 日《文艺报》第六版

附　录

编辑手记：与家人一起圆文学梦

耿　英　（陕西太白文艺出版社主任编辑）

　　当下文坛，凡是写作的人，没有不知道鲁迅文学院的；凡是在文学上有所期许，期待有所建树的青年，没有不想去鲁迅文学院学习的。鲁院，成为一个象征，召唤着我们；鲁院，成为一代又一代文学青年梦想起飞的地方。

　　那么，鲁院究竟是一处什么样的所在，直叫人如此魂牵梦绕？引得"无数文青竞折腰"。

　　韩晓英这部《鲁院日记》，带我们走进鲁院，近距离看到那个神秘的院落，那位于首都城区北部（曾经二十多年，她位于城东八里庄，那里更是留下当今文坛大腕们青涩之年的足印），名唤芍药居的地方，在庄严而美丽的中国现代文学馆院内一角，有着一座神秘而别致的六层小楼。那里的一草一木，一室一屋，都被作者涂上一层美妙而温馨的感情色彩；那里的各项活动、课程、研讨，足够高大上。我们在她的日记中，只见到众多大腕名流出入这里，鹤吟凤语，高山流水，纵论古今，真的是"谈笑有鸿儒，往来无白丁"。其学术气息，其名家风采，经作者的细致形象生动的描述，有着更加神秘的气息和风度；日夜更迭，阴晴圆缺，四个月时光，匆匆如流水，老师学员们的鲜活形象，青年作家的思考、写作、生活、学习、社会实践的游玩，甚至茶余饭后的争论……真真是彻头彻尾的文学世界，文学景观。

"突然从自己原有的人生轨迹上抽离出来，安静得有点不真实。但是，一生能有这么丰盈的四个月，让我们静静地在这里学习，直面自己的内心，近距离地审视自己的曾经和过往。"这些人到中年、接近中年的人，在现实世界中摸爬滚打多年，在文学道路上曾经自己探索、磕碰的人，幸运地重新又回到课堂，回到学生时代，来到环境如此优美，日常条件如此优越的"半封闭"世界里，受到如此高规格的待遇，单人标间，专人打扫，无后顾之忧，安心学习写作，在幸福、欢乐的同时，也有着小小的惊慌与忐忑，接下来一个命题也如影随形：我的写作水准到底怎样，我为谁而写，我能达到怎样的高度，鲁院四个月，我将收获什么？这个问题与焦虑，其实一直贯穿于作者的字里行间。"有次，我甚至在想，我是不是浪费了这个名额，应该让比我更适合的人来才对啊。整整一夜，我睡不着，第一次后悔来鲁院了，如果没来的话，我不写就不写了，我看电视睡懒觉去了，可是现在，你不写的话，怎么交代，你占着名额浪费资源，不吃凉粉还占着凳子。"

这些文字，是那么的情真意切。

此日记别出心裁的是，还有其丈夫在家的记录，这两地书，有着别样的情怀与温馨。让人不由得想起《十五的月亮》那首歌，所不同的是，在家乡"守着孩子""耕耘农田"而遥望夜空的不是妻子，而是丈夫。丈夫的那些细密的文字更是情意绵绵，令人动容。

"每次给晓英寄东西心里很高兴，总想把自己也寄过去，想着邮件带着我的心，带着我的思念，带着我的期盼，带着我的体温，带着我无限的爱到妻子面前，说：'我来了，我太想你了，我们以后不要再分开……'"

当丈夫得知她生病后，连夜从家里赶到北京，出现在她的身边。"我必须去北京陪她，我要放下一切去北京在妻子身边，和她一起面对一起度过，我爱她，孩子们更爱她，这个家离不开她……我知道在这个世界上我比任何人都爱我的妻子及一双儿女，我可以为妻儿付出一切，包括我的生命……"

"我给妻子打电话说我们到了，妻子奔跑着抱住女儿，那一刻我不知自己是怎样的心情，如不是有外人在场，我真会失声痛哭的，我把悲喜交加藏在心里，我尽全力控制自己的情绪，不让自己失态，我太想念妻子了，妻子到北京今天是第七十九天,这个期间的分离已让我心里太苦,今天忽然见面我有点不知所措,我想不到,我们会用这种方式重逢……"一个多情、温厚的丈夫形象跃然纸上。"军功章里有我的一半,也有你的一半"。深情的歌,应该献给这样的好男人。

一人读鲁院,牵动三代人。你看丈夫的日记里,有对逝去父亲的思念;有对家中母亲的照顾;还有对青春期孩子的教育、引导,分担他成长的焦虑;对一双儿女无微不至的关爱;再加上对远方爱妻的牵挂与思念,这个男人的形象,丈夫的形象,父亲的形象,丰满而坚毅,更加打动我们。

这部《鲁院日记》,多角度全方位地诠释了文学对一个人的影响,对一个家庭的影响,以及文学给人们生活带来的滋养。这一切,都通过这些珍贵的日记为我们展开了一幅温暖而真情的画卷。

爱的诠释

张念贻 （《三秦都市报》评论部主任）

　　如果我们把许多事情都当作天意，这本《鲁院日记》便是老天安排的一场人生戏剧，或者还可以说是捉弄、挑战、考验。尽管世上所有的夫妻之间，每天都在上演平淡或者离奇，柴米油盐的喜怒哀乐，油盐酱醋的悲欢离合，但是面对这本尘封三年的日记，我依然有着久违的感动。

　　2012年冬天的一个周末，我从咸阳回西安时，晓英交给我两个黑皮笔记本，那是丈夫宏振在她鲁院学习期间的日记。我知道，作为晓英多年来文学上的朋友，这是一份分量不轻的信任。日记自然是最为私密的写作，这样两本日记又出自于一个非专业的写作者，信任也好，私人文本的好奇也好，我在拿回的当晚就开始了一口气式的阅读，边读边讲给睡在我身边的妻子，以至于妻子也饶有兴趣地抱起另外一本黑皮本读起来。

　　我由此成为这些文字最早的读者，当然现在书中有关晓英的部分，是她在鲁院学习期间就发在博客里，或者传给我看到的。现在合在一起的这本"两地书"，那些与鲁院有关的日子，晓英、宏振，两人的日记，两者相较，我首先要对宏振的"原生态""私人文本"表示由衷的敬意，其实最先令我感到敬意和触动的还不是内容本身，而是两本用黑色签字笔写成的厚厚的日记，居然没有一处涂改的印记——怎样一个人才能做到如此精细到极致的完美？

简直令人不可想象,无法想象。

天地之大,唯真唯美。作为一个新闻从业者,我毫不讳言我对真实有如神灵般的敬畏,真实必然起源于真诚与真挚,宏振的日记给了我一个透视真实的机会。把一个相爱甚笃的女人从一个情深意重的男人身边拿走,无疑是给这个男人出了一道难题,上有老,下有小,单位的工作,家里的生活,这该怎么做?大多数像我一样的男人必然一团糟,人到中年,千头万绪,甚至有人说,这年头,这年纪,谈情说爱是假的,搭伙过日子才是真的。然而晓英的丈夫宏振给出了不一样的回答,男人的最大责任是什么?周全。他并非完美的性格,如同女儿所说"发起脾气就像头公牛",他并非活得滋润,琐事缠身,大麻烦加小麻烦,大问题加小问题,可以说工作、生活麻烦、问题接连不断,他也有暗自叫苦、喊累的时候,他也有脆弱甚至崩溃的时候,但是他撑着、扛着、顶着,我们现在不流行说"好样的",流行说"蛮拼的",流行说"点赞",我该说,晓英不在家的日子,宏振也是"蛮拼的",我为他"点赞"。

无论我们如何相亲相爱相拥相守,其实我们每个人都有着不同的世界。夫妻之间的关系像什么?要我说,像是天与地,像是树与鸟,像是白昼与黑夜,像是山川和大海,一静一动,一个选择飞翔和涌动,另一个必须坚守并执着。

《鲁院日记》里,宏振是现实的坚守者,晓英是浪漫的追求者,宏振必须把持、照料好现实的一切,晓英又必须面对自己心中的梦想不断挑战、超越。

咸阳这边面对的是一个个老问题,父亲的去世,母亲的照料,身体的疾病,两个孩子的教育,单位的工作,领导、同事间的配合,一张张推倒的多米诺骨牌,一个个点燃的汽油桶,当我们无意间走进宏振这个男人丰富多彩的心灵世界,那些不为人知的隐秘、那些触动人心的细节令人感动着、痛心着、心酸着。这是一个在情感上精心精细精致精微的男人,他总是试图把一切都做到完美,但时常却在私下里、暗夜里默默流泪,这些原本可以在每天每夜说给妻子的私房话,却因为妻子的鲁院学习,得以付诸文字,可以想见,他在每天"忙得像超人"一样的生活中,扎实于每一个细节,念兹在兹,积攒下多少心里话,换句话说,不得已想用文字说给妻子听的话,在打了多少遍腹

277

稿后,才会在本子上一气呵成,才会令我们惊奇到没有半个涂改与墨点,唯有生活井井有条,方能文字干干净净。

这是一个多么温暖的人啊!他对生活和工作的所有角角落落似乎都倾注了自己全部的爱,对家人如此,对同事如此,甚至对陌生人也是如此。给女儿做饭,看着女儿边吃边看电视,看着女儿的笑容,听着女儿的笑声,他是那样满足,他说:"我知道,人就要这样宠着,被爱着,被温暖着,被感动着"。这样多好,这才是生活,这才是日子,这才是真正的幸福。他想念妻子,他说:"爱人走后,一度我没有方向感……满脑子都是她,只要闲下来,我就想她,给她写短信,写了删,删了写,晚上睡不着觉,回家一个人孤单单的,我在每个房子转,好像在找她,而且像迷了窍,感觉到她回来了,甚至她没走……"他挂念儿子,"我看见儿子心里很温暖,很踏实,如无特殊情况,我会按时去接孩子,我每个星期都在期盼儿子的电话……我一直在想儿子,我不知道儿子吃的到底好不好?饭菜合不合他胃口?儿子休息好了吗?儿子晚上睡觉被子蹬开怎么办?儿子衣服穿得暖和吗?儿子的生活费够用吗?儿子受委屈吗?儿子心情好吗?儿子有心事吗?我是不是对孩子不好?儿子信任我吗?儿子现在的真实状态如何?儿子有难处吗?我怎么做,儿子才能心情愉快?"这是一个男人的心迹的裸呈,借用流行的话说,当真是今天的"中国好老公""中国好爸爸",明天的"国民好丈人","国民好公公",而在另一个社会角色中,作为一名借调多年,编制在郊县的城市工商所编外干部,他拼命工作以求更为出色地工作,力求"做一个让人尊敬、令亲人自豪、受社会称道的人"。

与宏振不同,晓英是一个已经闯入文学的职业的写作者,她像一个懵懂的少女,"把文学往死里爱",鲁院的意义自然是文学的殿堂。从得到被推荐到鲁院的消息,到鲁院学习期间,晓英都跟我有及时的交流,我也乐于从她的分享中探知更多的消息。她的激动、兴奋、欢乐、悲伤都在感染着我,我至今记得在一次的短信中,她跟我提到读到别人的文字后的感想——"文字真的是会欺负人的",我也短信回复并安慰她,文学自信是不断重建的过程,各是各的花,各是各的苗,是小树是大木,是小鸟是雄鹰,要看生长,要看高低。

晓英的文字有着属于自己的坦白、直率、真性情,这种纯粹与天真或为世故所不能理解,但是依然可贵而动人。她倾情笔端无数次的"第一次",比如"第一次后悔来鲁院了,如果没来不写就不写了,我睡懒觉看电视去了,现在不写没法交代,我占了名额浪费资源,那种语言那种构思我怎么才能学会呢,我要到哪里才能补上这一课。"再比如"第一次后悔没回家了,一看日历,10月4日,来北京整整一个月,现在回家肯定是不行了。"

晓英的鲁院日记,多是随心随性之作。日记就是日记,私人程度很高,参考意义也很大,最为逼近真实,也是写作的原生态文本。更让我们可以看到一个最为真实的韩晓英。

在鲁院同学对晓英的长篇小说的系列评论中,我注意到福建作家叶子的一句话"阅读一部小说,就是在窃取别人宝贵的人生经验,从这个意义上来说,读者占了很大的便宜。"其实阅读日记,何尝不是通过别人的人生观照自己的生活。

文学、鲁院、诗会、话剧、研讨会,这些纯文学的生活,对我何尝不是一种巨大的憧憬,因为和晓英的文字与交往,我有幸再次仰望文学之门,感受文学之光,而我也到了晓英上鲁院的年纪,却没有写出一本鲁院的敲门砖,尽管心存对这个国家,对文学的巨大怀想与抱负,我在经历了漫长的新闻生涯之后,试图用整个身心去拥抱文学,但我想我知道,无论是否有那么一天,我也圆梦鲁院,但是夜正长、路正长,"我们都是黑暗中寻找出口的孩子。"

其实就在2012年9月,我也有过一次北京之行,作为一个全国先进典型人物事迹报告会的撰稿人,在北京工作半个月,彼时恰是晓英刚到鲁院的日子,为避免不必要的打扰,我并未联系晓英,后来晓英得知,对我颇有一番抱怨。其实,在我,我知道,北京、鲁院,同样是我向往的地方,而我要通过自己的努力,真正意义上踏入那扇神圣的文门。

写这篇文章的时候,总是想起一些歌来,于是点开听,"爱是你我,用心交织的生活;爱是你和我,患难之中不变的承诺;爱是用我的手,把你的伤痛抚摸……"自然还有那首"因为爱着你的爱,所以梦着你的梦,所以快乐着你的快乐,幸福着你的幸福……"

这本《鲁院日记》,用最真实、最朴素的文字,完成了一次爱的诠释。

2015 年 10 月 27 日

我把我的软弱献给你

叶 子 （鲁十八福建同学）

　　韩晓英是我鲁院第十八届高研班的同学，近日读她的《鲁院日记》，三年前的点点滴滴又全部涌现心头，那些喜悦，那些兴奋，那些快乐，那些悲伤，都从三年的时间缝隙中拐了回来。影像记录的是形象，文字记录的是思想，鲁院师长和同学的音容笑貌一一在眼前鲜活。在那四个月里，我们最接近生活与文学的理想，老师精彩的授课，长城上叩问历史，武当山上问道，三峡上的欢声笑语，都是生命中不可磨灭的记忆。第一天来到鲁院的时候，鲁院的银杏树披挂着一身金黄的果实，鲁院旁边矗立着未装修的水泥楼房。在随后的日子里，我们一起经历了一座房子装修完工的过程，经历了银杏从满树绿意葱茏到枝条光秃满身沧桑的过程，经历了天越来越早地黑下来、夜晚更迅速地占领大地的过程，经历了由于写作忘了时间而独自拥有整个食堂的过程。秋天走了，树叶便黄了。来到鲁院，我们疑心来到梦境，推开一扇门，里面有我们四十九个文学兄弟、文学姐妹及我的文学师长，身上带着文学的雷电。我们一头跌进鲁十八的怀抱，这是四十九个兄弟姐妹共同的命运，我们从此进入另一种人生，一起进入波光闪闪的文学的河流。不管我们当中的名字响亮或者黯淡，不管我们的表情飞扬或者沉静，这样一段从日常生活中旁逸而出的大规模的文学生活——把我们从单调的工作中解放出来,从家庭琐碎中解放出来,我们怎么能不珍惜呢?这就是晓英用文字追忆那四个月的全部理由。

每天黄昏饭后的散步时光最为美好,小径清幽,树木葱茏,没有车马的喧嚣,灵魂恬静又放松,无所思虑,精神飘飘荡荡。温柔延绵的月色洒在小径上,我们走过之后,小径便有了灵动的表情。月下一定有一棵垂柳,垂柳旁必定有长着荷花的池塘。荷叶展开,荷花在绽放。班上美女无数,当她们走过的时候,天空为之一亮。我吃惊地发现这些新潮时髦的美女拥有沉甸甸的写作果实和思想。犹记得金荣笑眯眯对艾子说:"你不可以这么漂亮!"艾子笑眯眯地回答:"你想怎么着?"她们是鲁院的花朵,也是鲁院的果实。鲁院,是一种象征。我们得以来到鲁院体会象征的意义。我们参加进鲁院,鲁院又参加进我们的人生。我们慢慢装饰着我们的文学梦,就像经历一座房子装修的过程。更重要的是,晓英坦诚地写下了她在鲁院的焦虑、动摇甚至于失眠。这是一个虔诚的文学赤子,她努力在文学圣殿里当一名信徒。晓英在后记中写道:"每个人的内心都有深渊,有痛苦、回忆或者其他,始终只能自己临崖独立,与这压力对峙,谁都不可能让旁人来参观这深渊。但是,在这本书里,我将自己这颗纠结之心暴露出来,我焦虑、忧伤、敏感、自觉渺小、有些虚妄、无可奈何……我知道自己不会长久沉湎在这些情绪中,我想通过理性将其升华为积极的、温暖的力量。通过这本书,我想告诉你:这世上没有一个人值得你羡慕;你所经历的一切,都熠熠生辉。"晓英把她曾经片刻的软弱呈现给你,你就颤抖着接过这样一颗心。

更让人动容的是晓英爱人的日记,令读者颤抖流泪。妻子上京求学,他独自承担工作、家庭的重担,事业面临转折与考验,这时候他多么需要妻子在身边给他强有力的支撑。他借调到新单位任劳任怨,但市里政策文件出台,他面临可能回原单位这一尴尬的局面。他终于病倒了,高血压,天旋地转躺进了医院,但他在医院躺不住,又赶紧回去上班了。这样的心路历程让人心疼,让人流泪。夜幕沉沉,人最脆弱的一刻,往往不是在最黑暗的时刻,而是在经历了漫漫黑暗离光明最近的那一刻。幸亏,晓英的爱人等到了光明的一刻。生命是一条时而缓慢时而湍急的河流,在日复一日年复一年的流逝中我们曾遇到过大坝，遇到过泥沙，抑或是暴风骤雨，这些障碍、磨砺与痛楚成为我们心灵的暗礁。可是，当我们鼓起勇气面对时就会发现，那些曾经的伤疤会让我们生命的河流更宽广更深远，更加清澈无比。命运的寒风肆虐一切，把一根根尖利的冰凌刺进生命的核心。晓英的爱人，这个陕西男儿用生命的热度尽力驱除了命运的荒凉与孤单。

我钦佩他们坦呈软弱的勇气和面对现实的坚强。我深深知道，我缺乏把自己的伤口呈现给别人的勇气，我只敢躲在无人的地方悄悄舔舐自己的伤口。曾经天真浪漫地进行人生的追索，曾经以为一切皆有可能，曾经把一个又一个梦想揉碎，现实的坚硬把生命磨砺得坑坑洼洼，无尽的挫折让生命看起来更像是沧桑的老核桃。一地鸡毛的现实不断地吸干生命的水分，沥尽了激情的生命如同没有润滑的机械，飞速生产着生命的皮屑。无坚不摧的物质消解着梦想和热情的动力，文学在节节败退，我们跟跟跄跄，终于坚守住了最后一个阵地。痛苦剔除了生命中的虚幻和狂妄，生活的废墟之上重新构建着生命的辉煌。文学信仰，给生命注入了幸福与力量。我和晓英的真正相知缘于她的《都市挣扎》，后来读了她的《我的坡我的塬我的家》，读到一半的时候我离开电脑来回在家中客厅踱步，激动得不知该怎么办才好，晓英在文章里提到她想在老家建一个院子，而我今年恰巧也刚刚做了同样的事情，在我娘家起了第三层楼，让我的心有一个小小的安居之所。我原以为晓英是一个纯粹的都市女子，没想到她对她的家乡那样一往情深从而心心念念频频回眸，她向往的不仅是青枝绿叶的现实故乡，更向往的是一个青枝绿叶缠绵悱恻的精神故乡。最后我想说的是，敢于把自己的软弱呈现给别人的人，这样的人一定是个真诚的人，一定是个善良的人，一定是个值得交往的人，这样的软弱恰恰是另一种坚强的源头。那么，读者，你就捧起这本书，进入吧。

记忆里的风花雪月

李金荣　（鲁十八天津同学）

　　正是秋意浓浓,硕果累累时节,读到韩晓英的《鲁院日记》,一种久违的激动跃上心头。从 2012 年 9 月 4 日到 2013 年 1 月 8 日,鲁院的点点滴滴、枝枝叶叶,雨打芭蕉般浮现脑海,从初秋到深冬,重新演绎一场关于鲁院的风花雪月。对于喜欢文字的人,没有比看到惬意的文字更悦心的了,更何况我和韩晓英还是鲁十八的同学呢! 其中况味更是别有一番啦。逐字逐句,细细读来,恍如沉浸在一片灿如朝霞的美中,感受到暖暖入心的善意,也体味到那袒露无遮的真诚和率真。原以为日记是最容易写的,如今发现并非如此,它实在是太要思想,太要感情,太要文字了,而韩晓英做到了,她的日记可以说是文采与哲思齐飞,文字共心灵一色,行云流水,别具只眼。

　　这是怎样的一本日记呢? 真真的,纯纯的,暖暖的,如山间溪流般一路裹挟着情趣、思辨、感恩与梦想流进你的心里,自自然然,仿佛挚友间的秉烛夜谈。一页页,娓娓道来,不见一丝雕琢的痕迹,却让人爱不释手,在彼此温暖中互相照亮。就像韩晓英所说的那样“这本图文并茂的书将详尽地记述我在鲁院的生活、学习、思想和动态,解答所有的疑问,是送给关心爱护支持我的人的最好的礼物,同时我也把它送给自己,作为生命中一段独特的意义非凡的记录。”

读韩晓英的日记，恍如重温自己的鲁院时光，无论从哪个角度去读，都感觉是在写爱，爱那个时期曾经的人和事，即使是从某些景物入笔，核心也是抒发对鲁院的热爱。"那些天，三三两两漫步在美丽校园的同学们，无不带着孩童般纯净美好的心灵，用无比单纯而又新奇的目光打量着鲁院的一切，博大神秘的中国现代文学馆、崭新气派的教学大楼、曲径通幽、花草蓬勃的院子……还有端坐在院子灌木丛中鲁迅、巴金、冰心、丁玲、叶圣陶等文学前辈的塑像，大师们和善地'注视'着我们，似乎欣慰文学事业后继有人。"寥寥数笔，如诗如画，诗是激情澎湃的诗，画是文学梦想的画。试想，如果不是从内心里、从骨子里、从精神上，对鲁院怀有一份至真、至纯、至敬的爱，怎么能有这样的情怀？原来鲁院情结，就是萌发自这种氤氲着热度的文学圣地。

韩晓英的文字很多时候是带着花香的，让人沉醉留恋；有时也是带着音符的，踏着节拍，跟着旋律，舞蹈着，流动着，欢快着，在不知不觉中，带你步入一个梦幻般的妙境。她在鲁院期间写的散文不乏精品，在《我的坡我的塬我的家》中，看似普通、平凡的素材，经她的妙笔点化便摇曳多姿，耐人品读。"在老家，我换上最为家常的衣服和老妈做的布鞋，踏踏实实地踩在黄土地上，浑身就像卸掉了枷锁一样轻松。我总是喜欢搬个小凳，长时间坐在院子里，望山望树望斜阳。那时候的心情是那么的平静和安逸。这种状态实在是在体悟了人生的很多况味后，达到的一种充满活力的平静。"通篇虽不见浓墨重彩，但字里行间却充溢着极为真挚的感情。我想只有心灵美好的人，才能从斑驳复杂的生活中发现美。能够从中提炼美的细节，并用美的文字表现出来，则需要作家厚实的功力和水平。

在《鲁院日记》里，韩晓英的光芒总是在不经意间流露，让人恍然大悟，因为爱。她说："千万山水，千万人，谁能一一阅尽？路过有路过的怀想，错过有错过的幻想。到头来，人生终究是一场路过与错过。"不过，庆幸的是，韩晓英在爱情的路口，遇到了值得相恋一生的伴侣，这一点在爱人日记中得到证实——"冷清的夜，月光映照着被痛苦软化的表情，却依然冰冷不了这份牵念，思念的弦音把我的头脑当成战场，无情地撕裂着我隐秘的情感。"读到这的时候，让我忽的想起关于"三生石"的传说，还有那首《竹枝词》——

"三生石上旧精魂,赏月吟风不要论。惭愧故人远相访,此身虽异性长存。"爱人对韩晓英如此情痴,原来是前世有缘!那就祝福我们的女作家吧!

托马斯·沃尔夫说:"一切严肃的作品说到底必然是自传性质的,而且一个人如果想要创造出任何一件具有真实价值的东西,他便必须使用他自己生活中的素材和经历。"路遥的《平凡的世界》是,史铁生的《我与地坛》也是,都是自我内心的诉说。韩晓英的《鲁院日记》,我认为魅力也恰恰在此。在鲁院,收获的无论是鲜花还是荆棘,无论是掌声还是质疑,无论是焦灼还是反思,韩晓英都坦然面对,真实记录,作为女性这一点尤为可贵,这也正是韩晓英的日记经得起岁月年轮考验的力量所在。因为真实,才可以落地生根,才可以开花结果,才可以直抵人心。

世间万物,皆取决于你自己的生活和心灵的视角。面对一朵花,你能看见锐利的刺,我能看见花朵上的阳光与露珠。对于《鲁院日记》,我是喜欢的,并期待,韩晓英从忙碌的工作与家务中挤出时间,到园地里,继续播洒汗水,耕耘到老,让读者分享更多的关于她记忆里的故事。

坚强的林夕、哭泣的林夕

刘紫剑 （鲁十八电力系统作家）

先回到三年前的秋天。

2012 年 9 月 5 日,我是上午九点到的北京,从南客站到北四环,又绕了近两个小时,快十二点才进到鲁院。简单办完手续,就到食堂用餐,饭后又在小小的院子里转,其间还杂七杂八干了些什么,直到第二天上午,鲁十八开班典礼。

啰嗦这么多,是想说,从我到鲁院之后,在开班典礼之前,这十几个小时内,已经见了不少意气风发、喜笑颜开的男男女女,我也知道这些应该是我将要朝夕相处四个多月的同学,但对韩晓英没有一点记忆。而她应该就在其中。

一个班里就两个陕西籍人,我无法不注意她,但是很遗憾,何时见的她,有什么印象,说了些什么,一概不记得。

也就是说,韩晓英不是那种惊艳的、张扬的异性,对于这位老乡,在我关注她之前,除了朴实谦和,没有别的印象。

后来的一天,看到一本厚厚的《都市挣扎》,一看作者:韩晓英。吓我一跳,当然这个"吓",更多是惭愧——都是陕西来的作家,瞧瞧人家。

在上鲁院之前,我写的都是些鸡零狗碎的小玩意,本来准备了几本个人的集子,但和同学们一比,都没敢往出拿,四个月后,原样背回了西安。

《都市挣扎》是零零碎碎看的,我看书历来是浮皮潦草、不求甚解,今天翻翻这本,明天再翻那本,而竟然坚持把这个小说看完了,三十八万字呀。要知道那四个月里,我看的长篇屈指可数,把精力更多用在游山玩水、喝酒聊天上,除了这本,还有《一句顶一万句》《蛙》《天行者》《推拿》还没有看完。

有人说了,这都是茅奖作品呀。是的,虽然关于茅奖、鲁奖,坊间有许多说法,我作为一个普通读者,花自己的钱买,耗费自己的时间阅读,尽量选择点儿靠谱的东西来看,才不至于后悔。"取法乎上,得法乎中;取法乎中,得法乎下",自己本来水平就差,只能多看些好的东西。

以上的文字,是为了说明,晓英的作品和上述大作摆在一起,也能让人有兴趣读完。

当然,差距还是有的。比起《一句顶一万句》的盘根错节、枝丫丛生,《蛙》的汪洋恣肆、鱼龙混杂,《推拿》的密不透风、绵密紧致,《都市挣扎》不让你费脑子,跟着主人公林夕一路走下去就得,一路走一路感慨:不容易啊。

我有幸参加了在鲁院举办的《都市挣扎》作品研讨会,发言中将本文主人公林夕与另一个诞生于陕西、却立足于中国文学史的著名人物孙少平做了类比:两人的共同之处都是在生活中不断发掘自己的价值,寻找自己心灵的归宿。通过他们不同的人生历程,深刻展示了普通人在时代历史进程中所走过的艰难曲折的道路,刻画了两代农村青年不安于现状的理想抱负和高贵的精神追求。并以此,表现了中国当代广阔的、复杂的城乡社会生活。

将两个主人公放在一个平台上,潜台词也是把两个作者放到一起比较。当时班里有同学不认同,认为不可比,我告诉他,不是因为都来自陕西,我刻意拔高韩晓英。而是因为她对文学的热爱,让我感动,并且汗颜。她是个"把文学往死里爱的人",为了坚持梦想,15年前,她放弃了闲适的县城生活进入大城市;为了文学,她放弃了自己小有成就的餐饮事业;为了文学,她先后辗转多家报刊从事文化打工,终于通过自己的不懈努力成为一家报社的编辑。

现实生活中,这样的个例可能还有,但是抱歉,在我有限的生活圈子里,我就看见一个韩晓英，所以，我无法不敬佩她。

敬佩归敬佩，交往依然不多。我的鲁院四个月，除了上课，基本都在外面玩：故宫太庙颐和园、东单西四鼓楼前、香山碧云八大处、各种故居博物院，直到有一天，我在标记北京地图的时候，发现只剩下两个空白点，一个中南海，一个八宝山。鲁院图书馆的井瑞老师是个老北京，和他聊起来，说你行呀，什么古观象台、晋阳饭庄（纪晓岚故居）、东南角楼（北京古城墙遗址）……这些老北京都不一定去过的地，都让你小子转悠了。你这四个月——井老师竖起大拇哥：值。

我呵呵笑。

玩也只是白天的事，晚上回来，还要忙着喝酒，有太多值得交往的哥们：交际广泛颇具大哥风范的公安作家周春生，一身正气凛然风骨的军旅诗人杨卫东，一把大胡子道风佛身的"甘肃八骏"之一的阎强国，辗转江湖奔波谋生的网络作家李晓敏，多愁善感一腔忧思的小说编辑李向荣，幽默搞笑极爱组局的沈阳作家黄华，方言浓重身世艰难的广西作家冯昱，古道热肠助人为乐的云南作家何贵同，性格耿直脾气火爆的新疆作家张祖文……每天晚上，不是在这个宿舍，就是在那个宿舍，从茅台、五粮液、汾酒、西凤、泸州老窖一路喝下去，最后，都以二锅头收底。因为只有二锅头，夜深人静的时候，外面的小店有卖。

这四个月，喝酒，乃至喝醉的频率是我一生中最高的一段时间。清醒的时候，听见不止一个人夸：这届女生，是鲁院历届班里，最漂亮的一届。

应该可信吧，放眼看过去，一个个打扮得花枝招展。但没有一个，喝酒让我记住的，所以，49个人的班里，30个女生，没有一个深交的。不深交不代表我不欣赏她们，甚而喜欢她们。当然，也仅限于此。

这其中，晓英因为是老乡，更多了一份关注，当然，也只是默默关注。近距离的接触有几次，西北作家聚会，她温柔地笑，客气地给大家布菜，细心地为每一个空下来的杯子倒酒。

课上课下，酒前酒后，她始终是一脸朴实的笑，始终是一份难得的谦和、低调。

然后，四个月结束了，各回各家，各找各妈。

一年多以后，鲁二十一社会实践来到西安，记不起接到谁的电话，晚上一起去吃饭，见到几位熟悉的老师，新生自然是不认识，好在有几个陕西的师姐在：周瑄璞、吴文莉，还有一两位吧，记不住名字。鲁十八除了我俩，还有湖北女作家王小木。

本来想着自己花点儿银子单独招待一下老师们，和领队孙吉民老师联系了几次，排不开时间，也好，把钱省下了。第二天因为工作上的事，也就没去。

也就是说，离开鲁院这三年里，我和晓英，仅此一面。但心中的距离，一直很近，不只是因为有了微信这个平台，更因为想起鲁院，想起鲁十八，知道在距我二十多公里的一座城市里，有我的一位，不只是同道，更是同学。诚如晓英自己所说：写作是孤独的，孤独之中，同道者遥遥相望，心头就会有暖意。

再然后，一个多月前，我看到了这本《鲁院日记》。

好，笔墨回到现在。

我之前印象中的韩晓英，或者说林夕吧，是一个坚强的林夕，但在看这些文字的时候，我看到了一个哭泣的林夕、一个善良的林夕。

我不知道晓英有那么多的心思，在鲁院四个月里有那么多的感慨，一如她自己文中所述："我将自己这颗纠结之心暴露出来，我焦虑、忧伤、敏感、自觉渺小、有些虚妄、无可奈何……"当然，因了这么多感慨，也才有了那么多的收获，留下那么多心灵的印记。检点自己，太多惭愧。我这四个月的鲁院，算不算是白上了？

我没有晓英对于文学近乎虔诚般的热爱，近乎赌徒般的痴迷，如同一只扑火的飞蛾，瞄准认定的方向，义无反顾地扑上去，哪怕燃烧，也无怨无悔。

读这些文字，那四个月的鲁院生活，点点滴滴，从我的记忆中活泛起来，灵动起来，我想如果上天再赐我这样一个机会，我也要在老舍先生的雕塑前多站站；我也晚上睡觉都不关窗子，以接通院子里的大师之气；我也要寻几家面馆尝尝，看看北京人是怎么糟蹋陕西面食的；我也要把老师上课的内容详细记录下来,以便随时温故知新……

在生活中奋斗的林夕,在都市里挣扎的林夕,是坚强的,但一旦面对自己的爱人,晓英即刻变回一个弱女子、一个娇妻子。他老公的文字,有这么一句:"家里没有你的味道,实在不像个家。"

够了! 一万句情话也比不上这一句实在,有力量,砸人心窝子。

然而,从这样的文字里,你也看到了两个善良的人,两个怀抱一腔爱意、与世无争、与人为善的两个小人物,在这个残酷的都市里打拼。相互拥抱取暖,携手并肩前行。

造化弄人,对痴迷写作的人来说,何尝不是一笔财富。因为:唯有苦难挣扎的生命和粘血带泪的生活,才是发生文学的第一源头。

在这前行的过程中,晓英以她的纯善本性告诉大家:你所经历的一切,都熠熠生辉。

山那边,有美景如画

韩丽敏 （鲁十八北京同学）

听到落叶点地声的时候,是个夜幕落下的晚上。那一刻,我不由得抬起头,遥望天上点点繁星,温馨又略带着缺憾的记忆,再一次被秋风划开。

我与晓英,相识于鲁迅文学院第十八届中青年作家高研班。鲁院学习近半年的时光里,性格内向、不善言谈的我,没有跟哪个同学很是热络。记得第一次社会实践是去北戴河,从北京乘大巴,几个小时的路程,我与晓英比肩而坐,一路上居然没有有效的交流。我是经常因为自身这种性格生自己气的,讨厌自己的,然而,生气归生气,讨厌归讨厌,却没有足够的能力去改变。

我对晓英是心存感激的。这种感激缘于她邀请我参加她的长篇小说《都市挣扎》研讨会。我在心存感激的同时,还一直把她的这次邀请供奉在心底最深处,珍藏着,珍视着……

鲁院毕业已三年,但每每想起深夜捧读《都市挣扎》的情景,晓英美丽的身影、坚韧寻梦的精神,便如期走进脑海里来,而日益懒惰的我,也只有这个时候,写作热情才会被激发一点儿。一个能够激励别人前行的人,必定是不凡的,我这样认为。果然,前不久的某一天,我得知晓英的《鲁院日记》即将出版发行,而长篇新作《豳风》也入选秦汉文学馆重大题材作品,她本人成为该馆首批签约作家。

这就是怀揣梦想的晓英！这就是坚韧执著的晓英！这就是我鲁院的同学晓英！晓英，再次给我惊喜，再次化蛹为蝶。

我向她索来她的《鲁院日记》电子版，想先睹为快。如果说，当年的《都市挣扎》带给我的，是犹如惊涛拍岸般的震撼，那么，这部《鲁院日记》则如南方小城的绵绵细雨，沁润着我有些干涸的心田。好久没有读到过如此温润如此温馨如此动情的"两地书"了。宏观上看，《鲁院日记》由两部分组成，一部分是晓英的爱人在她鲁院学习期间的日常记录，看似家长里短，实则是一个男人对家庭对子女对妻子的责任体现；另一部分是晓英记录自己在鲁院学习期间的点点滴滴。很为她爱人对她的深情而感动，很为她对她爱人的赤诚而动情，很为他们夫妻二人在各自领域的斐然成就而击掌，很为他们夫妻二人为使共同的亲人快意生活不懈努力而叫好。这个年龄段的人，是正在奋斗着的，能够做到像他们夫妇这样，既经营好了自己的小家，又孝敬着双方的老人，事业上还相互支持与搀扶，是多么难得！家和万事兴。也许，正是因为如此，晓英的创作之树上，才结出了累累硕果。

晓英的兄长韩健，在晓英新作《鲁院日记》即将出版之际，写了一篇题为《山那边是什么》的文章。感人至深，把那份兄妹之间的款款情深，书写到了极致。我读罢此文，复回想晓英爱人的日记，两厢一结合，心情久久平静不下来。至此，作家韩晓英的轮廓，越来越清晰，越来越美妙，越来越妖娆了。

晓英嘱我为她的《鲁院日记》写点什么。尽管深知自己笔力不够，但还是应承下来。文字写完后，题目却一直没有着落。这时，晓英发来《山那边是什么》。顿时，我有了灵感。我决定为自己这篇小文取名《山那边，有美景如画》。希望晓英，未来生活之前景美如画，未来创作之前景美如画。

山那边是什么

——写在妹妹新书出版之际

韩　健

　　小时候不知在什么地方看见一幅印刷的油画,一列飞驰的火车从画面中驶向远方,两个放羊小孩手拿牧羊鞭背对画面站在绿草如茵的田野里,望着飞驰而过的列车,站在草地上久久凝视,似乎在想,远方都有什么,山外边的世界究竟是什么样子? 这幅画对我的触动很大,我想,我和妹妹就是那两个牧羊的小孩,是的,山外面的世界是什么样的,对于出生在小山村的我们来说,啥时候能走出大山,看看外面世界到底有多么精彩,那在当时是不敢想象的。

　　二十世纪六十年代末,我出生在彬县的一个小山村,父亲是地地道道的农民,母亲是小镇供销社的售货员,爷爷奶奶还有小我两岁的妹妹,一家六口人,日子过得很是清苦。七十年代末,国家还是很穷,农民还是吃不饱肚子,几乎每年父亲都要想办法借钱借粮以度过那个青黄不接的春季。现在的人们都喜欢赞美春天,但在当时,每到初春却是农村最难熬的时候,经过一个冬天的苦挨,家家几乎都是米面见底。为了填饱肚子,我也和妹妹拿着小铲铲,跟着奶奶挑荠荠菜,撅苜蓿,捋槐花,这些现在被称为特色小吃的东西,当时只是为了果腹。

但是和大多数家庭一样,父母还是省吃俭用,供我和妹妹读书。历史的车轮转眼到了八十年代中期,随着改革的深入,农村生产责任制的实行,家里的状况也慢慢地好起来了。1986年,我考取了省城的一家技工学校,走出了小山村,圆了自己走出大山的梦想,三年后毕业分配到省城附近的一家电厂当了一名电力工人。妹妹也在我毕业的那年顶替母亲进了供销社当了一名营业员。对于一个农村家庭来说,两个孩子都吃上了公家饭,这是一个多么让人羡慕的家庭啊!用村里人的话说,父母是那晚上做梦都能笑醒的人。

我也和大多数人一样,几年后娶妻生子,平平淡淡,从从容容地过着自己的生活。妹妹也嫁了人,有了孩子。随着国家经济的好转,一家人的日子过得充实、平淡。对于一个农民家庭来说,过这样生活也是不敢想象的。

1997年,妹妹为了追求文学梦想,带着孩子来到咸阳,一边工作,一边自学,不但学完了汉语言文学本科课程,还坚持练习写作。直到有一天,我从妹妹手里拿来的报纸上看到了她发表的一篇小说,我简直不敢相信自己的眼睛,这是我那扎着两个羊角辫、提着小筐用小铲子挑荠荠菜的妹妹吗?说实在的,在当时谁能把自己的文字变成铅字,那简直比登天还难,尤其是没有进过正规大学校门的人,可就是这么难的事,一个普普通通的当营业员的妹妹却做到了。

自此,妹妹的写作之路便在这初尝甜蜜之后开始了,并一发不可收。经过日积月累,2003年,妹妹的第一部散文集《襟袖微风》出版了,著名作家陈忠实先生为其题写了书名,著名文学评论家李星先生为其写序。我也带着父母参加了有众多文艺界朋友齐聚的首发式。我想,在那个首发式上,老实巴交的父母站在众多文艺界名人之中,当时心中是何等的荣耀啊!

2011年,妹妹的长篇小说《都市挣扎》问世,这部小说出版前获陕西省委宣传部重点扶持奖励,出版后引起了不小的轰动,也奠定了她在陕西文学界的地位。凭借着这本书的影响,2012年妹妹被陕西省作协推荐上了北京鲁迅文学院,成为鲁迅文学院第十八届中青年高级研讨班的学员。现在妹妹是中国作家协会的会员,第七届咸阳市政协委员,咸阳市渭城区作协副主席,彻底走出山村,走出县城,走向更为广阔的天地。

作家,这是一个多么让人羡慕的名字啊!可就在这光鲜的背后,谁知道她付出怎样的艰辛和努力!对于出生在缺吃少穿的山村、没有进过大学校门的妹妹来说,能有今天的成就,这其中的酸甜苦辣、点点滴滴是用文字、语言,甚至任何艺术形式都无法准确表达的。

从事文学创作的人把写作叫作"爬格子"。一个"爬"字,道尽了写作的艰辛。这个"爬"字,让我想起了伏尔加河上的纤夫,也想起了路遥先生为之付出生命的代价。读过路遥先生《早晨从中午开始》的朋友都知道,路遥为了完成《平凡的世界》,深夜伏案,日月颠倒,他用初恋般的热情和宗教般的意志,终于将一部文学巨著呈现在读者面前。

我想妹妹应该也像路遥先生那样,几度夜静蛙鸣,几度晨曦透窗,她也用钢铁般的意志,像一个虔诚的信徒,朝着自己心中的那块文学圣地艰难跋涉。作为兄长的我,也是看在眼里,疼在心里,却也爱莫能助。我能做的,只是照顾好父母,尽量为她腾出时间,不让她分心,专心创作,圆她一个山妹子的梦想。对于妹妹的作品,我不想赋予太多的文字,只觉得其间有清新的山风,有泥土的芬芳,至于别的,自有读者给出中肯的评价。

宝剑锋从磨砺出,梅花香自苦寒来。借用这句话,希望妹妹在漫长而曲折的创作之路上阔步前行。

2015 年 10 月 26 日

爱是点亮前方的灯

——献给爸爸妈妈我心中最大的爱和情

李博文

　　《鲁院日记》,是妈妈在北京鲁迅文学院学习期间,爸妈两人写的两本日记,当我看到这些文字的时候,二十岁的我以一个最熟悉又陌生的角度走进了爸妈曾经的内心世界。以前,在我看妈妈的《都市挣扎》的时候,每每看到一段文字和话语,都不自觉地将妈妈和书中的女主人公去相类比、结合。我觉得那是妈妈对她自己生活的延伸和臆想。这本书,真真切切是我爸妈源自心灵最真实的声音,它让我看到了这个世界中最平凡最伟大的爱与情。

　　自我高中之后起,懵懂的我隐约了解到同学、朋友家中父母之间的感情,而让我最值得骄傲的,是我爸妈在一起的那种感情。小时候从没觉得有什么特别。可是慢慢的,当一次次在夜深人静时接到同学、朋友的电话,诉说爸妈吵架她睡不着,不敢开房门,诉说爸妈甚至动手打起来,她害怕地躲在房间里哭。当我看着和我同龄的十七岁的朋友沉默地燃起一支烟,那么黑的夜晚,我在他的眼眸里看到的只有伤痛,他没有父亲。当我听到我的好兄弟告诉我,他最近心里很乱,很纠结,他爸妈要离婚了,他的言语里充满了矛盾和痛苦。我不解,我诧异,我甚至很惊讶!怎么别人的父母竟是这样。

慢慢地我开始留意我父母之间的感情，每每想起来都是会心一笑，那是一个成熟男人用睿智包裹了一个小女人胆小却又执着的心。那是一个温柔女人用心灵呵护了一个大男人脆弱却又敏感的情。

一页页地翻阅这本书，勾起我对儿时生活的回忆。时空在后退，我就像J.K.罗琳笔下的哈利波特一样，拥有了神奇的魔法，飞翔在空中。瞬间进入了爸妈的回忆，看到了当时的故事，看到了他们的内心。

我的父亲，我的天。这个我心中坚毅的铁打的汉子，在我面前第一次落泪的时候，说实话我的内心是崩溃的。一瞬间就像一列火车疾驰飞过撞碎了我。我惶恐不安，我知道父亲此刻心中巨大的伤痛。我默默地上去拥抱我的父亲，拍打着他的后背，说：爸爸别哭。说着说着我的声音哽咽了，泪水也不知不觉流了一脸。这是第一次，我看到我父亲脆弱得像个孩子，那是在我爷爷的葬礼上。我理解爸爸的伤痛。因为我知道，自那一刻起，我的父亲，他心中的天塌了。那段时间里，爸爸就像一头受了伤的狮子，独自在夜里舐舐自己的伤口。可是很快的，他强忍着振作起来，因为妈妈要去北京学习了。他的天塌了，可是他还得为自己的妻子和孩子撑起这片天。那一段时间里记忆中爸爸很少有过笑容。总是觉得他心里有着无数无数个伤痛，当时的我不敢去触碰。我只是后悔，那个时候没有多陪陪他。

我的母亲，每当想起她的时候我的嘴角不由自主就会露出笑容。妈妈是我从小到大最好的朋友。小时候爸爸在外地工作，就我和妈妈每天生活在一起。记得那时候我在小区院子里上小学，在幼儿园上托管班。最幸福的事情就是一个人躺在滑滑梯上等妈妈下班接我回家，有时候一觉睡醒妈妈就回来了。记忆里最多的是妈妈低头的样子，常常我半夜起来上厕所，看到她坐在床上看书，低着头，手中拿一支笔。每天早晨我起床准备上学，看到她在书房桌子上低头写写画画。经常中午放学回家后，看到她在沙发上坐着低头写着什么，见我进门后才意识到中午了，该做饭了。急急忙忙打算放下笔又忽然跟我说："文文等一下，还有一点儿马上就写完了，就几分钟我就给咱做饭，你先乖乖地写会儿作业。"每当此刻我心里就特别好奇，妈妈在写什么呀？直到后来才明白，妈妈写的，是爱，是生活，是梦想。

很多人知道我妈妈写小说，是个作家，都特别羡慕地说：哇！你妈妈好厉害啊！有一些同学、朋友都是我妈妈忠实的粉丝，将我妈当作自己的偶像。尤其是我的一些老师，特别喜欢看我妈妈写的书，有的还会在课堂上讲起书中的一些片段。每当此刻，我的心里就有那么一点小小的骄傲，窃喜。看，这就是我妈妈，厉害吧！

在我逐渐长大后，脑海中，总是出现妈妈低头写作的样子，渐渐的，大量的时间，妈妈都在书房待着。那年我另一个最亲的人出生了，我的妹妹——我们家的小天使毛豆豆。妈妈长期伏案创作，妹妹又非常粘她。早些时候妈妈把妹妹放在她书桌旁睡觉，后来妹妹大一点了，喜欢粘在妈妈身上，妈妈就把妹妹背在身后，继续写作。就这样不分白天黑夜地写作，妈妈的又一个"宝贝"诞生了。那时候妈妈对文学的热爱让我和还在襁褓中的妹妹都有些吃醋，觉得就是那支笔，那一页页稿纸，那一本本书，抢走了妈妈对我们的照顾和呵护。

有人说怀才就像怀孕，要时间长了才能看得出来。我觉得，这句话说的就是我妈妈。我和妹妹是她怀胎十月生的孩子，《都市挣扎》这本书是妈妈怀胎三年才生下来的。

爱笑的女孩运气都不会差。妈妈也是，我妈妈笑起来就像个小孩子，傻傻的特别可爱，让人很容易忽略她的年龄。很幸运的，妈妈有幸去她心中的文学圣殿——鲁迅文学院学习，追逐她的梦想。终于，我明白了，那个时候妈妈不分昼夜地辛劳，换来的是她梦想的实现和腾飞。使她在人生的道路上，闪闪发光，熠熠生辉，耀眼得令我崇拜。

爸爸，那个我曾经埋怨他脾气火爆，不讲理，心里爱他但又怕他的父亲，那个总是把好东西给我，但是不会表达的生硬的父亲。通过这些文字，我一下子读懂了爸爸的心，爸爸的辛苦，爸爸的不易。这些都在岁月和时间的风吹雨打之下变成了爸爸额头上细密的皱纹和慢慢爬上双鬓的白发。我看在眼里，疼在心里。

读这些从爸妈心灵剥离出来的文字，我几度潸然泪下，一个个朴实无华的章节讲述了爸妈那段时间的心路历程，让我看到了我真真切切的父母。

我的爸爸和妈妈,在事业和感情当中选择了彼此的陪伴和相守,选择了同甘共苦,不离不弃,为了爱人可以奉献自己的一切。所以,在我心中,这本书是爸妈相隔两地一本互诉衷肠的情书,是四个月相隔一千多公里的时空对话。是爱,更是情。爸爸妈妈是我这一生最爱的人,我有世界上最好的爸爸妈妈。

我想可能很多跟我爸妈同龄的人看到这本书会引起共鸣。生活中,谁不是在工作、家庭、社会中经风历雨、颠沛流离,像一叶扁舟一样在夜晚漆黑的大海中飘摇沉浮。都几度迷茫得看不到方向,唯有爱,唯有爱,是那点亮前路的灯塔。

后　记

你所经历的一切,都熠熠生辉

　　离开鲁院已经三年多了,曾经有那么一段时间,我每天都会想起那里的人和事,无论是白天还是黑夜,那些同学、老师的面孔不时交替在我脑海出现,使我不能平静。时时盼望着与同学相聚的日子,好把压在心底的话说出来,把藏在心里的情晒出来。

　　行走在城市的街道,参观春色下各种脸孔如何萌动或是绽放。日子如风流过,收获了累也顺带收获几许无奈的感叹。本以为生活就当如此的寻常下去,却不料,在某一个夜的窗口,回想起鲁院经历的一切,我竟然再次泪流满面。有时候走着走着转过某个相似的街角,一个个镜头会突然显现在眼前,原来北京的日日夜夜早已烙印在我的脑子里、心里。而今的我仍旧在迷茫着向前走,一如三年前登上去往北京的飞机时一样,那时的我想不到现在的自己,一如现在的自己又怎知未来会有怎样的变迁。

　　在鲁院,我是个作家,其间写了不少字,这些字大部分是让人高兴的,也记下了一些自己对人对事的看法,这些文字是厚道的,其中闪动着我的为人。关于我的作品最好让读者自己体味,无论如何那是写给读者看的。我扎扎实实用功了几十年,正正直直生活了几十年,计计较较衡量着我作品里的每一个字,力求不辜负签上我名字的每一个篇章。开始写作之后,我已经把我的作品渗透进我的生活里,或者把生活搬到了作品里。那个时候我已经分不清哪个是作品,哪个是生活。

我时常质问自己写作的意义,在我妄图达到和我所能达到的目标之间,常常有着让人泄气的遥远距离,怀疑自己写作的价值几乎是我安静独处时经常要面对的问题。对于自己的文字,我自卑又自信。有时看着还将就,觉得比人家差不到哪儿去。有时看了人家好的东西,又自惭得很……我在这夹缝中受尽了折磨。

曾经读到这么一段文字:"每天,我潜行在都市的五脏六腑,任凭时间无可救药地流逝。每天,我早出晚归,基本上重复着昨天的故事,我时常会陷入了深深的恐惧,不忍短暂的一生沦为四季的衍生品。每天,我常常火急火燎,东奔西跑;或者百无聊赖,无所适从。我和别人一样,一天到晚为生活所迫,为名利所迫,每天过得很累很饱满很复杂,但是,越来越发现自己不认识自己。"

我经常质问自己,到底是想当一个好作家,还是想做一个普通的家庭主妇,空闲时间,我常常为是码字、看书还是看影视剧或是在网上溜达而举棋不定,稍微懒一下,一天就滑过去了。"我心里有纠结,有悲催,有迷惑,有惆怅,有向往。我坐而言却没有起而行,归根结底,我爱好文学大多数时候只是叶公好龙。"

每当此时,我只好求助于书本,打开一本书,就像打开另一个世界,我很快就会沉浸其中,安静地享受文字,阅读的快乐让我再度充满写作的欲望。最近,我尤其钟情罗曼·罗兰的作品,读着他的《约翰·克里斯托夫》,我很快就能安静下来,在不明白中明白了写作于我的意义,它将是我的人生常态。我时常幻想着,等我退休以后回到老家,坐在院子的皂荚树下写作,蓝天白云,清风细雨,伴着泥土的清香和果蔬的甜美,那是我最为理想的写作状态。

"经典作品不但提供方法和思想,而且让我理解写作的意义,在漫长黝黑的写作之路上,年代久远的经典作家能烛照我们,和我们相近的优秀作家能搀扶我们。写作是孤独的,孤独之中,同道者遥遥相望,心头就会有暖意。"

著名作家梁晓声在《论寂寞》中说:"人靠了思想的能力,无论被置于何种孤单的境地,都不会丧失最后一个交谈伙伴,而那正是自己,自己与自己交谈,哪怕仅仅做这一件在别人看来什么也没做的事,也足以抵抗很漫长很漫长的寂寞。如果居然还侥幸地写了出来,能和引起共鸣的人分享,孤独和可怕的寂寞就会开出意外的花朵。"

去鲁院,给自己一次停顿,在原来的地方,每天要工作,要挣钱要打拼。在鲁院,从庸常的生活中撤离出来,过一段一直渴望的纯文学的生活,每个人都需要这么一种生活,当我们真正停下来的时候,需要给自己一个空间,重新认识文学。给自己一次打量,给文学一次打量。鲁院,一期一期的学员来了又去了,我发现,这是中国文学青年共同的方向,也是我一直寻找的敬意的方向。

生活就是这样。一些朋友会渐行渐远,而一些朋友会越走越近。淡然而平静地面对每一次分离,微笑而真诚地迎接每一次相拥。生活,就是每个物件,每个环境,不断的迭新。我喜欢鲁院那些新鲜的面孔和别样的笑容,更珍爱那些曾经驻扎在我心里永远难忘的朋友。

一天天充实而劳碌地奔走,在文字里穿梭,寻找心灵渴望的温暖和阳光。一些朋友倏尔离别,留住的只是文字。幸而还有可以让我久久回味与咂摸的文字,那些从心灵的茧中痛苦抽离的断纱。我不是浣纱人,亦不是织锦者,对于文字里洋溢出美丽而坚韧的力度和奔涌的激情,竟然不知所措。我这个在俗世牢笼里修灵的女人,将生活中的琐碎和平凡用厚重的文字描摹出来,不仅仅是描摹,还有鞭挞讽喻,更重要的是歌哭。谁是劳碌者,谁是等待者,谁是多情者,谁又是清醒者? 我不能怨恨,这就是生活,一个小妇人真实的生活。我不能赞美,在生活华丽裙子的褶皱里,还有那么多硕大的虱子。我也不能表白,因为,我就是生活,我就是一个浸淫其中无以自拔的弱者。我不是苦修者,只是一个生活中的中性动物,女儿,母亲,妻子。请原谅我找不到更好的词语来表达这样一个在婚姻、生活的负累中蹀躞的小妇人。

这本书的出版几度搁浅,近期重拾信心,当我抱着试试看的心态,请鲁十八白描院长和几个同学给我就此写篇文章时,他们一个个都爽快答应,没有一个人拒绝。白院长说《鲁院日记》是现成的,光《鲁院相册》就很吸引人;大连的周春生同学很认真地看完稿子给我提出修改建议;天津的李金荣同学打来电话,和我一起讨论书里的章节;陕西电力行业的刘紫剑同学打来电话,说下周一就抽时间来看我,当面来聊聊出版的事情;漳州的叶子给我发来具体的出版建议和修改方案;湖北的王小木接到电话第二天就专程赶来咸阳;贵州的末未说这是关于鲁十八一组非虚构佳作……相信每一个同学读后,都会被我的文字带回那段回忆不完的日子……老师和同学们热情的支持令我一次次感动得泪湿眼眶,我知道,我没有联系的那些亲爱的同学们如果知道后,一定也会鼎力支持的。正如亲爱的叶子所说:"人与人之间的善意让人觉得活着有奔头,春天真的来了。"

晓英在此郑重感谢,是你们的支持和友爱才使我走到了今天。刚才又一次翻看鲁院同学给我写的评论,读着那热情满满、格外认真、才华横溢的篇篇文字,心里非常感动。

嘉男、雪儿、丽敏、庆莲、海莲、朱珠、颖超、林莉、燕蓉、红霞、汤汤、海芹、成恩、茜吉尔、沈钰、刘莉、晓燕、金荣、金梅、雅琴、文清、艾子、邹蓉、小木、秀华、鋆莹、叶子、明珠、黄华、冯昱、晓敏、末未、五十弦、功林、白杨、金达、祖文、傅泽刚、杨卫东、周春生、孙且、阎强国、刘紫剑、尹守国、穹宇、叶炜、孙志宝、刘克中,一个个同学活生生出现在我眼前,亲爱的同学们,晓英闭着眼睛也能清晰地记起你们每一个人的房间位置!记得你们每一个人的音容笑貌!感受得到每一个名字后那颗火热的心!假若我们能有三天时间相聚,我一定要逐一拥抱你们,哪怕是用目光!亲爱的鲁十八四十八位同学,我爱你们每一个!永远祝福你们每一个!

《都市挣扎》出版后,我时常感慨,我收获的不只是一本书,而是通过这本书所认识的人,它为我打开了一扇门,使我的世界如此宽广。

不论在北京还是咸阳,时间于我只是一条河流,在出生之前或是死亡之后,它一直都在。我只是短暂的涉足于其中的过客而已。我一直认为人生无非一场游历。所见、所思、所爱、所感,于个体而言何其短促。人生而有涯,那些曾经遇见的人,曾经历经的事,伴随每一天蜕去的自己,一起随着时光走进了记忆的深处,在看不见的地方形成某种别样的永恒。

从北京回来将近三年,回首方才觉得那些看似平淡的日子早已植进我的肌肤,不知不觉改变了自己,于是才成为今天的我。那么明天呢?不管在这一生我还要走过哪些地方,还要遇见哪些人,经历怎样的悲喜,时间在你我身边,一直沉默而耐心地等待。

有一本名叫《我知道没有人值得我羡慕》的书,书里说:"每个人心里都有秘密,即使彼此感觉很相投,也是不久就要散。每个人的内心都有深渊,有痛苦、回忆或者其他,始终只能自己临崖独立,与这压力对峙,谁都不可能让旁人来参观这深渊。"但是,在这本书里,我将自己这颗纠结之心暴露出来,我焦虑、忧伤、敏感、自觉渺小、有些虚妄、无可奈何……我知道自己不会长久沉湎在这些情绪中,我想通过理性将其升华为积极的、温暖的力量。通过这本书,我想告诉你:这世上没有一个人值得你羡慕,你所经历的一切,都熠熠生辉。

2015 年 10 月